LES OSSEMENTS QU'ELLE A ENTERRÉS

OUVRAGES ÉCRITS PAR LISA REGAN

En français

Jeunes disparues

La Fille sans nom

La Tombe de sa mère

Ses Ultimes Aveux

Les Ossements qu'elle a enterrés

En anglais

Detective Josie Quinn

Vanishing Girls

The Girl With No Name

Her Mother's Grave

Her Final Confession

The Bones She Buried

Her Silent Cry

Cold Heart Creek

Find Her Alive

Save Her Soul

Breathe Your Last

Hush Little Girl

Her Deadly Touch

The Drowning Girls

Watch Her Disappear

Local Girl Missing

The Innocent Wife

Close Her Eyes

My Child is Missing

Face Her Fear

Her Dying Secret

LISA REGAN

LES OSSEMENTS QU'ELLE A ENTERRÉS

Traduit par Anne-Emmanuelle Boterf

Bookouture

L'édition originale de cet ouvrage a été publié en 2019 sous le titre *The Bones She Buried*
par Storyfire Ltd. (Bookouture).

Publié par Storyfire Ltd.
Carmelite House
50 Victoria Embankment
London EC4Y 0DZ

www.bookouture.com

Storyfire Ltd est légalement représentée dans l'EEE par Hachette Irlande
8 Castlecourt Centre
Castleknock Road
Castleknock
Dublin 15, D15 YF6A
Ireland

ISBN : 978-1-83618-187-3
eBook ISBN : 978-1-83618-186-6

À Monica Ebbenga et Bonita Klatt. Raconter votre vérité est une puissante expérience.

PROLOGUE

Les cris la suivirent, se réverbérant autour d'elle tandis qu'elle courait le long de la crête et fuyait dans l'obscurité, dérapant sur les broussailles et les pierres branlantes. À sa droite, un immense précipice de plusieurs dizaines de mètres. Elle ne connaissait pas sa profondeur exacte mais, si elle venait à y tomber, elle mourrait, c'était sûr. À sa gauche s'étendait une forêt dense.

Quand le premier coup de feu retentit, elle bifurqua vers les arbres.

Les branches lui fouettaient les bras et le visage, tranchant sa peau fine qui se couvrit de petits filets de sang. Son pied se prit dans une racine, et elle fit un vol plané. Elle atterrit sur un tapis de feuilles et de pierres, et son coude heurta violemment un gros rocher. Un éclair de douleur atroce remonta le long de son bras, jusque dans son crâne. Elle entendait encore les cris au loin. Elle se mit à haleter tandis qu'elle se relevait tant bien que mal, tout en maintenant son coude contre son torse. Les larmes lui montèrent aux yeux, mais, guidée par la panique et l'instinct de survie, elle s'enfonça plus profondément dans la forêt.

Un nouveau coup de feu déchira la nuit.

Elle devait mettre un maximum de distance entre elle et le campement, mais les feuilles nouvelles du printemps au-dessus de sa tête bloquaient la lumière de la lune, plongeant les bois dans le noir complet. De quelle direction venait-elle ?

Une nouvelle fois, un coup de feu claqua, sans qu'elle puisse déterminer de quel côté il provenait à cause de l'écho. À l'aide de son bras valide, elle se remit en mouvement à tâtons, priant pour s'éloigner des tirs, ses doigts s'agrippant aux troncs et aux branches, les brindilles et les tiges crissant sous ses pieds. Elle avait si mal aux jambes. Depuis combien de temps courait-elle comme ça ? Il lui semblait que des heures s'étaient écoulées.

Un craquement de branche, tout proche, interrompit soudain les hurlements affolés dans sa tête. Elle fit volte-face, mais l'obscurité était telle qu'elle ne voyait rien. Puis une voix se fit entendre, calme, froide, s'enfonçant en elle comme la lame d'un couteau. Elle était paralysée par la peur.

— Tu pensais vraiment pouvoir t'échapper ?

— S'il te plaît, gémit-elle. Ne fais pas ça.

Elle sentit le canon en métal d'une arme se poser contre la base de son crâne.

— Tu ne me quitteras plus jamais.

1

Josie fut prise d'une quinte de toux. Des volutes de fumée noire et épaisse tourbillonnaient et s'échappaient par les interstices de la porte du four. Elle coupa l'appareil et se mit à secouer un torchon pour chasser la fumée quand, soudain, le détecteur de fumée se déclencha.

— Eh merde, fit-elle en se précipitant pour ouvrir les fenêtres.

Par-dessus l'alarme, elle perçut la voix de Noah.

—Josie ? Tout va bien ? Bon sang, qu'est-ce qu...

Elle s'empara d'une chaise et monta dessus pour décrocher le détecteur de fumée, qu'elle balança sur la table avant d'en retirer les piles pour enfin le réduire au silence.

— Qu'est-ce que tu fais ? demanda Noah en secouant la main pour chasser la fumée devant ses yeux.

— Tout va bien, répondit-elle avec un sourire penaud. Je n'ai pas mis le feu.

— On aurait cru, pourtant.

Josie enfila des maniques avant de plonger les mains dans le four. Ce qu'elle en sortit les fit grimacer tous les deux.

— C'est... C'est quoi ? demanda Noah.

Josie jeta le tout, moule et gâteau, dans l'évier.

— C'était censé être un moelleux à la framboise. Ta mère aime les framboises, non ?

L'expression de Noah changea. Josie y vit un mélange de compassion et de scepticisme. Mais surtout, il se retenait de rire.

— Euh... Oui, mais si tu voulais amener un dessert, un brownie aurait fait l'affaire, tu sais. Ou une génoise ?

Josie désigna le plan de travail, où étaient exposés trois autres moules noircis.

— Voici le brownie. Il y avait aussi une génoise, et le troisième, c'était un fondant au chocolat que j'ai cuisiné en utilisant un mélange tout prêt. Même comme ça, j'ai réussi à le brûler.

Noah s'adossa au chambranle de la porte et se couvrit la bouche d'une main. Josie le menaça avec sa manique.

— Je t'interdis de rigoler.

Entre ses doigts, il articula :

— Et un dessert sans cuisson ? De la gelée ? Un truc simple.

— Je ne vais quand même pas ramener un saladier de gelée chez ta mère pour le dîner.

— On peut acheter un dessert tout fait, sinon. C'est simple, ça.

Il n'y avait pas l'ombre d'une chance que Josie apporte quelque chose d'aussi banal chez Colette Fraley, femme au foyer accomplie. Tout ce qu'elle cuisinait était aussi beau que bon. Son jardin était luxuriant, coloré, impeccablement entretenu. Elle trouvait même le temps de coudre de jolis dessus-de-lit pour les enfants défavorisés. C'était pour les gens comme Colette que Pinterest avait été inventé. Josie ne faisait clairement pas le poids.

C'était la première fois que Colette, qui n'appréciait que très peu Josie, l'avait chargée de ramener un dessert à l'occasion de leur dîner mensuel. Cette dernière n'était pas dupe : il s'agis-

sait clairement d'un défi, et elle comptait bien le relever. Enfin...
À condition de pouvoir faire passer une pâtisserie industrielle
pour du fait maison.

Josie s'appuya contre le plan de travail.

— Elle ne m'aimera jamais, hein ? Même si j'étais capable
de lui concocter un soufflé au chocolat les yeux fermés, ça n'y
changerait rien.

Noah s'approcha et la saisit par les épaules.

— Ne te prends pas la tête comme ça. Reste toi-même. Elle
finira bien par changer d'avis.

Oh que non, pensa Josie, mais elle n'avait pas envie qu'ils se
disputent encore. Ils étaient en couple depuis un an, et ces
quelques mois avaient permis à Josie de comprendre que la
personne la plus importante dans la vie de Noah était sa mère.
Il était le plus jeune de ses trois enfants, mais son frère vivait en
Arizona – à l'autre bout du pays –, et sa sœur et son mari habitaient à deux heures de route. Les parents de Noah avaient
divorcé quand il était encore adolescent et, d'après ce que Josie
avait compris, aucun des enfants n'avait gardé contact avec leur
père.

Josie regarda l'heure sur le micro-ondes.

— Bon, de toute façon, on n'a plus le choix. On doit y être
dans une demi-heure.

— On lui dira que tu avais beaucoup de travail et que tu n'as
pas eu le temps de cuisiner.

Josie éclata de rire et retira ses maniques.

— Je ne sais pas pourquoi, je ne suis pas certaine que ça va
arranger mes affaires.

Chaque fois qu'il était question de son travail, Colette lui
rappelait que, quelques années auparavant, Josie avait tiré sur
son fils chéri au cours d'une affaire particulièrement complexe
liée à des disparitions de jeunes filles. Josie et Noah étaient tous
les deux des haut gradés du département de police de Denton,

et avaient été confrontés ces dernières années à des affaires qui avaient tant défrayé la chronique qu'elles avaient été relayées jusque dans les médias nationaux.

Noah commença à fermer les fenêtres.

— Va te changer, lui dit-il. Ça va bien se passer.

Vingt minutes plus tard, Josie était assise dans la voiture de Noah, un brownie industriel sur les genoux, la boule au ventre, tandis qu'ils parcouraient les rues de Denton, ville de Pennsylvanie centrale d'environ soixante-cinq kilomètres carrés, avec ses montagnes sauvages, ses routes étroites et sinueuses, ses bois impénétrables et quelques habitations disséminées çà et là. Le nombre d'habitants – environ trente mille – augmentait à chaque rentrée universitaire, apportant son lot de crimes et de conflits, si bien que le commissariat auquel ils étaient rattachés ne manquait pas de travail. Josie sentit son estomac se nouer quand ils arrivèrent chez Colette. La prochaine fois, se promit-elle, elle le ferait, ce foutu moelleux à la framboise, même si elle devait mettre le feu à sa maison pour ça.

— C'est curieux, fit Noah en coupant le moteur.

Josie suivit son regard en direction de la porte d'entrée, qui était entrouverte. Il n'y avait pas de moustiquaire, simplement un lourd battant en bois qui avait été peint dans un bleu joyeux et orné d'une couronne de fausses fleurs jaunes confectionnée par Colette.

Josie posa le gâteau sur le siège passager et suivit Noah. Il monta les trois marches menant à une petite terrasse bétonnée devant la porte d'entrée, laquelle était encadrée de plantes en pots.

— Maman ? appela Noah.

Josie posa une main sur son bras.

— Attends.

Elle voulut se saisir de son arme de service mais, n'étant pas d'astreinte ce jour-là, elle ne la portait pas sur elle.

— Est-ce que j'appelle ?

Il lui sourit sans comprendre.

— Appeler qui ?

Josie s'avança vers la porte ouverte.

— Il se passe un truc pas normal, chuchota-t-elle.

Noah éclata de rire.

— Qu'est-ce qui te fait dire ça ? Maman a laissé la porte ouverte, c'est tout. Elle a tendance à oublier des choses, ces derniers temps, tu te souviens ?

Oui, Josie s'en souvenait. Récemment, Noah et sa sœur avaient plusieurs fois évoqué à demi-mot l'idée de lui faire passer des tests pour la maladie d'Alzheimer ou une démence sénile, bien qu'elle n'ait qu'une soixantaine d'années. Pourtant, elle ne pouvait ignorer la peur tapie au fond d'elle tandis qu'elle pénétrait derrière lui dans le salon, lui aussi décoré dans les tons bleus. En cette fin d'après-midi, les derniers rayons du soleil filtrant par les fenêtres faisaient briller le parquet massif. Le petit tiroir de la table basse était ouvert, son contenu éparpillé sur le sol : une paire de lunettes, un paquet de mouchoirs, un stylo et un carnet. Josie fit un pas en avant. Le tiroir n'était pas vide pour autant. Colette cherchait-elle quelque chose ?

— Maman ? appela de nouveau Noah en s'enfonçant dans la maison.

La salle à manger, plongée dans l'obscurité, semblait en ordre. Josie se demanda si Colette avait oublié qu'ils devaient dîner ensemble. En temps normal, quand ils arrivaient, la table était déjà dressée. Sans oublier qu'à chaque fois, de délicieuses odeurs de cuisine flottaient dans l'air.

— Noah, je crois vraiment que...

Mais il était déjà passé dans la cuisine, et Josie l'y rejoignit rapidement. La lumière du plafonnier éclairait la pièce, propre et rangée, à l'exception de deux tiroirs restés ouverts et dont le contenu jonchait le plan de travail juste au-dessus : des torchons, un tire-bouchon, des prospectus, une lampe torche, quelques bougies et un briquet.

Josie attrapa Noah par l'épaule et l'orienta vers la porte de derrière, ouverte elle aussi. Sous sa paume, elle le sentit soudain plus tendu.

— Maman ? cria-t-il une nouvelle fois au moment de sortir.

Leurs pieds s'enfoncèrent dans l'herbe grasse, et ils s'arrêtèrent pour jeter un œil au grand jardin. Au pied de la haute clôture blanche qui l'entourait, des plates-bandes de fleurs, ainsi qu'un petit chalet en bois dans un coin. Josie avança jusqu'au patio au centre, agrémenté de mobilier en métal. De là, elle passa minutieusement en revue les environs et, soudain, montra du doigt une forme au loin.

— Mon Dieu, lâcha-t-elle. Noah, ce ne serait pas...

Elle ne réussit pas à achever sa phrase avant de s'élancer à travers l'herbe, Noah sur les talons.

Colette gisait face contre terre dans un des parterres de fleurs les plus éloignés. De loin, seuls ses pieds étaient visibles. En s'approchant, Josie remarqua immédiatement les gants de jardinage sur ses mains ainsi qu'une petite pelle à proximité.

— Maman ! hurla Noah, cédant à la panique.

Il se laissa tomber à genoux, et Josie l'imita. Ensemble, ils firent rouler Colette sur le dos. Elle avait les yeux clos ; ses joues et ses vêtements étaient tachés de terre. La froideur de son corps s'infiltra dans les mains de Josie quand cette dernière palpa son cou à la recherche d'un pouls, en vain.

Noah était déjà penché sur sa poitrine et entamait un massage cardiaque. Quand il eut effectué trente compressions, Josie fit basculer la tête de Colette vers l'arrière pour lui ouvrir la bouche, et lui pinça les narines.

— Maintenant ! ordonna Noah.

Josie recouvrit la bouche de Colette avec la sienne et souffla, dans l'espoir d'emplir ses poumons d'air. Une substance fétide et granuleuse se colla alors à ses lèvres, tandis que l'air insufflé ne pénétrait pas dans la poitrine de Colette comme cela aurait dû être le cas. Josie se redressa et s'essuya la bouche en toussant.

— Qu'est-ce que tu fais ? Josie ? Continue ! Il faut la sauver.

Noah la bouscula pour prendre sa place mais, après une insufflation, lui aussi recula en toussant et crachant.

— C'est de la terre, dit Josie. Noah, c'est de la terre.

Elle le poussa sur le côté, enfonça son index dans la bouche de Colette et en retira un peu de terre humide. Elle répéta l'opération trois ou quatre fois, mais les voies respiratoires demeuraient obstruées. À côté d'elle, Noah se tenait parfaitement immobile, bouche bée, suffoqué par l'horreur.

— Aide-moi, lui intima Josie. Aide-moi à la mettre sur le côté !

Au ralenti, Noah tendit le bras, saisit sa mère par l'épaule et poussa en même temps que Josie plaçait son corps sur le flanc tout en nettoyant frénétiquement l'intérieur de sa bouche. Quand elle estima avoir retiré le plus gros de la terre, elle remit Colette sur le dos et reprit le bouche-à-bouche. Impossible : ses voies respiratoires étaient toujours totalement obstruées.

Quelque part aux confins de son esprit, Josie savait qu'il n'y avait plus d'espoir, mais la terreur dans le regard de Noah était si insoutenable qu'elle ne put se résoudre à arrêter d'essayer.

— Appelle les secours, lui aboya-t-elle tout en reprenant les compressions thoraciques.

Noah ne bougeait pas, les yeux rivés sur le visage de sa mère.

Des gouttes de sueur apparurent sur le front de Josie, glissant le long de son nez avant de tomber sur le corps sans vie de Colette.

— Allez, Noah ! Appelle les secours !

Josie continua jusqu'à ce que ses épaules et ses bras lui fassent mal, jusqu'à ce que son visage soit souillé par les restes de terre encore présents dans la bouche de Colette, jusqu'à ce que son corps tout entier soit couvert de transpiration, jusqu'à ce que les secours arrivent et la mettent doucement à l'écart. Dans un état second, elle les entendit crier, reprendre le massage cardiaque puis, quelques minutes plus tard, annoncer l'heure du décès.

Alors, un gémissement – grave, guttural, déchirant – s'échappa de la gorge de Noah.

2

Noah était assis sur le canapé de sa mère, recroquevillé sur lui-même, les coudes sur les genoux, le visage dans les mains, reniflant parfois, ou se balançant d'avant en arrière. Josie s'installa près de lui et posa une main sur son dos. L'équipe d'identification criminelle s'affairait autour d'eux, mais Josie tentait de se concentrer sur ce qui venait d'arriver. Elle avait l'impression de s'observer de l'extérieur, hors de son corps. C'était si irréel. Ça ne pouvait pas leur arriver. Pas à eux.

— Patronne ? appela l'agent Finn Mettner.

Elle leva la tête et vit qu'il était là, devant eux. Depuis combien de temps les regardait-il ainsi ?

— Oui, répondit-elle d'une voix peu assurée.

Elle s'essuya la bouche pour tenter de retirer les restes de terre incrustés dans sa peau.

Mettner fit un geste en direction de la porte.

— C'est une scène de crime. Vous voulez bien...

Elle se leva brusquement.

— Bien sûr, bien sûr. Noah ?

Il ne répondit pas. Josie passa un bras autour de son coude

et l'invita doucement à se lever, à sortir de la maison et à s'asseoir sur le siège passager dans sa voiture.

— Je reviens tout de suite, lui promit-elle.

Près de la porte d'entrée, Hummel, un autre agent de l'équipe d'identification criminelle, avait bloqué l'accès avec une Rubalise. Armé d'un bloc-notes, il était prêt à y inscrire l'identité de quiconque passait devant lui. Dans l'allée, le coffre de sa voiture était ouvert. Josie alla y jeter un œil et trouva une combinaison ; elle l'enfila, ainsi que des surchaussures et une charlotte.

Des bruits de pas résonnèrent derrière elle, et Mettner se matérialisa près du coffre.

— Patronne, on est vraiment désolés de ce qui vous arrive. C'est... inimaginable.

Il tourna la tête vers Noah.

— Comment va-t-il ?

Josie suivit son regard. Noah était assis, ses yeux vides et rougis fixés sur un point devant lui.

— Je crois qu'il est en état de choc. Est-ce que Gretchen... euh... l'inspectrice Palmer va venir ?

Gretchen Palmer faisait elle aussi partie de la police de Denton. Son calme avait le don de rassurer Josie et d'apaiser les battements de son cœur quand il s'emballait dans les moments critiques. Cette femme profondément intègre, l'une des meilleures enquêtrices qu'il avait été donné à Josie de rencontrer, avait récemment été mise à pied en raison de son implication dans un terrible meurtre qui s'était déroulé sur le pas de sa porte et avait mis au jour certains secrets liés à son passé. Josie avait conscience qu'après tout cela, ce serait un miracle qu'elle soit maintenue à son poste. Mais elle savait également que Gretchen avait agi de manière à protéger les personnes auxquelles elle tenait le plus, si bien qu'elle avait usé de toute son influence pour s'assurer que sa collègue serait réintégrée à son commissariat, d'une façon ou d'une autre. Le chef de police et la maire ayant plusieurs fois émis des réserves à ce sujet, Josie avait fait appel à ses contacts travaillant dans les médias pour obtenir le soutien de la population : cela avait fait tant de bruit que le chef de police s'était résigné à rappeler Gretchen pour une période probatoire qui avait débuté une semaine plus tôt.

— Elle est encore au bureau, répondit Mettner.

— Quoi ? Le chef est au courant de ce qui est arrivé ?

— Oui, il est au courant.

Josie leva les mains en l'air.

— Mais j'ai besoin d'elle ici. C'est l'enquêtrice la plus expérimentée de l'équipe, et nous sommes clairement face à un homicide.

Mettner tiqua, et Josie se sentit immédiatement coupable. Cela faisait six mois que le chef le formait pour qu'il passe inspecteur, ce qui était d'autant plus nécessaire maintenant que Gretchen était mise au placard. Il était dans la police depuis sept ans, était méticuleux dans son travail, efficace et passionné. Josie et le chef Chitwood ne manquaient pas de sujets de désaccord, mais elle devait admettre que Mettner méritait cette promotion. Elle soupira.

— Excusez-moi. Je n'ai pas voulu… C'est juste qu'il s'agit de la mère de Noah, vous comprenez ? Gretchen a passé quinze ans à Philadelphie à travailler sur des homicides.

— Je sais bien, ne vous en faites pas. Je sais qu'elle est la plus qualifiée pour ça, patronne, pas de souci. Mais le chef n'a pas l'intention de faire une exception, donc vous devrez vous contenter de moi. J'en suis capable, vous savez ?

— Bien sûr que vous en êtes capable. Faisons un point. Il ne me semble pas que Noah ou moi ayons touché à quoi que ce soit. On s'est assis sur le canapé dans le salon mais, en dehors de ça, tout est à la même place qu'à notre arrivée. Sauf dans le jardin, évidemment. On a essayé de la ranimer, mais elle…

Josie s'interrompit et passa une nouvelle fois les doigts sur ses lèvres.

— Sa bouche était pleine de terre.

— Hummel est le premier à être arrivé sur place. D'après lui, vous l'avez trouvée allongée sur le ventre, poursuivit Mettner en revêtant une combinaison.

— Oui, mais même si elle avait eu une crise cardiaque, un AVC ou autre et qu'elle était tombée, cela n'explique pas pourquoi elle avait autant de terre dans la bouche. C'était tellement tassé que ses voies respiratoires étaient obstruées. Il ne peut pas s'agir d'un accident, Mett. Quelqu'un l'a assassinée.

Colette était une belle personne, gentille et douce. Josie sentit sa poitrine se serrer en imaginant la scène. Elle avait dû avoir tellement peur.

Mettner posa doucement la main sur l'épaule de Josie, la ramenant au présent.

— On va tirer ça au clair, d'accord ? On fait un tour de la maison, et ensuite vous ramènerez Fraley chez lui. De notre côté, on se mettra au travail.

Josie acquiesça et retourna voir Noah dans sa voiture pour l'informer qu'elle en avait encore pour quelques minutes, mais il semblait toujours ailleurs, quelque part où rien ni personne ne pouvait l'atteindre.

Hummel inscrivit leurs noms sur son bloc-notes avant de les laisser entrer. Ils se déplacèrent lentement dans la maison, retraçant méticuleusement le parcours emprunté par Josie et Noah entre leur arrivée et le moment où ils avaient découvert le corps de Colette dans le jardin. Heureusement, leurs collègues avaient recouvert le cadavre d'un drap après l'avoir photographié. Ils attendraient que Noah soit parti pour le transporter jusqu'à la morgue. Tandis que Josie détaillait à Mettner tous leurs faits et gestes, ce dernier pianotait à toute allure sur son téléphone pour tout prendre en note. Quand elle eut terminé, il lui adressa un sourire.

— J'écris plus vite sur mon téléphone qu'avec un stylo. Et puis c'est pratique, je peux m'envoyer mes notes par mail, après.

Josie sourit en retour.

— Si ça vous convient, c'est parfait, Mett. Super idée.

— Quand avez-vous parlé à Mme Fraley pour la dernière fois, vous ou Noah ? reprit-il.

— Je ne lui ai pas parlé depuis le mois dernier. Je crois que Noah l'a eue au téléphone ce matin. Je peux lui demander de confirmer.

— Est-ce que Mme Fraley vivait seule ?

Josie confirma d'un signe de tête.

— Je peux prendre contact avec le frère et la sœur aînés de Noah et leur demander s'ils l'ont eue au téléphone récemment. Ce serait peut-être bien d'interroger les voisins, les amis...

Mettner leva les yeux de son téléphone.

— Oui, j'ai déjà envoyé quelqu'un.

— Parfait.

Un autre membre de l'équipe d'identification criminelle s'agenouilla à proximité du corps de Colette. Elle venait d'arriver à Denton, après avoir travaillé plusieurs années à un poste similaire, dans une ville un peu plus grande.

— Agente Chan, la salua Josie. Vous avez trouvé quelque chose ?

Chan leva la tête vers eux et hocha la tête, tout en creusant de ses mains gantées la terre fraîchement retournée. Elle saisit entre le pouce et l'index un objet long en perles qui était enterré là. Josie s'accroupit pour le regarder de plus près. Elle désigna le crucifix qui pendait au bout.

— C'est un chapelet ?

Chan désigna l'extrémité effilochée du lien.

— Un morceau de chapelet, oui, je crois bien.

Mettner se pencha et grimaça à la vue de l'objet.

— Il a l'air vieux, dit-il.

— Vu son état, oui, il devait être là depuis un moment, confirma Chan.

— Peut-être qu'elle était en train d'essayer de le déterrer ?

suggéra Mettner à Josie. Je sais que le moment est mal choisi, mais pourriez-vous poser la question à Noah ?

— Bien sûr, répondit Josie tout en observant Chan placer le bijou dans un sac de scellés.

Mettner se racla la gorge, et Josie s'arracha à la contemplation du jardin sens dessus dessous.

— On va prendre le relais, annonça-t-il. Je vous tiens au courant dès qu'on en sait plus. Vous devriez peut-être ramener Noah chez lui et prévenir ses frère et sœur ?

— Très bien, dit-elle, toujours sous le choc. Évidemment.

3

Noah n'ouvrit pas la bouche de tout le trajet. Lorsqu'ils furent arrivés chez lui, Josie l'installa sur le canapé. Quand elle lui demanda les numéros de son frère et de sa sœur, il ne réussit qu'à lui tendre son téléphone. Son frère aîné, Theo, répondit à la troisième sonnerie. La conversation fut difficile, mais Josie savait que Noah n'était pas capable actuellement de lui annoncer la nouvelle lui-même, et il lui semblait important que le reste de la fratrie soit mis au courant rapidement. Noah aurait besoin de leur soutien. Theo promit de monter dans le premier avion disponible. Josie raccrocha et appela immédiatement Laura, la sœur de Noah. De nouveau, ce fut le choc, les larmes, les questions, puis la jeune femme annonça qu'elle pouvait être là dans quelques heures.

— Est-ce que tu veux aussi que j'appelle ton père ? demanda Josie à Noah.

— Pour quoi faire ? lâcha-t-il sans même la regarder.

— Eh bien, je sais que tes parents sont divorcés, mais peut-être qu'il voudra être auprès de toi, de ton frère et de ta sœur ? Tu ne crois pas qu'il aimerait savoir ?

— Il ne mérite pas de savoir, il n'a pas été là pour nous depuis le jour où il est parti de la maison.

Josie n'avait jamais perçu une telle amertume dans les paroles de Noah. Elle savait que son père ne faisait pas partie de sa vie, mais elle ne connaissait pas les détails de l'histoire. Noah n'en parlait jamais. Quoi qu'il en soit, il avait sûrement raison : si Lance Fraley n'avait plus de contacts avec ses enfants, il était peu probable que sa présence soit un réconfort.

Josie reposa le téléphone sur la table basse, s'assit à côté de Noah et prit sa main entre les siennes. Elle savait qu'il n'y avait rien à dire. Elle avait elle-même perdu son mari et son chef adoré de manière aussi soudaine que violente quatre ans plus tôt. La peine était immense et inévitable, une grande vague qui pouvait vous renverser et vous submerger à tout moment. On ne pouvait ni soulager ni atténuer cette douleur-là ; la seule chose à faire était de s'accrocher aussi fort que possible au peu de rationalité qui vous restait en attendant que le courant vous renvoie dans des eaux moins tumultueuses. Pourtant, se rappela-t-elle avec un frisson, cette mer de tristesse ne vous quittait jamais totalement, elle était toujours là, quelque part, prête à vous engloutir quand vous vous y attendiez le moins. Elle n'avait aucun moyen de l'en protéger et elle savait d'expérience qu'elle ne serait que d'un maigre réconfort. La seule chose qu'elle pouvait faire était de découvrir qui avait tué sa mère et mettre cette personne hors d'état de nuire.

Après un moment, elle demanda :

— Noah, est-ce que tu étais au courant qu'il y avait des chapelets enterrés dans le jardin de ta mère ?

Il tourna lentement la tête dans sa direction, les yeux rougis.

— Quoi ?

— Je suis désolée. Je sais bien que ce n'est pas le meilleur moment pour te poser des questions, mais l'équipe d'identification criminelle a trouvé un chapelet enterré dans le jardin de ta mère. On aurait dit qu'elle était en train de le déterrer. Mettner voulait que je te demande si...

— Ma mère est catholique, répondit Noah, comme si cela constituait une explication suffisante.

— Et c'est une coutume catholique d'enterrer des chapelets ?

— Quand ils sont cassés, oui. Ils étaient bénis. Maman dit toujours qu'il ne faut pas les jeter, alors elle les met avec ses fleurs.

— Et tu penses qu'elle aurait pu avoir une raison de vouloir les récupérer ?

Noah se passa les mains sur le visage.

— C'est ce que tu penses ? Qu'elle était en train de déterrer de vieux chapelets cassés ?

— Je n'en sais rien. Je ne sais pas quoi penser. Peut-être qu'elle jardinait et qu'elle est tombée dessus par hasard.

— C'est possible, j'imagine.

— Noah, je sais que ta mère a eu de petits problèmes de mémoire récemment, mais... à quel point ?

— Je ne sais pas... Ce n'était pas...

Il ne parvint pas à finir sa phrase.

— Désolée, dit-elle en lui effleurant le bras. Ne t'en fais pas, on en discutera plus tard. Quand est-ce que tu lui as parlé pour la dernière fois ?

— Ce matin. Tu le sais bien, je t'ai dit que je l'avais appelée pour confirmer qu'on viendrait pour le dîner.

— Et tu penses qu'elle était en train de jardiner parce qu'elle avait oublié ?

Il plissa les yeux.

— C'est quoi, cet interrogatoire ? Pourquoi tu traites ça comme une de nos affaires au boulot ?

— Parce que c'est bien d'une affaire qu'il s'agit, répondit Josie en conservant une voix douce. Quelqu'un a assassiné ta mère, Noah.

— On ne peut pas savoir si elle a été tuée. Elle pourrait aussi bien avoir eu une crise cardiaque ou une rupture d'anévrisme. Quand on l'a trouvée, elle était... Elle était...

Sa voix se brisa, et il détourna le regard. De nouvelles larmes dévalèrent le long de ses joues.

— Noah. Je sais que tu es en état de choc. Je suis déjà passée par là. Mais ta mère n'aurait pas pu se retrouver avec autant de terre dans la bouche si elle était juste tombée la tête la première dans ses plates-bandes. Quelqu'un...

Elle ne poursuivit pas sa phrase, incapable de prononcer ces mots. Cela ne ferait que remuer le couteau dans la plaie.

— Personne n'aurait fait de mal à ma mère, insista Noah. Tu n'as même pas le compte rendu d'autopsie. Tu ne peux pas être certaine qu'il s'agit d'un meurtre.

— Quelqu'un recherchait quelque chose dans sa maison, Noah. Tu as vu comme moi les tiroirs dans le salon et dans la cuisine.

— C'est sans doute elle qui cherchait quelque chose.

— Et elle aurait tout laissé en désordre avant de partir faire du jardinage ? Ta mère a toujours été une maniaque du rangement.

Il soupira.

— Beaucoup moins, ces derniers temps. Tu veux savoir à quel point elle avait des problèmes de mémoire ? Le mois dernier, je suis allé lui rendre visite, et elle ne m'a pas reconnu. Elle a commencé à me parler comme si elle s'adressait à mon père. À une époque, ils passaient leur temps à se disputer parce qu'il achetait des choses dont on n'avait pas besoin. Elle s'est mise à m'engueuler parce que j'avais acheté un magnétoscope à 200 dollars. Un magnétoscope !

— Je ne savais pas, Noah. Je suis désolée. Chaque fois que je la croisais, elle semblait aller bien.

— C'était le cas la plupart du temps. Mais ces... crises étaient de plus en plus fréquentes. C'est pour ça qu'avec Laura, on envisageait de l'emmener consulter un neurologue, mais on n'a jamais pris le rendez-vous, et maintenant...

Il s'interrompit et prit son visage à deux mains. Mais Josie entendit les mots qu'il n'avait pas prononcés. *Maintenant, c'est trop tard.*

Elle lui caressa le haut du dos.

— Je suis tellement, tellement désolée, Noah.

4

Laura Fraley-Hall débarqua comme une tornade quelques heures plus tard ; elle s'engouffra dans la maison sans frapper, jeta son sac et sa veste par terre dans le vestibule et partit rejoindre son frère assis sur le canapé dans le salon. De trois ans son aînée, elle avait les mêmes cheveux bruns – les siens ondulaient en cascade dans son dos – et les mêmes yeux noisette. Elle faisait en revanche une tête de moins que Noah, et son visage était plus rond, plus doux. Elle était vêtue d'une robe fourreau bleu marine agrémentée d'un foulard coloré. D'une main, elle caressait son ventre proéminent tout en prenant place à côté de son frère. Elle lui attrapa les épaules, l'écartant de Josie pour l'attirer contre elle.

— Je n'arrive pas à y croire, chuchota-t-elle.

Noah émergea de sa torpeur suffisamment longtemps pour lui rendre son étreinte, de nouvelles larmes venant se mélanger à celles de sa sœur. Josie se leva et partit dans la cuisine pour leur laisser un peu d'intimité. Là, elle s'occupa en préparant du café. Elle ouvrit le frigo pour voir si elle pouvait trouver quelque chose à manger pour Laura, avant de se dire que la jeune femme n'aurait certainement pas plus d'appétit qu'elle et Noah.

Josie patienta jusqu'à ce qu'elle perçoive des bribes de conversation avant de retourner dans le salon. Elle resta sur le pas de la porte et observa un moment le frère et la sœur.

— Où est Grady ? demanda Noah à Laura.

— Il sera là dans une heure ou deux. Il prépare nos bagages. Quand j'ai eu l'appel de Josie, j'ai sauté dans ma voiture et je suis venue tout de suite. J'étais en réunion pour le travail.

Josie savait que Laura avait récemment été promue vice-présidente de Sutton Stone Enterprises, où Colette avait elle-même travaillé pendant plus de quarante ans comme secrétaire et assistante du PDG. Cela avait commencé comme une petite affaire familiale dans une carrière locale d'où étaient extraites des roches calcaires, et c'était devenu une entreprise florissante au capital de plusieurs millions de dollars. Elle possédait désormais sa propre branche de construction, une filiale de transport ainsi que des carrières aux quatre coins de l'État dédiées à l'extraction d'agrégats – du sable et du gravier – pour fabriquer de l'asphalte. Il y avait encore quelques mois, Colette se vantait que sa fille était désormais chargée du développement et du fonctionnement de leur site de Bethléem. Elle appelait Laura et Grady le « super couple » de la famille : elle s'apprêtait à prendre les rênes de la boîte, et lui s'était lancé avec succès comme expert-comptable, travaillant essentiellement depuis son domicile.

— Oh, j'y pense... dit soudain Laura en portant la main à son front. Je suis sûre que M. Sutton voudrait que je le mette au courant. Il préférera l'apprendre de moi.

— M. Sutton... ton patron ? s'étonna Josie, mais Laura l'ignora.

— Oui, c'est certain, confirma Noah. Il adorait maman. Tu pourrais... tu pourrais l'appeler ?

Laura tapota le genou de son frère.

— Bien sûr.

Josie ressentit une nouvelle pointe de tristesse pour Noah ;

il considérait comme légitime le fait que l'ancien patron de Colette soit mis au courant de son décès soudain, mais pas son propre père. Elle se sermonna intérieurement de ne jamais avoir posé de questions à son sujet avant. Noah connaissait tous ses secrets mais, elle, que connaissait-elle vraiment de lui ? Qu'était-elle en mesure de lui offrir alors qu'il traversait cette crise ? Il avait toujours été son roc, l'avait soutenue et guidée à travers les pires épreuves auxquelles elle avait dû faire face. Comment lui rendre la pareille ?

— Tu devrais monter te rafraîchir, conseilla doucement Laura à son petit frère. Enlève ces vêtements. Prends une douche. Tu pourrais te reposer un peu ?

Josie le lui avait déjà suggéré à plusieurs reprises mais, cette fois, Noah s'exécuta et grimpa lentement l'escalier, les épaules voûtées. Josie et Laura l'écoutèrent un moment se déplacer à l'étage. Quand elles entendirent la douche, Josie croisa le regard de Laura.

— D'après Noah, il n'est pas nécessaire de prévenir votre père ?

Laura eut un rire amer.

— Non, ce n'est effectivement pas nécessaire. Mais je vais le faire quand même. Il ne prendra pas la peine de se déplacer pour les funérailles, mais je vais lui envoyer un message. Maman aurait voulu qu'on le prévienne.

— Nous devrons sans doute en discuter avec lui à un moment ou à un autre, dit Josie. Au moins pour éliminer toute possibilité qu'il soit lié à ce décès.

— Lié à la mort de maman ? Tu plaisantes, j'espère. Mais très bien, je vais te donner son numéro de téléphone. Fais ce que tu as à faire. Josie... Est-ce que la police a la moindre idée de qui aurait pu faire ça ? Je veux la vérité.

Josie secoua la tête.

— Non, je suis désolée. Pas encore. Mais notre équipe a commencé à investiguer. Est-ce que ta mère avait des différends avec quelqu'un ? Un ami ? Un voisin ? Un petit ami, peut-être ?

Les joues toujours trempées de larmes, Laura pouffa.

— Elle n'avait pas de petit ami. Elle a eu quelques relations après le départ de mon père, mais elle a toujours été très claire sur le fait qu'elle ne se remarierait pas. J'imagine que mon petit frère t'a dit à quel point elle était appréciée. Elle était très impliquée dans son église, et elle s'entendait bien avec ses voisins.

— Oui, confirma Josie, je sais qu'elle faisait beaucoup pour aider les enfants défavorisés de la ville, et Noah m'a raconté qu'il lui arrivait d'apporter un repas chaud à ses voisins quand ils étaient en difficulté. Je sais parfaitement quel genre de personne était ta mère, Laura, c'est pourquoi il est si difficile de comprendre pourquoi quelqu'un aurait voulu lui faire du mal.

D'une voix chevrotante, Laura fit écho aux paroles de Noah un peu plus tôt :

— Personne ne voudrait lui faire du mal.

— Elle s'est peut-être juste trouvée au mauvais endroit au mauvais moment, poursuivit Josie. D'après les premières constatations, quelqu'un recherchait quelque chose dans la maison. Est-ce que tu sais si elle possédait des objets de valeur ? Je pourrais fournir la liste de ce qui aurait pu intéresser son agresseur à mon équipe afin qu'ils vérifient si ces objets se trouvent toujours dans la maison.

Laura attrapa un mouchoir en papier et se moucha.

— Elle ne gardait pas beaucoup de liquide chez elle, donc ça ne peut pas être ça. Elle avait quelques bagues et colliers hérités de sa mère. Quand Grady et moi nous sommes fiancés, elle lui a fait don de la bague que lui avait offerte mon père, et Grady l'a fait retravailler par un joaillier.

Elle leva une main et fit scintiller un large anneau serti de diamants.

— Grady avait peur qu'utiliser cette bague pour nos fian-çailles nous porte malchance étant donné que le mariage de mes parents n'avait pas tenu, mais il comprenait l'intention : ma mère souhaitait transmettre un objet de grande valeur pour elle, aussi bien financière que sentimentale.

— Elle est magnifique.

Josie attendit quelques secondes avant d'insister.

— Rien d'autre ?

Laura secoua la tête.

— Non, je ne vois pas. Rien qui justifierait un meurtre, en tout cas.

Mais Josie savait d'expérience qu'il n'y avait pas forcément besoin d'une bonne raison pour tuer : certains criminels pouvaient tuer aussi facilement qu'ils respiraient. D'un autre côté, si Colette était dehors dans le jardin, n'importe qui aurait pu entrer et fouiller la maison sans qu'elle se doute de quoi que ce soit. Alors, pourquoi sortir et s'en prendre à elle ? Pourquoi la tuer de manière aussi brutale et cruelle ? Au fil de sa carrière, Josie avait connu bon nombre de cambriolages qui dégénéraient. Les auteurs étaient presque toujours armés. Et quand aucune arme à feu n'était utilisée, on retrouvait généralement sur la scène de crime des traces de lutte. Parfois, les habitants de la maison étaient ligotés. Colette, elle, semblait être morte de causes naturelles, soudainement, alors qu'elle était en train de jardiner... si l'on omettait la présence de terre dans son œsophage. Josie avait vu beaucoup de scènes de crime dans sa vie, et celle-ci était pour le moins inhabituelle. Quand elle évoqua le chapelet, Laura lui répondit la même chose que Noah : déjà enfants, ils avaient toujours vu leur mère enterrer ses chapelets cassés dans le jardin, aussi bien quand ils vivaient dans leur maison d'enfance que dans celle, plus petite, qu'elle avait achetée après le divorce et dans laquelle elle avait été assassinée.

— Est-ce qu'il lui arrivait d'enterrer d'autres choses ? demanda Josie.

Laura se rembrunit.

— Où est-ce que tu veux en venir, exactement ?

— Je ne veux « en venir » nulle part, j'essaie juste de rassembler toutes les pièces du puzzle. Savoir s'il s'agit d'un crime ciblé ou survenu par hasard nous aidera à réduire la liste des suspects.

— Il n'y a pas d'autres policiers à Denton qui pourraient se charger de cette affaire ? demanda Laura.

— Si, bien sûr, mais on est un peu en sous-effectif. L'un de nos meilleurs éléments est indisponible actuellement, nous avons recruté un nouvel agent, Finn Mettner, qui nous aidera pour l'enquête. Il va sans aucun doute y passer ses nuits.

— Bien, fit Laura en la dévisageant. Un petit conseil, alors : la meilleure chose que tu aies à faire dans l'immédiat, c'est d'être là pour Noah.

Josie sentit le rouge lui monter aux joues. Qu'insinuait Laura ? N'était-elle pas là pour Noah en cet instant ? N'était-elle pas la seule personne, en dehors de Colette, dans la vie de Noah ces dernières années ? Depuis qu'ils s'étaient rapprochés, elle ne l'avait jamais vu passer du temps avec son frère et sa sœur en dehors des fêtes de Noël. C'était Josie qui avait tenté de ranimer Colette en lui faisant du bouche-à-bouche, même après qu'elle s'était rendu compte que c'était sans espoir. Pourtant, Josie ne répondit rien. La dernière chose dont elle ou Noah avaient besoin, c'était qu'elle se prenne le bec avec Laura.

— Je vais monter voir si tout va bien, répondit Josie, et elle disparut dans l'escalier.

5

Josie et Laura passèrent une bonne partie de la soirée au téléphone pour annoncer le décès de Colette aux amis et aux autres membres de la famille. Josie monta de nouveau voir Noah peu avant l'arrivée de Grady et fut rassurée de le trouver au lit, endormi. Elle se changea et se glissa à côté de lui. La nuit fut hachée à cause du sommeil agité de Noah qui la réveillait quand il se levait pour faire les cent pas dans la pièce. À chaque fois, les yeux troubles, elle l'appelait pour qu'il revienne se coucher et l'enlaçait jusqu'à ce qu'il retombe dans le sommeil. Josie ne connaissait que trop bien l'horreur de se réveiller au milieu de la nuit pour se rendre compte encore et encore que son monde s'était écroulé.

Plusieurs fois, Josie entendit Laura et son mari discuter dans la chambre d'amis au bout du couloir, à voix basse, sans comprendre ce qu'ils disaient. Puis, quand la lumière du matin commença à filtrer à travers les volets, elle perçut des bruits de pas dans l'escalier, puis des bruits de vaisselle. Quand l'odeur du petit déjeuner se diffusa jusqu'à l'étage et sous la porte de la chambre, l'estomac de Josie gargouilla.

— Tu as faim, fit Noah, tapi sous un oreiller.

— Oui, mais je n'ai pas vraiment envie de manger, dit Josie. Enfin, j'imagine qu'on en aurait besoin, tous les deux.

Ils s'habillèrent et descendirent à la cuisine, où Grady préparait des œufs et du pain grillé pour un régiment. Laura était assise à la table, les yeux perdus dans le vague, un verre de jus d'orange devant elle.

Grady leur adressa un sourire peiné quand ils entrèrent. Josie ne l'avait rencontré qu'en une occasion, et l'avait trouvé plutôt sympathique ; il semblait vraiment épris de sa femme. Âgé d'une quarantaine d'années, il était grand, avec des cheveux noirs mi-longs et des yeux foncés, mais elle ne se souvenait pas qu'il était si mince. Il éteignit le gaz et se détourna de la cuisinière pour venir saluer Noah d'une étreinte puissante.

— Je suis désolé. C'est tellement... Je n'arrive pas à y croire. Personne n'y arrive, à vrai dire. On était sur le point de lui donner son premier petit-enfant...

— Arrête, s'il te plaît, croassa Laura. Ne parle pas de ça, je t'en supplie.

Grady regarda sa femme.

— Pardon, Laura, je ne voulais pas te contrarier. C'est difficile pour tout le monde.

Il se tourna vers Josie.

— Vous savez qui a fait ça ?

— Notre équipe travaille dessus, répondit Josie. Je vais prendre contact avec l'agent Mettner aujourd'hui pour voir s'il y a du nouveau.

Noah s'installa à table, face à sa sœur, qui déclara :

— Il va falloir s'occuper des funérailles. Theo devrait être là d'ici une heure.

Mais Noah ne quittait pas Josie des yeux.

— Mett ? s'étonna-t-il. Pourquoi ce n'est pas Gretchen qui s'en occupe ?

— Le chef refuse de la laisser quitter son bureau. Même pas pour ça.

Noah poussa un grognement.

— Mettner est un bon flic, tenta Josie.

— Pas aussi bon que Gretchen. Pas aussi bon que toi. Il n'a pas l'expérience...

Laura l'interrompit :

— Tu as entendu ce que j'ai dit, Noah ? Il faut qu'on organise les obsèques de maman.

Il la regarda sans répondre.

Grady reprit place devant la cuisinière et cassa deux œufs dans une poêle. Certaine d'avoir désormais toute l'attention de Noah, Laura sourit et dit à son mari :

— Chéri, je pense qu'on aura assez à manger.

Il lui rendit son sourire, et Josie vit des larmes perler au coin de ses yeux.

— Désolé, je préfère m'occuper les mains, au moins je me sens utile.

— Je suis pareille, le rassura Josie en allant remplir deux assiettes pour elle et Noah. C'est génial, Grady, merci d'avoir cuisiné.

Ils mangèrent en silence, comme au ralenti, les yeux toujours dans le vague. Ce fut presque un soulagement quand le téléphone de Josie vibra dans sa poche.

— C'est qui ? demanda Noah.

— Un message de Mettner. Il dit que la docteure Feist a déjà terminé l'autopsie.

— Quelles sont les conclusions ? demanda Laura.

— Il ne m'en dit pas plus. Je vais devoir l'appeler.

— Vas-y, pars, l'encouragea Noah. Je sais que tu en meurs d'envie.

Josie en resta bouche bée. Il n'avait pas voulu paraître désagréable, mais sa phrase n'en était pas moins piquante.

— Je n'ai pas envie de partir, répliqua-t-elle. Je veux rester avec vous. Mettner est très compétent, je t'assure. Je suis sûre qu'il peut se débrouiller seul.

Noah ouvrit la bouche pour répondre, mais Laura le devança.

— À vrai dire, Josie, ce serait aussi bien que tu ailles récupérer les informations que tu peux. Dès que Theo sera là, on va tous devoir passer aux pompes funèbres pour organiser la cérémonie. Si tu pouvais nous donner la date à laquelle on pourra récupérer le corps, ça nous aiderait beaucoup.

Josie croisa le regard de Noah.

— Seulement si c'est ce que tu veux, lui dit-elle.

Il se passa une main sur les yeux et soupira.

— Ça va. Promis. Va voir Mettner. Il voudra sans doute que Theo, Laura et Grady passent au commissariat pour récupérer leurs empreintes digitales et les comparer avec celles retrouvées dans la maison.

— Oui, confirma Josie. Il va vous demander de venir.

Ou, s'il n'en avait pas l'intention, Josie ferait en sorte qu'il y pense.

— Et l'un de nous va devoir se rendre à la maison pour vérifier s'il manque quelque chose. Je pourrai y aller plus tard, ou ça peut être Laura.

— Tu es sûre que c'est une bonne idée ? demanda Grady, inquiet, à sa femme. Je trouve que ça fait déjà beaucoup de stress à gérer pour toi et le bébé, ce n'est peut-être pas la peine d'en rajouter en allant voir l'endroit où ta mère a été...

Laura lui prit la main.

— Ne t'inquiète pas, je ne suis pas obligée d'y aller. Noah a déjà dit qu'il pouvait s'en occuper.

Noah adressa un petit sourire à Josie.

— On s'appelle plus tard, OK ?

6

La morgue de Denton, placée sous la responsabilité de la légiste Anya Feist, était située au sous-sol de l'hôpital Denton Memorial, vieux bâtiment en briques construit au sommet d'une colline surplombant la ville. Les lieux étaient dépourvus de fenêtres, et il y persistait une odeur chimique mêlée à une autre de décomposition. Josie avait appris à s'y habituer avec les années, mais elle comprit à l'instant où elle entra dans la grande salle d'examen que Mettner manquait cruellement d'expérience en la matière. Debout devant une table à côté de la docteure Feist, un dossier ouvert devant eux, il affichait un teint verdâtre.

À l'autre bout de la pièce reposait le corps de Colette, dissimulé sous un drap dont ne dépassaient que ses cheveux brun-gris. Josie fut parcourue d'un frisson. Elle avait encore du mal à se rendre compte. Elle avait tant de peine pour Noah. Elle l'avait toujours envié d'avoir eu une enfance normale et une mère gentille et aimante, même si elle était heureuse pour lui.

— Je ne m'attendais pas à vous voir aujourd'hui, dit la docteure Feist en apercevant Josie. Vous ferez part à Noah de mes sincères condoléances, ajouta-t-elle avec un sourire de compassion.

— Vous n'étiez pas obligée de vous déplacer, ajouta Mettner. Je voulais simplement vous tenir au courant de l'avancée de l'enquête.

Josie rentra les mains dans ses poches de jean.

— Noah m'a demandé de venir. La famille veut des réponses.

La docteure Feist saisit à contrecœur une feuille dans le dossier ouvert sur la table, qu'elle leva devant ses yeux.

— Je ne sais pas trop comment vous l'annoncer, mais il n'y a aucun doute : Mme Fraley a été assassinée. Asphyxiée. La terre s'est infiltrée partout quand elle l'a inspirée.

Josie ravala la boule qui se formait dans sa gorge.

— Vous voulez dire qu'elle s'est étouffée avec ?

La légiste reposa son papier sur la table et s'avança vers la policière, l'air sincèrement désolé.

— Vous êtes certaine de vouloir entendre ça, Josie ?

— Il le faut.

Anya Feist retourna auprès de Mettner.

— Je suis persuadée que votre collègue peut s'en occuper. Il m'a dit qu'il s'agissait de son premier homicide, mais il faut bien commencer un jour. Il pourrait vous donner les détails un peu plus tard ? Quand vous serez prête. Le corps peut être rendu à la famille demain. Si vous souhaitez toujours connaître tous les détails une fois les obsèques passées, Mettner pourra répondre à vos questions à ce moment-là.

Josie sentit les larmes lui monter aux yeux quand son regard se posa sur le corps frêle et voilé de Colette. Elle n'avait aucune envie d'entendre les détails intimes et macabres de son meurtre, mais elle devait à Noah de tenir bon. Mettner était un bon policier, et Josie ne doutait pas qu'un jour, il deviendrait l'un des meilleurs enquêteurs que la police de Denton avait jamais eus, mais elle ne pouvait laisser reposer une affaire aussi personnelle sur ses seules épaules. Quand Noah aurait pris le temps nécessaire pour se remettre du choc et commencer son deuil, il voudrait que toute la lumière soit faite sur cette affaire. Elle le savait pour avoir elle aussi perdu des proches de mort violente. Elle savait également à quel point les débuts d'une enquête pour meurtre étaient déterminants pour la suite. Elle devait s'assurer que la procédure serait respectée de bout en bout, qu'aucun détail ne serait négligé, et que Mettner explorerait chaque piste potentielle sans exception.

Josie cligna des yeux pour en chasser les larmes.

— Ça ira. S'il vous plaît. Dites-moi ce que vous avez découvert.

Avec un soupir, la docteure Feist reprit :

— J'ai employé le mot « infiltré » car j'ai retrouvé une matière particulière, des fragments de terre, jusque dans ses poumons. Elle l'a inhalée. Mais pour répondre à votre question, oui, elle s'est étouffée avec. Son œsophage était totalement obstrué. De petites pétéchies sont visibles sur la conjonctive de ses yeux.

Mettner sortit son téléphone et ouvrit son application de prise de notes.

— Des pétéchies ? répéta-t-il.

— Une hémorragie de type pétéchiale, explicita Josie. De tout petits points rouges sur les yeux et parfois sur la peau. Ils peuvent faire quelques millimètres mais, parfois, ils ne sont visibles qu'au microscope. Ils apparaissent quand le corps est privé d'oxygène. La pression dans les veines de la tête fait éclater les petits vaisseaux des yeux.

La docteure Feist approuva d'un hochement de tête.

— Exactement. Les pétéchies sont des indicateurs de mort par asphyxie. Il peut s'agir d'une pendaison ou d'une strangulation mais, dans ce cas précis, les causes sont assez claires.

Mettner tapota du doigt la feuille de papier que la légiste avait reposée sur la table.

— Il y avait des marques sur ses bras, des bleus et des griffures, qui prouvent qu'elle se serait défendue. Pas de signes d'agression sexuelle.

— On a trouvé dans son cerveau...

La légiste s'interrompit et tourna la tête vers le corps de Colette, mal à l'aise. Sans doute n'était-elle pas habituée à discuter de ses autopsies avec les proches de la victime.

— Je vous écoute, la relança Josie. Noah et sa sœur suspectaient un début de démence sénile. Est-ce que c'est ce que vous avez trouvé ?

La docteure Feist acquiesça et lui fit signe de s'approcher d'un plan de travail en inox le long d'un mur. Un microscope était posé au milieu, ainsi que plusieurs lamelles en verre. La légiste les passa en revue – toutes étaient étiquetées au nom de Colette – avant d'en glisser une sous l'appareil. Elle y jeta un œil puis invita Josie à faire de même.

Cette dernière avait l'impression de regarder un dessin d'enfant au crayon rose fuchsia. Des points violacés irréguliers parsemaient la plaque de verre ; au centre se trouvait une large tache sombre, presque brune, avec une autre tache violette à l'intérieur, celle-ci plus grande que les autres.

— Qu'est-ce que c'est ? demanda Josie.

— J'ai prélevé plusieurs échantillons dans le cerveau de Mme Fraley. Celui-ci provient de son hippocampe. Il s'agit d'une cellule pyramidale de l'aire CA1 de l'hippocampe.

Josie leva les yeux. Derrière eux, Mettner compléta :

— L'hippocampe est responsable de la mémoire.

— Oui, on peut dire ça, confirma la docteure Feist.

— Donc, cet échantillon a été prélevé dans l'hippocampe de Colette, poursuivit Josie.

— Absolument. La grosse masse sphérique que vous voyez au centre de...

— Celle avec la tache violette au milieu ?

La légiste sourit.

— Autant simplifier, argumenta Josie.

— Très bien. Oui, la tache violette. C'est le signe d'un corps de Lewy.

Les pouces de Mettner se figèrent, et il leva les yeux de son écran.

— Un quoi ?

La docteure Feist lui fit signe d'approcher. Il déposa son téléphone sur le plan de travail et regarda dans le microscope pendant que la légiste poursuivait ses explications.

— Pour faire simple, un corps de Lewy est la présence anormale d'une protéine à l'intérieur des cellules nerveuses. Ces dépôts de protéine affectent la chimie du cerveau, provoquant une altération de la mémoire, du comportement, de l'humeur, de la perception…

Josie repensa à ce que Noah lui avait dit au sujet de Colette qui l'avait confondu avec son père – pas simplement confondu, elle avait fait un bond de plusieurs années en arrière dans son esprit, revenant à l'époque où elle était encore mariée. La tristesse s'engouffra en elle. Une femme aussi gentille ne méritait pas ça. Elle ne méritait pas de perdre toutes ses facultés alors que la naissance de son premier petit-enfant était imminente. Peut-être que des traitements ou des médicaments auraient permis d'améliorer sa qualité de vie, voire de prolonger ses moments de lucidité. Ils ne le sauraient jamais.

— Josie ? appela la légiste.

Mettner s'était éloigné du microscope et avait récupéré son téléphone. Son regard passait d'une femme à l'autre, dans l'attente de nouvelles informations à noter.

Josie refoula son chagrin.

— Ça va, ça va. Donc, on parle de démence ? D'Alzheimer ?

— Avec un Alzheimer, nous aurions également trouvé des plaques amyloïdes et une dégénérescence neurofibrillaire dans le cerveau, donc c'est sans doute plutôt une démence à corps de Lewy.

— Sans doute ?

— Un deuxième diagnostic est possible en présence de corps de Lewy : Parkinson. Mme Fraley avait-elle des symptômes physiques ? Pertes d'équilibre, mauvaise coordination, tremblements des extrémités, rigidité des membres ou du tronc ?

Josie secoua la tête.

— Non, je ne crois pas. Noah ne m'en a jamais parlé, et je n'en ai jamais été témoin.

— Mais vous avez dit que ses enfants craignaient qu'elle soit atteinte de démence.

Sans le vouloir, elle posa une nouvelle fois le regard sur le corps de Colette et repoussa l'émotion qui tentait de prendre le dessus. Quand elle voulut parler, elle ne réussit à émettre qu'un son rauque. Elle se racla la gorge avant de réessayer.

— Oui... euh... elle avait... euh... des problèmes cognitifs. Des trous de mémoire.

La légiste hocha la tête et vint se placer juste devant Josie, l'empêchant de voir le corps de Colette. Ses doigts fins vinrent se poser sur son bras.

— Il faudrait mener un interrogatoire plus poussé de ses proches pour en être certains, mais mon diagnostic initial serait une démence à corps de Lewy. Même si je ne suis pas sûre que ça ait vraiment de l'importance aujourd'hui.

— Comment ça ? demanda Mettner.

— Disons que la découverte de cette démence était fortuite. Cela n'a aucun lien avec sa mort et n'y a en aucun cas contribué. À moins, bien sûr, qu'elle n'ait pas été lucide au moment de rencontrer son agresseur.

— Vous voulez dire qu'elle aurait pu le confondre avec une personne qu'elle connaissait ? En qui elle avait confiance ? Peut-être que si elle avait été lucide, elle ne l'aurait pas laissée entrer chez elle ?

La légiste haussa les épaules.

— Peut-être. La seule certitude, c'est qu'elle est morte par asphyxie, et qu'il s'agit d'un homicide. Vous avez bel et bien un meurtre sur les bras. J'en suis vraiment désolée, Josie.

7

Mettner et Josie se rendirent chez Colette chacun dans leur véhicule. La Rubalise entourant la scène de crime avait déjà été retirée. Quelqu'un dans l'équipe avait dû s'en charger par égard pour Noah, sachant qu'il devrait revenir sur les lieux. Ils se garèrent et remontèrent l'allée ensemble.

— Est-ce que vous avez obtenu quelque chose des voisins ? demanda Josie.

— Rien du tout, répondit-il en tirant une clé de sa poche.

À l'intérieur de la maison, une étrange immobilité régnait, ce qui donna la chair de poule à Josie.

— Ils n'ont rien remarqué d'inhabituel. La voiture de Colette est restée sur place toute la journée, hier. Ils n'ont vu aucun visiteur ni inconnu dans les environs. Le seul appel que Colette a passé ou reçu sur son téléphone était de Noah, dans la matinée. Ils ont discuté cinq minutes. Sur son téléphone portable. Il n'y a pas de ligne fixe.

— Vous avez vérifié son journal d'appel de ces dernières semaines ?

— Bien sûr. Gretchen s'en est chargée. On est remontés un

mois en arrière. En dehors de ses enfants, elle a été en contact avec son médecin, trois amis de l'église et un traiteur thaï.

— Rien de suspect, donc.

— Absolument pas.

La maison avait été laissée telle que Josie l'avait trouvée. Elle savait que son équipe avait photographié et prélevé des empreintes sur les lieux, mais ils n'avaient rien rangé. Ce n'était pas leur travail. Il revenait aux Fraley de le faire quand ils en auraient la force. Josie suivit Mettner jusqu'au jardin derrière la maison, où il lui montra du doigt une marque. On aurait dit qu'un objet rond avait été enfoncé dans la terre. Le crâne de Colette, comprit Josie.

— On l'a maintenue au sol, dit-elle à son collègue.

— C'est ce que je pense aussi. Et ici, c'est difficile à voir avec l'herbe, mais il y a deux autres marques.

Quand elle s'accroupit, Josie remarqua que l'herbe avait été écrasée en deux endroits. Si elle s'était allongée par terre sur le dos, elle aurait pu placer sa tête dans le creux le plus grand, et les deux plus petits auraient correspondu à ses hanches.

— Quelqu'un s'est assis sur elle, commenta-t-elle.

— Oui. Le tueur lui est monté dessus, lui a écrasé la tête contre le sol et lui a rempli la bouche de terre. Je pense qu'il s'agissait d'un homme, vu la force que cela a nécessité. Mme Fraley avait plus de soixante ans, mais elle était en forme, physiquement. Si l'agresseur avait été moins imposant, on aurait plus de traces de lutte. Plus d'hématomes, des entailles, et l'herbe aurait été complètement retournée plutôt qu'à peine écrasée. À mon avis, il était suffisamment grand pour la maîtriser totalement et la maintenir en place le temps de faire son sale boulot.

— Et ensuite, il l'a retournée face contre terre, termina Josie.

— Patronne, fit Mettner.

— Non, juste Josie, maintenant.

Mettner se reprit timidement :

— Josie. Je crois qu'on lui en voulait personnellement.

Elle hocha la tête.

— On peut difficilement faire plus intime. Regarder dans les yeux la personne qu'on est en train d'étouffer ? Puis retourner son corps pour ne plus voir ce que l'on vient de faire ? Vous devriez interroger la famille proche.

— Je croyais qu'elle n'avait pas de proches dans les environs ?

— Eh bien, le grand frère de Noah a un alibi plutôt solide, étant donné qu'il vit en Arizona, mais essayez quand même de savoir où il se trouvait à l'heure de la mort de sa mère, et si quelqu'un peut le confirmer. C'est la procédure habituelle. Laura et son mari, Grady, n'habitent qu'à quelques heures de Denton, et il me semble que l'ex-mari de Colette est resté en Pennsylvanie. Ils ne sont pas très loin. Autant éliminer tout de suite des potentiels suspects.

— Vous croyez vraiment que l'un d'eux aurait été capable de faire ça ?

Josie haussa les épaules. Le chagrin dont elle avait été témoin chez Noah était sincère.

— Probablement pas, mais c'est la première chose que l'on vérifierait dans une affaire de meurtre qui n'impliquerait pas l'un de nos collègues.

— D'accord, céda Mettner. Je croyais que les parents de Noah avaient divorcé il y a des années.

— C'est le cas. Mais nous n'avons aucune idée de ce qu'était leur relation à l'époque, ni s'ils sont restés en contact par la suite. Ça vaut le coup de vérifier.

— Ça marche. Au fait, venez voir, j'ai trouvé quelque chose à l'étage. D'autres tiroirs ont été fouillés.

Les pièces du premier étage affichaient un désordre similaire à celui du rez-de-chaussée. Comme dans le salon et la cuisine, on aurait dit que Colette cherchait quelque chose. Les tiroirs des tables de chevet ainsi que celui du haut de la commode étaient restés entrouverts, et une partie de leur contenu était éparpillée au sol. Dans le placard, les couvercles de plusieurs boîtes à chaussures semblaient avoir été replacés à la hâte. On avait également fouillé dans la grande boîte à bijoux posée dans un coin de la pièce. Un simple coup d'œil suffit à Josie pour conclure qu'il en restait au moins une bonne partie, si ce n'était tout. Noah pourrait confirmer cela.

— Comme je l'ai dit, quelqu'un cherchait quelque chose, dit Josie.

— Oui. Venez, je vous montre le reste.

Dans la salle de bains, l'armoire à pharmacie était ouverte, et une boîte d'Advil et un tube de dentifrice avaient été abandonnés dans le lavabo. Dans le meuble situé en dessous, les produits ménagers avaient été renversés. Le lourd couvercle de la chasse d'eau était de travers.

— Qu'est-ce que c'est que ce bordel ? fit Josie. Qu'est-ce qu'il pouvait bien espérer trouver ici ?

— C'est ce que nous devons découvrir, dit Mettner. Noah ou sa sœur ne vous ont rien confié à ce sujet ?

— Ils n'ont rien à confier. D'après eux, elle était en bons termes avec tout le monde, ne possédait aucun objet de valeur, et personne ne lui aurait jamais fait de mal.

— Alors, quels secrets cachait-elle ? Même à ses enfants ?

— Bonne question...

La chambre d'amis était intacte, à l'exception du placard : plusieurs sacs à main en avaient été sortis et balancés par terre. La troisième chambre avait depuis bien longtemps été transformée en salle de couture. Les dizaines de iroirs en plastique des rangements disposés contre le mur du fond étaient tous ouverts. La grosse machine à coudre posée sur une table longue et étroite au milieu de la pièce avait été renversée. En dehors de cela, rien ne semblait avoir été dérangé : tissus et bobines de fil n'avaient pas quitté les étagères fixées au mur. Dans un coin de la pièce était exposée la dernière création en patchwork de Colette, suspendue à un petit porte-couverture en bois.

— Si elle était capable de coudre comme ça, elle ne pouvait pas être atteinte de la maladie de Parkinson, fit remarquer Josie en entrant.

— Tout a déjà été photographié et inspecté, ici, dit Mettner. Alors vous pouvez jeter un œil.

Elle fit révérencieusement le tour de la pièce, imaginant toutes les heures que Colette avait dû passer devant sa machine à coudre. Est-ce que ce dessus-de-lit était destiné à son premier petit-enfant à naître ? À cette pensée, le cœur de Josie se serra, et elle tenta de recentrer son attention sur l'enquête. C'était certainement le tueur qui avait fouillé la maison, et non Colette lors d'une crise de démence. Avait-il trouvé ce qu'il cherchait et était parti avec ? Cela expliquerait pourquoi tout n'avait pas complètement été mis à sac. À moins qu'il ait voulu faire en sorte qu'on croie que c'était Colette qui cherchait quelque chose ? Elle passa la main sur la couverture, le cœur de nouveau serré à la vue de ce magnifique travail de précision ; Colette ne coudrait plus jamais.

Mettner, resté dans l'embrasure de la porte, l'observait, les bras croisés.

— Voulez-vous qu'on fasse un peu de rangement avant que Noah arrive ?

Josie savait que redonner à la maison de Colette son état impeccable habituel apaiserait certainement Noah ; elle remit alors tous les tiroirs en place avant de se tourner vers la table au centre de la pièce. Elle redressa la machine à coudre, mais celle-ci était bancale.

— Elle est lourde, grogna-t-elle.

Mettner s'approcha et saisit la machine à deux mains pour tenter de la stabiliser.

— Attention, s'alarma Josie sans savoir pourquoi.

Colette n'utiliserait plus jamais cette machine à coudre, et

Josie était à peu près certaine qu'elle n'intéresserait aucun de ses enfants.

Mettner pencha la machine pour regarder dessous.

— La base est mal fixée.

Josie vint le rejoindre et se pencha pour mieux voir.

— Je vois une fissure à un endroit, c'est pour ça que ça ne tient plus. Mais ça ne devrait pas empêcher de la faire tenir droit. Réessayez.

Mettner passa plusieurs secondes à tenter de la caler, quand un craquement se fit entendre.

— Oh non ! lâcha-t-il. Mince, je suis désolé.

— Merde... Bon, remettez-la sur le côté, on ne touche plus à rien. Je ne veux pas risquer de l'abîmer encore plus. J'essaierai de la réparer plus tard, avant la visite de ses enfants. C'est juste du plastique, un peu de colle devrait faire l'affaire.

Mettner avait replacé ses grandes mains autour de la machine, mais il s'était figé : il n'osait plus la bouger, de peur d'empirer les choses.

— Mett, dit Josie. Allez-y, vraiment. On va trouver de la colle forte et réparer tout ça.

Il ne semblait pas très convaincu, mais il reposa doucement la machine sur le côté.

— Ce n'est pas juste une fissure, dit-il. Regardez ça.

La plaque en plastique sous la machine était maintenant quasiment décrochée.

— C'est pas vrai, pesta Josie. Bon, ne touchez plus à rien !

Doucement, elle tenta de remettre la plaque en place, en vain. Mettner était debout à côté d'elle, les bras croisés, comme s'il assistait à une opération. Josie s'apprêtait à tourner les talons et à quitter la pièce quand quelque chose capta son attention : à l'intérieur, coincé entre les rouages de la machine, dépassait le coin d'un sachet en plastique transparent.

— Qu'est-ce que c'est que ça ? s'interrogea-t-elle.

Mettner s'avança et regarda par-dessus son épaule tandis

qu'elle tirait avec précaution sur le morceau de plastique. Ce dernier tomba sur la table avec un bruit sourd sous les yeux écarquillés des policiers.

— Vous avez des gants ? demanda Josie.

— Vous pensez que c'est important ?

— Je n'en sais rien mais, dans le doute, je préférerais en porter.

Mettner fouilla dans la poche intérieure de sa veste et en sortit une paire de gants de protection qu'il tendit à Josie. Elle les enfila, ramassa le sachet zippé et le leva devant la lumière pour qu'ils aient un aperçu de ce qu'il contenait.

Josie inspecta les trois objets à l'intérieur.

— Vous voulez que j'appelle l'équipe d'identification ? proposa Mettner.

Josie acquiesça.

— Je ne sais pas ce que sont ces objets, mais le fait que Colette les ait dissimulés à l'intérieur de sa machine à coudre est intrigant.

Son collègue sortit son téléphone.

— Quand ma grand-mère a commencé à perdre un peu la tête, je me souviens qu'elle n'arrêtait pas de ranger les choses à des endroits bizarres. Un jour, j'ai retrouvé ses clés de voiture dans le congélateur.

Josie ne sembla pas convaincue.

— Non, je pense qu'elle a caché ça ici volontairement. Ce n'est pas une cachette facile d'accès. Et regardez comme le plastique du sachet est abîmé. Il est là-dedans depuis un bon moment. Appelez l'équipe d'identification criminelle.

8

Mettner appela Hummel, le chef de l'équipe d'identification criminelle. Ce dernier arriva dix minutes plus tard, photographia la machine à coudre et le sachet, puis, après s'être équipé de gants, vida le contenu de ce dernier sur la table. Mettner enfila lui aussi des gants tout en observant Josie saisir les objets un à un. Le premier était une clé USB.

— Qu'est-ce qui est écrit ? demanda-t-il quand elle tenta de déchiffrer l'inscription manuscrite sur le plastique.

— « Pratt. »

Josie leva les yeux vers Mettner et Hummel.

— Est-ce que ça vous dit quelque chose ?

Les deux hommes secouèrent la tête. Josie reposa la clé USB et attrapa le deuxième objet : une petite pierre plate avec une extrémité plus pointue. Le côté opposé était large et droit, avec une entaille dans chaque angle.

— Qu'est-ce que c'est ? demanda Mettner.

Josie fit tourner la pierre entre ses doigts.

— Une pointe de flèche, je crois.

Elle était marron clair, et sa surface inégale était douce et émoussée.

— En jaspe, précisa-t-elle.

— En quoi ?

— Une pointe de flèche en jaspe. Les peuples autochtones qui vivaient en Pennsylvanie avant la création de ce pays taillaient des outils, des bijoux et tout un tas de choses dans la pierre. Ils en utilisaient de différents types – silex, quartz, jaspe – pour fabriquer des pointes de flèches. Avec Ray, on s'amusait à en chercher dans les bois, quand on était enfants.

— Je crois que mon grand-père en avait une, commenta Mettner en prenant la pointe des mains de Josie afin de la soupeser. Mais elle n'était pas de la même couleur.

— Alors, elle était sans doute en silex ou en quartz, dit Hummel. Qu'est-ce qu'il y a d'autre dans le sachet ?

Josie saisit le troisième objet, une lourde boucle de ceinture, au moins de la taille de sa paume, plaqué or avec deux fusils formant une croix, surmontant une gravure représentant des pins. En dessous apparaissait une date en relief : 1973.

— Quel âge avait M. Fraley, en 1973 ? demanda Mettner en l'examinant à son tour. Ça aurait pu lui appartenir ?

— Oui, sans doute. Tout ce que je sais, c'est que les parents de Noah ont divorcé quand il avait dix-huit ans. Le père est parti. Ses enfants n'ont plus de contacts avec lui, mais on pourrait le retrouver et lui poser la question. Laura, la sœur de Noah, doit m'envoyer son numéro de téléphone.

— OK, on va faire ça, mais si ce n'est pas à son ex-mari, alors de qui elle peut tenir ça ? Qu'est-ce qu'une femme comme Colette Fraley fabrique avec une boucle de ceinture vieille de quarante-cinq ans, une pointe de flèche amérindienne et une clé USB au nom de « Pratt » planquées à l'intérieur de sa machine à coudre ?

Hummel ramassa la clé USB.

— Je pense qu'il faut commencer par là. Vous devriez la rapporter au commissariat et vérifier ce qu'elle contient avant que l'on recherche d'éventuelles empreintes dessus. Le relevé d'empreintes digitales se fait par fumigation, j'ai peur que le processus endommage les fichiers.

Mettner sortit un sac de scellés, dans lequel Hummel glissa la clé.

— Ce sera fait, assura-t-il.

— Demandez un mandat, lui précisa Josie. Pour les fichiers. Qu'on puisse les utiliser comme preuves, si jamais ils s'avèrent cruciaux dans notre affaire.

9

Josie savait qu'il faudrait attendre quelques heures avant d'obtenir le mandat les autorisant à fouiller le contenu de la clé USB. Elle décida donc de se rendre chez Noah, mais il n'y avait personne. Elle lui envoya un message, et il lui demanda de les rejoindre à la maison funéraire.

C'était l'endroit même où avaient eu lieu les funérailles de son mari quatre ans plus tôt. Son cœur s'emballa quand elle franchit les lourdes portes en bois. Les lieux étaient restés tels que dans son souvenir : moquette épaisse, murs étouffant le moindre son, et décoration dans des tons mornes, qui se voulaient certainement apaisants, mais qui lui donnaient la nausée. Elle avait assisté à bien trop d'obsèques depuis l'affaire des jeunes disparues qui avait emporté Ray et n'avait aucune envie de réitérer l'expérience.

Elle trouva les enfants de Colette dans le bureau du directeur, les joues couvertes de larmes, devant un épais catalogue de cercueils. Elle salua Laura et Grady d'un signe de tête discret, serra rapidement Noah contre elle, puis prit place à côté de lui en lui tenant la main. Elle tenta de se concentrer sur la conversation en cours, mais elle était incapable de penser à autre chose qu'aux objets qu'ils venaient de découvrir dans cette machine à coudre. Qui était ce Pratt ? S'agissait-il seulement d'une personne ?

— Josie ? appela Noah.

Elle revint à la réalité et lui adressa un sourire.

— Pardon, tu disais ?

C'est Laura qui répondit à sa place :

— Est-ce que tu as parlé à la légiste ? Quand pourrons-nous récupérer le corps de notre mère ?

— Oh, désolée. Vous pourrez récupérer le corps demain.

Toutes les têtes se tournèrent de nouveau vers le directeur pour décider de la date de la cérémonie. Enfin, il fut question d'argent ; même en ayant opté pour une crémation sans la moindre fioriture, on parlait de plusieurs milliers de dollars à débourser. Les trois enfants échangèrent quelques phrases entre eux, et conclurent qu'ils partageraient les frais en trois parts égales, qu'ils se rembourseraient par la suite, quand ils auraient touché la petite assurance-vie de Colette.

À l'issue du rendez-vous, ils décidèrent d'aller déjeuner ensemble, malgré leur manque d'appétit à tous. Theo se mit en route pour le restaurant au volant de sa voiture de location, suivi par Grady et Laura dans le SUV de cette dernière, après que Noah leur avait assuré qu'il ferait le trajet avec Josie. Ils regardèrent les deux voitures partir, debout devant l'entrée de la maison funéraire. *Au moins, il fait beau*, songea Josie tandis que le soleil les réchauffait et qu'une légère brise caressait leur visage. Noah ne semblait pas vouloir bouger.

— Je suis garée là-bas, indiqua-t-elle pour l'inciter à avancer.

Mais il restait immobile, les yeux dans le vide.

— Noah ?

Elle se pencha vers lui et lui toucha le bras.

— Ça va, ça va... marmonna-t-il.

— On n'est pas obligés d'aller déjeuner, tu sais. Je suis sûre que ton frère et ta sœur comprendront.

Il ne répondit pas.

Elle n'en avait aucune envie mais, ne sachant pas quand l'opportunité d'aborder le sujet se représenterait, elle s'éclaircit la gorge et demanda :

— Est-ce que le nom « Pratt » te dit quelque chose ?

Il se tourna vers elle, les sourcils froncés.

— Quoi ?

— Pratt, répéta Josie. Est-ce que tu as déjà entendu ce nom quelque part ?

— Pourquoi tu me poses cette question ?

— Je suis passée à la maison de ta mère avec Mettner, aujourd'hui. On voulait remettre un peu d'ordre à l'étage, surtout dans la salle de couture, et on a découvert des... objets cachés à l'intérieur de la machine à coudre. Il y avait notamment une clé USB avec « Pratt » écrit dessus.

— Je ne connais pas de Pratt, et ma mère non plus.

— Tu en es certain ?

— Ça ne doit pas être à elle.

— On l'a pourtant trouvée dans sa machine à coudre. Elle l'utilisait quasiment tous les jours, non ? Où est-ce qu'elle l'avait achetée ? Neuve ou d'occasion ?

— C'est moi qui la lui ai offerte pour Noël, il y a quelques années.

Josie sortit son téléphone pour lui montrer les clichés de la boucle de ceinture et de la pointe de flèche.

— Est-ce que tu reconnais ces objets ?

Noah fit de nouveau signe que non.

— Je ne les ai jamais vus. En même temps, c'est juste une pointe de flèche comme celles que tu allais chercher dans les bois.

Josie rangea son téléphone avec un soupir.

— Et la boucle de ceinture ? Est-ce qu'elle aurait pu appartenir à ton père ? Ou à quelqu'un que ta mère fréquentait ?

— Non... Mon père ne portait pas ce genre de trucs, et ma

mère n'a jamais eu d'autre homme dans sa vie après son départ. Je n'ai aucune idée d'où ça vient ou à qui ça appartient. Pourquoi est-ce que tu me poses toutes ces questions maintenant ?

— J'essaie de comprendre ce qui a pu se passer, répondit-elle doucement.

— Ma mère est morte, voilà ce qui s'est passé, lâcha-t-il platement en s'éloignant vers la voiture.

— Noah ?

Elle trottina derrière lui, cherchant à le retenir.

— Je sais à quel point tu souffres, mais quelqu'un a tué ta mère, et c'est mon travail de découvrir qui a fait ça. Pour autant qu'on sache, il court toujours. Je ne veux pas qu'il s'en prenne à quelqu'un d'autre. Tu sais bien que je suis obligée de te poser ces questions.

Il garda les yeux baissés pendant un instant, puis laissa échapper un rire rauque.

— Tu ne peux pas être simplement...... Josie, hein ?

Elle recula d'un pas.

— Pardon ?

Ses yeux noisette la regardaient avec insistance.

— Ce n'est pas à toi de trouver qui a tué ma mère. Ce n'est pas à toi de poser ces questions. Personne ne t'a demandé de partir en croisade. D'autres peuvent s'en charger. Gretchen, Hummel, Mettner.

— Tu sais bien que Gretchen est coincée au bureau. Hummel est responsable de l'équipe d'identification criminelle, mais il n'est pas enquêteur. Et Mettner est bon, mais il débute. Tu veux vraiment que cette affaire soit gérée par la personne la moins expérimentée du commissariat, sans supervision ?

— Sans *ta* supervision, j'imagine que c'est là que tu veux en venir ?

— En l'absence de Gretchen sur le terrain, oui.

Il regarda au loin, son visage visiblement en proie au chagrin et à la frustration.

— Noah, reprit Josie. La douleur t'empêche de prendre le recul nécessaire, mais je te promets qu'un jour, tu verras à quel point c'est important que l'assassin de ta mère soit derrière les barreaux.

— Ça ne la ramènera pas. Rien que tu puisses faire ne la ramènera.

— Tu crois que je ne le sais pas ?

Il la regarda dans les yeux.

— Alors contente-toi d'être ma petite amie, pour le moment.

Elle sentit les larmes lui monter aux yeux.

— Je suis ta petite amie, Noah, et je suis à tes côtés. Écoute, je vois bien que tu es contrarié, mais... mais pourquoi tu es aussi...

— Aussi quoi ?

— Je ne sais pas. Disons que si quelqu'un que j'aimais avait été tué, je ne serais plus capable ni de dormir ni de manger tant que le responsable n'aurait pas été arrêté. Chitwood devrait m'enfermer à clé pour m'empêcher d'enquêter.

— Tu crois quoi ? Que je me fiche de savoir qui a tué ma mère ?

— Ce n'est pas ce que j'ai dit. C'est juste que...

— Si, c'est exactement ce que tu as dit, la coupa-t-il.

— Non, je t'assure. Et tu le sais très bien ! Je veux juste m'assurer que l'enquête soit menée à bien, Noah.

— Mais tu ne veux pas comprendre ou quoi ? Ça ne peut pas être « mené à bien ». Trouve le tueur, mets-le en prison, ça ne me ramènera pas ma mère. Ça ne fera pas disparaître ces images de son visage de ma tête. Celles du moment où on lui faisait le massage cardiaque.

Il baissa la tête, mais Josie eut le temps de voir de nouvelles larmes perler au coin de ses yeux.

— Je comprends, dit-elle en lui effleurant le bras. Je suis tellement désolée.

Il lui fallut quelques instants pour se reprendre, puis il balaya la conversation d'un geste de la main.

— Allez, allons déjeuner, d'accord ?

Josie attrapa sa main et le guida jusqu'à sa voiture. Sur le trajet du restaurant, Noah regardait par la vitre, muet. Cela faisait à peine vingt-quatre heures qu'ils avaient découvert le corps de Colette. Il était encore sous le choc. Elle pouvait sentir les vagues de chagrin qui l'assaillaient, brutales et tranchantes. Elle aurait tout donné pour l'en décharger, pour pouvoir lui redonner ce qui lui avait été volé. Mais elle avait conscience que c'était impossible. Le mieux qu'elle pouvait faire, c'était rester à ses côtés et trouver l'assassin de sa mère.

10

Le déjeuner fut particulièrement désagréable, personne autour de la table n'ayant le cœur à manger ni à discuter. Grady multiplia les tentatives pour lancer une conversation avec chacun — demandant à Laura si le bébé bougeait beaucoup ; à Theo s'il faisait beau en Arizona ; à Josie et Noah comment se passait le travail. Laura le rabroua systématiquement, exaspérée.

— Grady, tout le monde s'en fout, de la météo, et tu es parfaitement au courant de ce qui se passe au boulot en ce moment pour Josie et Noah : notre mère a été assassinée.

Son mari rougit et baissa les yeux vers son sandwich à la dinde intact.

— À vrai dire, je ne crois pas que tout le monde se foute de la météo, temporisa Josie. Theo, c'est vrai que vous avez d'énormes tempêtes de sable en Arizona ? Comment on les appelle, déjà ?

— Sérieusement ? s'agaça Laura. On va vraiment parler de la pluie et du beau temps ?

— Laura, s'il te plaît, tenta de la calmer Grady.

Josie s'apprêtait à intervenir, mais Noah la devança :

— C'est toi qui as eu l'idée de ce déjeuner. On est dans un

lieu public. C'est la moindre des choses de se montrer un minimum civilisés. C'est ce que maman aurait voulu.

Theo adressa un sourire contrit à Josie, mais elle remarqua que les rides autour de ses yeux noisette avaient disparu en même temps que la tension qu'il devait ressentir.

— On les appelle des haboobs, répondit-il.

Sans prêter attention au regard acéré de sa belle-sœur, Josie poursuivit la conversation :

— J'ai vu quelques images aux infos. Ça avait l'air monstrueux. Il y en a souvent, là où tu habites ?

Elle perçut enfin des bruits de couverts autour d'elle, et Noah but une gorgée de son café.

— La première fois, j'ai eu la peur de ma vie, dit Theo en riant doucement. J'arrivais tout juste de Pennsylvanie et, clairement, je n'étais pas prêt !

Ils continuèrent leur discussion tout au long du repas, parfois rejoints par Grady. Malgré tout, quand l'addition arriva, les assiettes étaient loin d'être vides. La serveuse leur proposa d'emporter les restes, mais ils déclinèrent. Grady régla la note, et ils quittèrent le restaurant en silence.

De retour chez Noah, Josie fut missionnée pour retourner chez Colette afin d'y récupérer des albums photos. L'idée de confectionner un diaporama sembla alléger le chagrin de la fratrie, même si ce n'était que temporaire, surtout après que Theo avait mis la main sur une bouteille de vin dans le cellier de Noah. Josie était si heureuse de voir Noah sourire à l'évocation de nombreux souvenirs d'enfance ! Le soir, elle commanda des pizzas et, ensuite, Noah vint l'embrasser quand elle partit faire un aller-retour chez elle pour se changer. Son sac était prêt quand Gretchen l'appela.

— Je suis sincèrement désolée pour Mme Fraley. Tu présenteras mes condoléances à Noah.

— Merci, je le ferai. Est-ce qu'avec un peu de chance, tu

m'appelles pour m'annoncer que Chitwood t'a autorisée à repartir sur le terrain ?

Gretchen lâcha un rire amer.

— Tu rêves... Mais j'ai aidé Mettner autant que j'ai pu. Tant que mes fesses ne quittent pas ma chaise de bureau, Chitwood me laisse faire. Je sais que Noah a besoin de toi en ce moment, et en temps normal je ne te demanderais pas ça, mais il se trouve que tu es notre lien officieux avec la famille.

— Tu as trouvé quoi ? demanda Josie, rassurée à l'idée que Mettner ait demandé un coup de main à Gretchen.

— Des trucs auxquels je voudrais bien que tu jettes un œil, au cas où tu saurais de quoi il s'agit, avant de demander à la famille. Tu as le temps de faire un saut au commissariat ?

— Vous avez pu accéder au contenu de la clé USB ? demanda Josie.

— Oui, on a le mandat. Mais je suis vraiment incapable de te dire de quoi il retourne... On dirait de vieux documents judiciaires, il y a aussi deux relevés de comptes bancaires, et pas la moindre mention du nom « Pratt ». Est-ce que Colette a travaillé dans un palais de justice ou dans une banque ?

— Non, elle était employée dans une carrière. Un travail de bureau, comme secrétaire, je crois. Elle était à la retraite depuis plusieurs années. De quand datent ces documents ?

— Ils ont environ quinze ans. Ce serait plus simple si tu les voyais directement.

Josie jeta un œil à son radio-réveil. Les Fraley consacreraient certainement une partie de la soirée à passer en revue les photos de famille pour faire leur sélection. Elle pouvait se permettre de passer voir Gretchen.

— Je suis là dans dix minutes.

La police de Denton siégeait dans un vieux bâtiment à deux étages qui, de l'extérieur, avait des allures de château – immense, gris, avec de nombreuses fenêtres arrondies et ouvragées, et une tour à l'une de ses extrémités. Il s'agissait de l'ancienne mairie, reconvertie en commissariat soixante-cinq ans plus tôt. Josie se gara et pénétra dans le bâtiment par l'arrière, au niveau de la salle d'attente, puis grimpa au premier étage. Elle arriva dans une grande pièce pleine de bureaux. Le sien, celui de Gretchen et celui de Noah étaient placés au centre, formant un T. Les fichiers PDF étaient déjà affichés sur l'écran d'ordinateur de Gretchen. Josie tira une chaise et s'installa à côté de sa collègue, qui fit défiler les pages.

— Ce sont des documents judiciaires confidentiels, fit remarquer Josie. Des dépôts de plainte contre des mineurs.

— Oui, de ce que j'ai vu, ces documents concernent trois enfants différents, deux garçons et une fille, âgés d'entre quatorze et seize ans.

Josie déchiffra le contenu des plaintes.

— Introduction dans une propriété privée, vol à l'étalage, vandalisme. Rien de très grave. Ils ont dû s'en tirer avec une tape sur les doigts, et encore. Ça m'étonnerait qu'il y ait eu des procès. Même un défenseur des droits aurait pu se débrouiller pour qu'ils aient juste eu à payer une amende, voire rien s'il s'agissait de leur première arrestation. Ces dépôts de plainte datent de 2005. Il y a treize ans. Tu as regardé ce que sont devenus ces gamins ?

— Oui, je n'ai pas obtenu grand-chose en dehors de leur adresse actuelle mais, si tu regardes un peu plus bas, tu verras qu'ils ont tous les trois été condamnés à des séjours de six à vingt-quatre mois dans un centre de détention pour mineurs à l'autre bout du comté d'Alcott.

— C'est sacrément cher payé, pour de si petits délits, commenta Josie.

Elle continua à passer en revue le reste des documents, jusqu'à tomber sur le nom du centre de détention pour mineurs en question. Wood Creek. Ce nom lui évoqua quelque chose, mais elle n'eut pas le temps de comprendre quoi.

— Ça, ce sont des relevés de comptes, édités en 2005 aussi,

dit-elle quand elle parvint aux dernières pages du fichier qu'elle consultait.

Gretchen acquiesça.

— Il y en a deux. Le premier est un compte bancaire professionnel, le deuxième est celui d'un particulier.

Josie lut les noms associés.

— Le compte personnel est au nom d'Eugene Sanders. L'adresse a été caviardée. Le compte professionnel est celui de Wood Creek Associates.

Soudain, la petite étincelle dans son esprit se transforma en brasier.

— Nom de Dieu, souffla-t-elle. Tu sais ce que c'est ?

Elle se tourna pour observer l'expression de Gretchen.

— Je n'ai pas fait le lien tout de suite, répondit celle-ci. Mais quand j'ai effectué des recherches sur Eugene Sanders puis sur le centre de détention de Wood Creek, j'ai compris. C'est en lien avec une grosse affaire de pots-de-vin. Sanders était le juge qui magouillait avec les responsables du centre de détention.

— Absolument.

— Je bossais à Philadelphie, à l'époque. Je me souviens en avoir entendu parler aux informations, mais ça ne m'avait pas marquée plus que ça. J'avais bien assez à faire avec mes homicides.

Josie lâcha un soupir en se renfonçant dans son fauteuil.

— Ce scandale a éclaté juste après que j'ai intégré la police. Ça durait depuis des années quand un journaliste a dévoilé l'affaire en 2010.

— Sanders se faisait payer pour condamner des mineurs à des peines bien plus longues que ce qu'ils méritaient, c'est ça ?

Josie confirma d'un hochement de tête. Elle parcourait les colonnes de chacun des relevés de comptes.

— Wood Creek était un centre de détention privé, à but lucratif, géré et financé par un groupe de copains de Sanders, sous le nom de Wood Creek Associates. Ils ont construit le centre, puis ils viraient une somme d'argent à Sanders chaque fois qu'il leur envoyait un mineur – plus la sanction était lourde, plus il y gagnait. Ces gamins ont été condamnés à des peines hallucinantes pour des délits insignifiants, dans un endroit où on abusait d'eux.

— Les membres de Wood Creek Associates ont fini en prison aussi, si je me rappelle bien, dit Gretchen.

— Oui. Moins longtemps que Sanders, quand même. C'est lui qui a été tenu pour principal responsable. Il a fichu en l'air tellement de vies. Regarde...

Elle pointa du doigt une ligne du relevé de compte d'Eugene Sanders.

— Il a reçu un virement de 5 000 dollars le 20 avril 2005. Le même jour, un débit de la même somme apparaît sur le compte de Wood Creek Associates.

Gretchen se pencha pour mieux voir l'écran. Elles découvrirent deux autres lignes créditant 5 000 dollars sur le compte de Sanders, quand, aux mêmes dates, le compte de Wood Creek Associates était débité d'une somme similaire.

— C'était une preuve, affirma Gretchen. En 2005, quelqu'un était en possession d'une preuve de ces magouilles, et pourtant il a fallu attendre cinq années de plus pour que les responsables soient condamnés.

— Mais pourquoi est-ce que c'était chez Colette Fraley ? se questionna Josie à haute voix.

— Et qui est Pratt ?

— Commençons par ça, déclara Josie en ouvrant son navigateur internet.

11

— Quinn ! hurla une voix d'homme, les faisant toutes deux sursauter.

Josie et Gretchen se retournèrent pour découvrir Bob Chitwood, le nouveau chef de police, juste derrière elles. Son visage couvert de cicatrices d'acné habituellement rougeaud paraissait livide, tandis qu'il déchiffrait ce qui s'affichait sur l'écran d'ordinateur avant de pointer un index dessus.

— Vous avez découvert quelque chose sur la clé USB ?

Gretchen acquiesça.

— Oui, et il y avait le nom « Pratt » écrit dessus.

— Vous savez de qui il s'agit ?

— Non, pas encore, chef.

— Alors au boulot. Quinn, dans mon bureau. Maintenant.

Josie s'adressa à Gretchen :

— Vois ce que tu peux trouver.

Sa collègue hocha la tête et se replaça face à l'ordinateur. Josie suivit Chitwood dans son bureau. Installée sur l'une des deux chaises destinées aux visiteurs, elle remarqua que leur chef avait finalement déballé son carton rempli d'affaires personnelles. Mais il n'y avait encore rien d'accroché sur les murs, et plusieurs cadres étaient posés à même le sol à côté de son bureau. Une fois de plus, elle se demanda quel genre d'homme se cachait derrière le sale caractère de façade de Bob Chitwood.

— Comment va Fraley ? demanda ce dernier tout en refermant la porte derrière eux avant d'aller s'installer derrière son bureau.

— Aussi bien que possible, répondit Josie, étonnée qu'il prenne la peine de prendre des nouvelles. Encore sous le choc, je pense.

Chitwood soupira.

— On va avoir besoin de lui. Pas pour travailler, pour répondre à beaucoup de questions. Comme vous le savez, on commence toujours par interroger les proches.

Mal à l'aise, Josie repensa à la façon dont Noah avait réagi quand elle l'avait fait quelques heures plus tôt.

— Oui, je sais bien. Écoutez, chef, il faut mettre Gretchen sur le coup. C'est elle qui devrait mener cette enquête.

Il croisa les bras.

— Non.

— Monsieur, c'est l'enquêtrice la plus expérimentée en matière d'homicides de notre équipe. Elle s'y connaît encore mieux que moi. Si vous l'obligez à rester au bureau, c'est juste parce que...

Il la menaça d'un doigt.

— Attention, Quinn. Si je l'oblige à ne pas quitter son bureau, c'est à cause de toute la merde qu'elle a provoquée lors du dernier homicide qui a eu lieu dans notre ville. Elle n'aurait jamais dû être autorisée à réintégrer les forces de police. Vous croyez que je ne suis pas au courant que vous avez fait jouer vos relations ?

— Parler politique avec vous ne m'intéresse pas, chef, rétorqua Josie. Ce qui m'intéresse, c'est de trouver l'assassin de

Colette Fraley aussi vite que possible. Vous savez comme moi que Gretchen est la personne qu'il nous faut.

— Vous remettez mes ordres en question, Quinn ?

— Je dis simplement que nous avons besoin de Gretchen sur cette enquête.

Il fit un geste en direction de la porte.

— Elle est tout à vous. Il y a un tas de choses utiles à faire depuis le bureau.

— Il nous la faut sur le terrain.

— Non.

— Monsieur...

— Vous aussi, vous voulez une mise à pied pour insubordination ? Je peux tout à fait récupérer votre badge, hein. C'est moi, le chef de ce département, maintenant. Si l'inspectrice Palmer me prouve qu'elle sait rester à sa place, alors elle pourra retourner sur le terrain. Quand je l'aurai décidé. Compris ?

Josie aurait bien répliqué, mais elle savait qu'elle prendrait un risque. Pour le bien de Noah, elle se devait de ne pas se mettre Chitwood à dos. Mettner était un bon policier, mais il fallait quelqu'un de plus expérimenté pour superviser l'enquête, et Josie ne pourrait s'en charger si elle était suspendue.

— Compris, dit-elle.

— Parfait. Voyez ce que vous pouvez tirer de Fraley. Je sais qu'il est en deuil, mais on a un meurtre sur les bras.

12

Gretchen leva les yeux, pleine d'espoir, quand Josie sortit du bureau de Chitwood. Mais cette dernière secoua la tête, et Gretchen se rembrunit. Josie posa une main réconfortante sur son épaule et s'installa à côté d'elle.

— Laisse-lui du temps. Je vais continuer à me battre pour ta réintégration totale.

— Merci, souffla Gretchen.

— Tu as trouvé quelque chose sur Pratt ?

— Non. Malheureusement, c'est un patronyme très commun. Rien qu'en Pennsylvanie, j'ai plus de cent cinquante entreprises qui portent ce nom.

— Je vois... Mais je ne pense pas que ce soit le nom d'une entreprise, dans notre cas.

— Il n'y a pas la moindre mention d'un Pratt dans les fichiers de la clé USB.

— Et parmi les membres de Wood Creek Associates ?

— Rien non plus.

— Et on sait que ces relevés de comptes n'appartenaient pas à un dénommé Pratt.

— Donc soit cette clé appartenait à un Pratt, soit c'est à lui qu'elle était destinée.

— Oui, confirma Josie. Ça semble le plus plausible.

— Dans ce cas, pourquoi est-ce que Colette Fraley l'avait en sa possession ?

— Mettons ça de côté pour le moment et concentrons-nous sur ce Pratt. Imaginons que tu possèdes une preuve de l'existence des pots-de-vin de Wood Creek...

— Tu crois que Colette était au courant ? Tu ne m'as pas dit qu'elle travaillait dans une carrière ?

— Si. Je ne sais pas comment ni pourquoi elle a mis la main dessus mais, comme je l'ai dit, restons sur Pratt. Admettons que la personne qui a placé les fichiers sur cette clé USB – peut-être Colette, ou n'importe qui d'autre – prévoyait de la confier à quelqu'un qui s'appelait Pratt. À quel genre de personne un tel objet pourrait être destiné ?

— Un policier ? proposa spontanément Gretchen.

— Vérifions la base de données pour voir si on a un agent avec ce nom. On va commencer par le comté d'Alcott, et on élargira aux comtés limitrophes ensuite.

Gretchen décrocha son téléphone et commença à composer le numéro du central.

— Tu ne te souviens de personne qui s'appelait Pratt parmi tes collègues ?

— Non, répondit Josie. Mais je vais poser la question au sergent Lamay, c'est lui, le plus ancien de la maison.

Lamay, en poste à l'accueil, décrocha à la deuxième sonnerie. Il écouta sa question et prit le temps de réfléchir.

Josie patienta, écoutant sa respiration à l'autre bout du fil. Dan Lamay travaillait dans ce commissariat depuis près de quarante-cinq ans. Il avait assisté à l'arrivée et au départ de cinq chefs de police, y compris Josie, et survécu à un énorme scandale. Il avait dépassé l'âge de la retraite, avec un genou en vrac et une bedaine de plus en plus proéminente. Josie, à l'époque où elle était cheffe, lui avait laissé la possibilité de garder son emploi comme agent d'accueil pour subvenir aux besoins de sa famille ; sa femme se remettait d'un cancer, et sa fille étudiait à l'université. Il s'était toujours montré d'une loyauté à toute épreuve envers elle et l'avait aidée quand elle en avait eu le plus besoin. Elle craignait désormais que leur nouveau chef lui demande de partir, mais il était jusque-là parvenu à ne pas se faire remarquer par Chitwood, travaillant avec efficacité et discrétion.

— Non, déclara-t-il finalement. Je ne me souviens de personne de ce nom. Mais ma mémoire n'est plus ce qu'elle était, patronne.

— Pas de souci, le rassura Josie. Gretchen est en ligne avec le central, ils auront peut-être l'information. Je me suis juste dit que vous vous rappelleriez peut-être quelque chose.

— Désolé, je ne vais pas pouvoir vous aider. Mais c'est vrai que ce nom ne me semble pas totalement inconnu.

— Merci, dit Josie, et elle raccrocha.

Ce nom ne lui semblait pas totalement inconnu non plus, mais elle ne parvenait pas à retrouver pourquoi.

Après plusieurs minutes de conversation, Gretchen raccrocha elle aussi et lâcha un soupir de frustration.

— Pas de policier du nom de Pratt dans le comté d'Alcott — du moins, pas à l'époque des documents présents sur la clé USB.

— On passe à côté de quelque chose, dit Josie.

Elle saisit son téléphone portable, et vit qu'elle n'avait reçu ni appel ni message de la part de Noah. Elle avait encore un peu de temps devant elle.

— Et un agent du FBI ? suggéra Gretchen.

— C'est vrai qu'ils enquêtent sur des affaires de corruption, mais non, je pense qu'il faut chercher plus près de nous. Par exemple : qu'est-ce qui arrive à une affaire une fois qu'elle quitte les mains de la police ?

Gretchen se redressa brusquement.

— Un avocat général, répondit-elle, devinant où Josie voulait en venir.

Josie rechercha les mots « Pratt avocat comté Alcott Pennsylvanie ». Quand les résultats s'affichèrent, tout lui revint d'un coup.

— Drew Pratt, lut-elle. Il était assistant du procureur de district du comté d'Alcott. Il a été porté disparu en 2006. J'étais à l'université.

— 2006, répéta Gretchen. Je travaillais encore à Philadelphie.

Josie cliqua sur l'onglet « Images », et divers clichés de Drew Pratt inondèrent l'écran. L'homme aux yeux sombres approchait la soixantaine, et ses cheveux poivre et sel étaient clairsemés autour des tempes. Debout devant le palais de justice du comté d'Alcott, il affichait un large sourire plein d'humour.

— Je m'en souviens, s'exclama Gretchen tandis que Josie cliquait sur d'autres photos. Il est parti en voiture un jour de 2006 et n'a plus jamais été vu depuis, c'est ça ?

— Oui, confirma Josie. Sa disparition a fait les gros titres dans tout l'État.

— Ça me revient, maintenant. Sa voiture a été retrouvée, non ?

— Oui. Mais lui, non. Pas de corps, rien. Les gens ont pensé que...

Elle s'interrompit, les doigts figés sur la souris alors qu'un nouveau portrait s'affichait à l'écran.

— C'est bien qui je pense ? demanda Gretchen en chaussant ses lunettes de vue. Tu peux l'agrandir ?

Josie afficha la photo en plein écran : Drew Pratt se tenait devant un bâtiment fédéral en compagnie de plusieurs hommes en costume, ainsi que de policiers en uniforme. Vu leurs sourires, ils venaient certainement de remporter une victoire judiciaire. Juste derrière Drew Pratt, avec vingt ans de moins mais déjà le même visage buriné et la même silhouette dégingandée, apparaissait Bob Chitwood.

— Imprime-la, la pressa Gretchen.

— C'est comme si c'était fait.

13

Le chef était toujours assis à son bureau quand Josie et Gretchen débarquèrent brusquement sans frapper. Un de ses sourcils fit un bond sur son front.

— C'est quoi, ce cirque ?

Josie agita la photo devant ses yeux avant de la placer devant lui, au centre de la table.

— Nous pensons que cette clé USB était censée revenir à Drew Pratt, ou lui appartenait. Comment est-ce que vous vous connaissiez ? Je croyais que vous habitiez Pittsburgh, avant, et c'est à l'autre bout de l'État.

— Vous avez des doutes sur mon intégrité, Quinn ? lâcha Chitwood en jetant un coup d'œil rapide au cliché.

— Je vous pose juste une question, monsieur, répondit-elle d'un ton égal.

Elle était désormais habituée à ses coups d'éclat et ne les remarquait presque plus.

— On a travaillé ensemble sur une grosse affaire de trafic de drogue. C'était il y a un paquet d'années. Vous portiez sûrement encore des couches, à cette époque.

— Quel lien y aurait-il entre Drew Pratt et l'affaire des pots-de-vin de Wood Creek ? intervint Gretchen.

Chitwood se renfonça dans son fauteuil et tapota son menton des doigts.

— Asseyez-vous, toutes les deux.

Josie se tourna vers Gretchen, qui haussa discrètement les épaules. Si Chitwood avait envie de parler, elles l'écouteraient.

— Si vous vous souvenez de l'affaire Drew Pratt, j'imagine que vous vous souvenez aussi des multiples théories qui circulent sur ce qui lui serait arrivé.

Ces dernières années, Josie était tombée à plusieurs reprises sur des émissions de télévision traitant de ce sujet.

— Oui, dit-elle. Certains disent qu'il s'est suicidé. D'autres pensent qu'il s'est volontairement volatilisé pour commencer une nouvelle vie sous une autre identité. Il y avait aussi des hypothèses autour de l'idée qu'une personne sur qui il aurait enquêté par le passé l'aurait tué avant de faire disparaître son corps.

Chitwood acquiesça.

— À l'époque, on a même eu un détenu qui prétendait savoir où se trouvait sa dépouille. D'après lui, il avait été abattu par un gang et abandonné dans un coin perdu parce qu'il avait mis en prison un de ses membres.

— Mais on n'a jamais rien trouvé, dit Gretchen. Je l'avais vu aux infos.

— Tout à fait, confirma Chitwood. Le détenu en question essayait juste d'obtenir une réduction de peine. On n'a retrouvé ni le corps ni la moindre preuve qui validerait ses dires.

Soudain, Josie comprit quel était le lien entre Drew Pratt et cette fameuse affaire de pots-de-vin.

— Drew Pratt possédait des preuves des agissements du juge Sanders et de Wood Creek Associates depuis 2005, l'année précédant sa disparition. Il a fait le choix de ne pas les poursuivre en justice. En 2010, quand l'affaire a éclaté au grand jour, son nom est revenu sur le devant de la scène.

— Oui. Des gens ont raconté qu'il avait organisé sa propre disparition parce qu'il sentait le scandale arriver, et qu'il savait qu'on lui reprocherait de ne pas avoir engagé de poursuites contre Sanders. Ce n'était qu'une théorie de plus. Personne n'a jamais pu prouver qu'il était en possession de ces preuves avant sa disparition. Je n'ai jamais entendu parler d'une quelconque clé USB contenant des documents jusqu'à maintenant Je connaissais Drew Pratt. C'était quelqu'un de fiable, et il n'en avait rien à foutre de se mettre des gens à dos. S'il avait eu de quoi prouver qu'un juge se faisait payer pour envoyer des mineurs innocents dans ce trou à rats, il l'aurait mis en examen, aucune hésitation là-dessus.

Josie sentit que Gretchen l'observait.

— Chef, déclara-t-elle. Il y avait des éléments. On les a, là, dans l'ordinateur. Les documents de cette clé USB prouvent les agissements de Sanders et de Wood Creek Associates.

— Et son nom était écrit dessus, ajouta Gretchen.

À nouveau, Josie se demanda quel était le lien entre Pratt, Sanders, Wood Creek et Colette Fraley.

— Son nom était écrit dessus, d'accord, reprit Chitwood. Mais ça ne veut pas dire qu'il l'a eue entre les mains ou même qu'il connaissait son existence.

— Si on y trouve ses empreintes, alors on saura qu'il l'avait en sa possession, fit remarquer Gretchen.

— Ce qui ne signifie pas qu'il avait lu les fichiers qui y étaient stockés, contra Chitwood.

Josie continuait à se creuser la cervelle pour rassembler tout ce qu'elle savait au sujet de l'affaire des pots-de-vin et de son rapport avec la disparition de l'avocat général.

— Il y avait une autre théorie, lâcha-t-elle.

Chitwood et Gretchen la dévisagèrent. Elle poursuivit :

— Il faudra vérifier, mais je suis à peu près certaine qu'il y avait une autre piste au sujet de ce qui est arrivé à Pratt. La mère d'un garçon envoyé à Wood Creek pour un délit mineur a raconté qu'il avait subi des agressions là-bas et n'était plus le même à sa sortie. Il a fini par se suicider.

— Oui, je m'en souviens, maintenant, renchérit Gretchen. La mère a tué un mec de Wood Creek, un des dirigeants, je crois. Elle avait prévu d'éliminer toutes les personnes concernées, mais elle a été arrêtée tout de suite.

— Oui, fit Josie. Et donc, certains se sont dit qu'elle avait tué Pratt plusieurs années avant parce qu'il était au courant de tout et n'avait rien fait. Il y avait aussi un gardien de Wood Creek qui s'était suicidé, et son dossier a été rouvert à l'époque de ce meurtre, parce que la police s'est demandé si cette femme n'avait pas déjà tué auparavant, sans qu'une enquête ait été ouverte.

— Comment elle s'appelait ? demanda Gretchen.

— Patti quelque chose, répondit Chitwood. Snyder ! Oui, Patti Snyder.

— Vous l'avez rencontrée ?

— Non, je ne la connais pas, mais j'ai appris par plusieurs sources qu'elle avait été fortement suspectée d'être responsable de ce qui était arrivé à Drew, d'autant que, quelques heures avant sa disparition, il avait été filmé par une caméra de surveillance dans un magasin en compagnie d'une femme qui ressemblait un peu à Snyder.

Josie se promit d'effectuer un maximum de recherches sur l'affaire Drew Pratt dès qu'elle en aurait l'occasion.

— Vous pensez que c'était elle ? demanda Gretchen.

Chitwood haussa les épaules.

— Je n'en sais rien. Comme je l'ai dit, rien ne prouve que Drew savait ce que manigançaient Sanders et Wood Creek. Tout ça, c'est juste de la spéculation. Ça dure depuis des années. De toute façon, Patti Snyder était complètement folle.

— Folle de chagrin, peut-être, fit remarquer Josie.

— Sans même parler de ce que cette Patti Snyder aurait fait ou non, contra Gretchen, sans même parler de ce qui est arrivé à Drew Pratt, la vraie question, c'est : pourquoi est-ce que la mère de Noah possédait cette clé USB ? Pourquoi l'a-t-elle cachée, et est-ce que c'est ce que le tueur cherchait ?

— Cette affaire commence à dater, dit Josie. Pratt a disparu depuis plus de dix ans. Rien de ce que contient cette clé n'est choquant au point de devoir être dissimulé comme ça.

— Pas faux, concéda Gretchen. Je vais passer en revue chacun des noms mentionnés dans ces documents, au cas où. Il faut vraiment que l'on découvre le lien entre Colette Fraley et tout ça. S'il y en a un.

14

Les Fraley n'avaient qu'un vague souvenir de Drew Pratt et de l'affaire Wood Creek. Ils en avaient entendu parler dans les journaux et à la télévision, mais aucun d'eux n'avait la moindre explication quant à la présence de cette clé USB chez leur mère.

— Elle a dû tomber dessus par accident, c'est forcément un hasard, théorisa Laura.

— Oui, confirma Noah. Je ne sais pas d'où elle vient, mais je suis certain qu'elle n'avait pas la moindre idée de ce qu'elle contenait.

— Elle en savait suffisamment pour la cacher, fit remarquer Josie.

Laura éclata de rire.

— En compagnie de deux autres objets complètement improbables, si j'ai bien compris. Tu sais, Josie, avec sa maladie, elle faisait de plus en plus de choses étranges et inexplicables. Je ne sais pas où elle a dégoté ces trucs, mais elle a dû les planquer lors d'une crise de démence. Je parie qu'on va retrouver des trucs un peu partout dans la maison.

Pourtant, quand ils y allèrent et que Noah en fit le tour avec Mettner, ils ne découvrirent rien de suspect ou inhabituel.

Josie aida Noah à remettre en ordre et nettoyer la maison de sa mère avant que sa sœur la voie. Laura entrait dans son dernier mois de grossesse, et Noah, déjà inquiet à cause du stress que le décès de leur mère lui infligeait, ne voulait pas qu'elle soit témoin du désordre dans lequel avaient été laissés les lieux. Une fois que tout fut remis à sa place, Laura fouilla dans les placards pour choisir les vêtements et bijoux que leur mère porterait pour la cérémonie. Pendant toute la semaine, Josie fit de son mieux pour se rendre utile, et les jours passèrent à toute vitesse. Elle avait à peine eu le temps de discuter avec Mettner et Gretchen quand le moment de faire leurs derniers adieux à Colette arriva.

Elle se rendit à la maison funéraire main dans la main avec Noah, bien avant l'horaire annoncé pour le début de la cérémonie. En entrant dans le bâtiment, ils furent peu à peu gagnés par une étrange tranquillité. Alors que ses pieds, chaussés de simples sandales noires, s'enfonçaient dans l'épaisse moquette, Josie se revit soudain aux obsèques de son mari Ray. Malgré les années qui avaient passé, le chagrin était toujours présent, la plaie à peine refermée. Elle ressentit une soudaine vague de tristesse pour Noah. Désormais, lui aussi porterait à jamais le poids de cette perte sur ses épaules.

Josie serra sa main dans la sienne quand le directeur des pompes funèbres traversa la pièce et fit signe aux enfants de la défunte de le suivre dans le vestibule, où toutes les photos avaient été installées. Elle resta en retrait, laissant Noah, Theo, Laura et Grady finaliser les derniers détails de la cérémonie avant l'arrivée des personnes souhaitant y assister. Le corps de Colette reposait dans un joli cercueil couleur or rose, entouré de dizaines de compositions florales. Josie prit le temps de lire toutes les cartes de condoléances, chacune signée du nom d'une famille différente. Un nœud se forma dans sa gorge quand elle prit conscience du nombre de personnes touchées par le décès de Colette.

Elle fit volte-face en entendant du monde approcher. Les joues de Laura étaient striées de larmes. L'une de ses mains reposait sur son ventre, l'autre était serrée autour d'un mouchoir en papier. Noah s'avança vers Josie et lui prit la main.

Theo regarda l'heure sur son téléphone.

— Les gens ne vont plus tarder à arriver. On ferait mieux de s'installer.

Ils se placèrent en ligne le long du mur ; Theo était le plus proche du cercueil, venaient ensuite Laura et Grady, et enfin Josie et Noah. Laura se moucha et se pencha, d'abord en direction de Theo, puis de Noah.

— Noah, dit-elle d'une voix aiguë et peu assurée. Josie peut s'asseoir là-bas.

Elle désigna la rangée de sièges juste devant le cercueil. Josie sentit le rouge lui monter aux joues ; ne voulant pas faire d'histoires, elle commença à se diriger vers une chaise. Mais Noah refusait de lui lâcher la main.

— Josie reste ici avec moi, répondit-il à sa sœur.

Laura s'avança et vint se planter devant son frère. Elle leva un doigt en l'air en direction de Josie.

— Vous n'êtes pas mariés. Elle n'est pas censée être à l'entrée.

— Laura, tenta de la calmer Theo. Ne sois pas ridicule...

Laura lui lança un regard venimeux.

— Toi, reste en dehors de ça. C'est à peine si tu as ta place ici, toi aussi. Rappelle-moi quand est-ce que tu as parlé à maman pour la dernière fois ?

— Bon sang, Laura, lâcha Grady en la saisissant par le bras. Arrête ça.

— Certainement pas. Ce sont les obsèques de ma mère.

— Ce sont aussi les obsèques de *ma* mère, intervint Noah, et j'aimerais que Josie reste avec moi pour me soutenir.

Laura croisa les bras au-dessus de son ventre.

— Il en est hors de question.

Josie était partagée entre la gêne et la colère. Même si cela la démangeait de lui dire sa façon de penser, elle retint les mots acerbes qui lui venaient.

Mais Noah refusait de céder.

— Je veux qu'elle reste avec moi à l'entrée.

Josie remarqua qu'un muscle de la mâchoire de Laura tressautait, et tenta de dégager sa main de celle de Noah.

— Ça va aller, murmura-t-elle. Je vais m'asseoir.

De sa main libre, elle lui caressa la joue.

— Vraiment, je t'assure, ça ira. Je vais me mettre ici, juste à côté de toi. Comme ça, si tu as besoin, je serai là.

Sous le regard scrutateur de sa sœur, il se détendit un peu et relâcha sa main. Quand Josie s'installa sur un siège, Theo articula silencieusement : « Désolé. » Elle parvint à lui retourner un maigre sourire.

Ils étaient tous les quatre en rang, comme au garde-à-vous, et affichaient une mine sévère. La tension entre eux était palpable. Ce fut presque un soulagement de voir arriver cette file de visages graves que Josie ne reconnaissait pas. D'après les bribes de conversations qu'elle perçut quand ils allèrent embrasser les Fraley et leur présenter leurs condoléances, il s'agissait d'amis, de voisins et de membres de l'église que Colette fréquentait. Au regard du nombre de personnes présentes, il était clair qu'elle avait été très appréciée et respectée de son vivant.

Une main vint se poser doucement sur l'épaule de Josie. Elle tourna la tête pour voir Gretchen assise derrière elle.

— Merci d'être venue, murmura-t-elle, soulagée.

— Tu n'es pas restée à l'entrée avec Noah ? s'étonna sa collègue.

— Sans commentaire, soupira Josie en secouant la tête.

Gretchen se pencha en avant pour lui chuchoter à l'oreille :

— Au fait, j'ai vérifié l'alibi de tout ce petit monde. Mettner m'a demandé de faire ça par téléphone. Theo était en rendez-vous professionnel à Phoenix : son supérieur direct l'a attesté. Laura organisait un forum de recrutement à Bethléem, ce qui a été confirmé par plusieurs personnes. D'après la femme de ménage des Hall, Grady était chez lui en train de travailler à l'heure où Colette a été assassinée.

— Parfait, répondit Josie. Je me doutais qu'ils n'avaient rien à se reprocher, mais j'avais demandé à Mettner de s'en assurer malgré tout.

— Est-ce que le père est là ? Lance Fraley ?

— Non. Laura m'avait prévenue qu'il ne viendrait pas. On dirait qu'elle avait vu juste. Tu lui as parlé ?

— Pas encore. Il faut que je l'appelle. Hé, c'est qui, le type aux cheveux blancs, là ?

Josie leva les yeux vers un homme grand et vigoureux d'environ soixante-dix ans, à la chevelure d'un blanc éclatant. Il se dirigeait, sûr de lui, vers Noah. Il prit le temps de discuter avec lui, puis avança vers sa sœur et son frère, consacrant plusieurs minutes à chacun d'eux tandis que les personnes derrière lui patientaient.

— Ce doit être Zachary Sutton. L'ancien patron de Colette, et le patron actuel de Laura.

— Donc l'ex-patron se déplace aux obsèques, mais pas l'ex-mari, le père de ses enfants ? s'étonna Gretchen.

Josie ne répondit rien. Elle partageait son incompréhension. Néanmoins, elle avait conscience que certains divorces étaient particulièrement conflictuels. L'absence de Lance Fraley n'était pas forcément suspecte.

Quand le flot de proches endeuillés commença à diminuer, Gretchen se leva pour aller à son tour présenter ses condoléances. Josie remarqua alors la présence de plusieurs de leurs collègues de la police, dont Bob Chitwood. La pièce était désormais pleine à craquer, et la chaleur d'un si grand nombre de corps combinée à la tristesse collective rendait le peu d'air disponible lourd et écœurant. Josie retira le petit boléro qu'elle portait par-dessus sa robe fourreau noire et souleva ses longs cheveux pour tenter de se rafraîchir. Plusieurs personnes prirent la parole pour dire à quel point Colette était gentille et généreuse, et pour évoquer son investissement envers ses enfants et sa paroisse. Ensuite, Theo se lança dans un vibrant hommage et, quand Josie regarda autour d'elle à la fin de l'éloge funèbre, elle se rendit compte que presque tout le monde pleurait en silence dans l'assistance.

Quand toutes les prières furent dites et tous les hymnes chantés, Josie était épuisée, alors même qu'elle n'avait rien fait d'autre de la matinée que rester sagement assise sur une chaise. Elle plaça une main sur le dos de Noah en le suivant jusqu'au corbillard qui emmènerait sa mère jusqu'à sa dernière demeure. Theo, Grady et Laura se rendirent au cimetière dans le SUV de cette dernière, et Josie conduisit Noah dans sa propre voiture. Au moins, personne ne trouva à redire sur la place de la voiture de Josie dans le cortège. Au cimetière, l'atmosphère était sombre et ne fit qu'empirer lors de la collation organisée après la cérémonie dans un restaurant à proximité.

De retour chez Noah, Josie le suivit jusqu'à sa chambre, où il s'écroula sur son lit, encore habillé. Elle tenta plusieurs fois d'engager la conversation, mais il lui répondit qu'il était fatigué et voulait juste fermer les yeux. Elle s'assit à côté de lui, lui caressant les cheveux jusqu'à ce qu'il sombre dans le sommeil. Josie était totalement épuisée. Elle aussi aurait aimé dormir, mais elle en était incapable. Elle finit alors par sortir son ordinateur portable de son sac de voyage.

Elle savait que Gretchen et Mettner feraient leur maximum de leur côté, mais elle ne pouvait s'empêcher de se renseigner sur Drew Pratt. Elle avait déjà plusieurs fois lancé des recherches depuis son téléphone pendant la semaine, avant de faire machine arrière, craignant de paraître malpolie ou détachée vis-à-vis de la famille de Noah. Lui-même lui avait demandé d'être là pour lui en tant que petite amie, et elle ne voulait pas qu'il se sente négligé au moment où il avait le plus besoin d'elle. Certes, elle mourait d'envie d'enquêter sur le meurtrier de Colette, mais c'était essentiellement parce que voir Noah aussi mal lui brisait le cœur. Il lui était insupportable d'être mise sur la touche, et elle attendait avec impatience le moment où elle pourrait passer à l'attaque et faire payer la personne responsable de tout ce mal-être.

La crémation terminée, Noah endormi, ça ne pouvait pas faire de mal de jeter un œil.

15

Une recherche rapide sur Google donna des milliers de résultats ; Josie cliqua sur un reportage mené par la chaîne de télévision locale, WYEP, plusieurs années après la disparition de Pratt. À l'époque, la sœur jumelle de Josie, Trinity Payne, y travaillait comme journaliste de terrain. On la voyait dans la vidéo, debout à côté d'un grand écran de télévision, vêtue d'une robe rouge, avec le rouge à lèvres assorti. Ses longs cheveux noirs lui arrivaient au milieu du dos et formaient des ondulations qui paraissaient avoir été figées à la laque. Trinity semblait si jeune, Josie n'en revenait pas. Mais cette vidéo datait d'avant l'affaire des jeunes disparues, et d'avant le retour de Lila Jensen, événements qui les avaient énormément marquées.

« En 2006, commençait Trinity d'une voix ferme et claire, l'assistant du procureur de district Drew Pratt a pris un jour de congé et est parti se promener en voiture. »

Le visage de Drew Pratt apparut sur l'écran, juste au-dessus de l'inscription « DISPARU ». On distinguait sur cette photo ses yeux marron perçants, et il arborait un air sévère. Josie ne doutait pas qu'il avait dû être un adversaire redoutable lors de ses procès.

Trinity poursuivait : « Il a quitté son domicile de Bellewood pour se rendre au marché de producteurs de Susquehanna, à Denton. »

Josie reconnut les images du marché qui s'affichèrent. Le fleuve Susquehanna pouvait être franchi en deux points à Denton : un pont, au sud, qui était peu utilisé, et un autre, à l'est, qui était plus largement emprunté. À proximité de ce dernier, non loin de la rive, un vieux hangar avait été restauré et aménagé. Le propriétaire l'avait divisé en plusieurs espaces qu'il louait aux artisans et producteurs locaux pour qu'ils vendent leurs créations et leurs produits. Il n'était ouvert que quelques jours par semaine mais, aussi loin que la mémoire de Josie remontait, ce lieu avait fait partie de l'identité de Denton.

« Drew Pratt était un habitué de ce marché couvert, continuait Trinity à l'écran. Comme nous l'a confié sa fille, il aimait soutenir les artistes locaux, et l'essentiel de la décoration de sa maison de Bellewood avait été acheté là-bas au fil des ans. »

La caméra pénétra à l'intérieur du bâtiment pour montrer les différents stands tenus par des artisans qui vendaient aussi bien des œuvres d'art que des souvenirs de vacances.

« Pratt est arrivé au marché aux alentours de 10 heures. La police le sait grâce aux caméras de télésurveillance placées à l'intérieur du bâtiment. On y voit Pratt jeter un œil à différents stands, puis engager la conversation avec une femme. D'après la police, la mauvaise qualité des images ne permet pas de réaliser un portrait-robot. Mais, à côté de Pratt qui mesurait un mètre quatre-vingts, elle semble faire environ un mètre soixante-cinq, et avait des cheveux sombres coupés court. »

Un homme hispanique aux cheveux gris clairsemés, vêtu d'un costume bleu marine et d'une cravate rouge, apparut à l'écran. Il était présenté comme « Dom Hernandez, agent du FBI ».

« Nous ne savons pas qui est cette femme. Nous ignorons si Drew Pratt la fréquentait ou s'il venait de la rencontrer, s'ils ont quitté les lieux ensemble, et nous n'avons aucun moyen de savoir de quoi ils ont parlé. Malheureusement, lors de la première enquête, la police s'est peu intéressée à elle, si bien que son existence n'a jamais été relayée par la presse. Je pense que si cet élément avait été dévoilé au grand public dès le départ, des témoignages auraient pu nous aider. Difficile de savoir, des années plus tard, qui était cette femme et où elle se trouve aujourd'hui. »

Retour sur Trinity.

« La police refuse toujours de divulguer les images de vidéo-surveillance montrant Pratt et cette mystérieuse femme. L'épouse de Pratt est décédée dix ans avant sa disparition, à l'issue d'un long combat contre le cancer, et, d'après sa fille, aujourd'hui adulte, il n'avait personne d'autre dans sa vie. Ce que l'on sait, en revanche, c'est que son véhicule était toujours garé dans le parking du marché couvert vingt-quatre heures plus tard, quand sa fille, inquiète, s'est rendue au commissariat. En 2006, Beth Pratt venait d'obtenir son diplôme à l'université d'État, et était retournée vivre avec son père en attendant de trouver du travail. Elle a expliqué à la police qu'il était extrême-ment rare que son père découche sans la prévenir de l'endroit où il prévoyait de passer la nuit. »

Cette fois, c'était l'adjoint du shérif du comté d'Alcott qui apparaissait à l'écran. À l'arrière-plan, on devinait le fleuve.

« La voiture était verrouillée, et les clés de M. Pratt, ainsi que son téléphone, se trouvaient à l'intérieur. Quand on a pu ouvrir la voiture, il s'en est échappé une forte odeur de tabac froid, alors que les proches de M. Pratt sont unanimes : il ne fumait pas. Nous avons également retrouvé de la cendre de cigarette sur le siège passager ; nous en avons conclu que, peu avant le moment où il avait disparu, une autre personne était montée en voiture avec lui. Malheureusement, en l'absence de caméras au niveau du parking, impossible de savoir de qui il s'agissait. Nous avons réalisé des relevés d'empreintes, mais n'avons retrouvé que celles de M. Pratt, de sa fille et de quelques collègues – lesquels ont tous un alibi pour le jour de sa disparition. »

Trinity, encore : « Le seul indice ayant fait surface dans cette affaire est son ordinateur portable, retrouvé sur la rive du fleuve près de deux mois plus tard. D'après sa fille, il lui arrivait souvent d'emporter son ordinateur quand il partait se promener car il aimait travailler dans des cafés, loin de l'agitation du bureau du procureur de district. Malheureusement, le disque dur avait été trop endommagé pour récupérer quoi que ce soit. Après cette découverte, une nouvelle théorie a émergé : il aurait pu se suicider en sautant du pont. Mais les recherches effectuées dans le fleuve par les marines pendant des semaines n'ont rien donné : aucune trace de Pratt. »

« C'est comme s'il s'était volatilisé », déclarait une jeune femme sur l'écran près de Trinity.

Josie estima qu'elle devait avoir une petite vingtaine d'années, et remarqua sa grande ressemblance avec Drew Pratt. Quand son nom apparut, elle comprit pourquoi : il s'agissait de Beth Pratt.

« Mais je ne peux pas croire que mon père m'ait abandonnée, ni qu'il se soit suicidé. Il n'était pas déprimé. Il avait une vie très riche et gratifiante. C'était un homme dévoué. Je suis persuadée qu'il a été victime d'un acte criminel. Quelqu'un sait ce qui lui est arrivé. Cette ou ces personnes doivent parler maintenant. »

La voix de Trinity fit son retour tandis qu'à l'écran défilaient des images des bateaux de la police en train de sonder le fleuve, et d'autres de la voiture de Drew Pratt, abandonnée au milieu d'un parking.

« Les théories au sujet de ce qui aurait pu arriver à cet avocat général populaire sont nombreuses. Bien que sa fille n'envisage pas la possibilité qu'il ait mis fin à ses jours, son neveu trouve les circonstances de sa disparition particulièrement perturbantes. »

Un jeune homme blond apparut à l'écran. Légèrement plus âgé que Beth Pratt, il était présenté comme « Mason Pratt ». Vêtu d'un sweater à capuche, d'un jean et de bottes, il se tenait sur la rive boueuse du fleuve, les mains dans les poches. « C'est vraiment curieux. Bizarre, même. Mon père s'est noyé dans ce même fleuve en 1999. La situation était similaire : il n'était ni chez lui ni au travail. Personne ne savait où il se trouvait. Le soir, en ne le voyant pas rentrer à la maison, ma mère est partie faire une déclaration au commissariat. La police a retrouvé sa voiture ici. » Mason désignait la rive du doigt. « On est à Bellewood, donc à environ soixante-dix kilomètres de l'endroit où mon oncle Drew aurait disparu. La voiture de mon père était garée juste ici, dans la boue. Son portefeuille et ses clés étaient à l'intérieur. Elle était verrouillée, mais lui n'était nulle part. Quelques jours plus tard, son corps a été rejeté par le fleuve. On nous a dit qu'il s'était suicidé. Il était bipolaire et avait toujours été sujet à la dépression. Mais je n'aurais jamais cru qu'il se tuerait. »

À côté de Trinity, de nouvelles photos de Drew Pratt défilèrent à l'écran ; certaines avaient été prises lors de conférences de presse, et il y en avait quelques-unes de lui et sa fille. Le suicide du frère de Drew n'avait sans doute pas été beaucoup relayé dans les médias, voire pas du tout, étant donné que WYEP ne possédait apparemment ni photo ni vidéo en lien avec son décès.

« Le fils de Samuel Pratt, Mason, n'est pas le seul à douter que son père ait pu mettre fin à ses jours. D'après ses amis ou d'autres membres de la famille, Drew Pratt a toujours été convaincu que quelqu'un avait tué son frère. »

Nouveau plan sur un autre avocat général en pleine interview devant le palais de justice de Bellewood : « Drew n'a en effet jamais cru à la théorie du suicide. Malheureusement, rien ne prouvait que Samuel avait été assassiné. Je sais que ça le tracassait. Tous les deux ou trois ans, il demandait à la police de refaire un point sur l'affaire, mais ils n'ont jamais rien trouvé de suspect. »

Trinity de nouveau : « Deux frères. Sept années et soixante-dix kilomètres d'écart. Leurs véhicules respectifs retrouvés près du fleuve, fermés, avec les clés à l'intérieur. Deux jours après la disparition de Samuel Pratt, la découverte de son corps a permis de conclure qu'il était mort noyé. Mais dans le cas de Drew, le corps n'a jamais été retrouvé, et sa disparition demeure l'un des plus grands mystères de l'histoire de notre État. »

Le reportage se terminait avec un numéro de téléphone que devaient appeler les téléspectateurs s'ils possédaient la moindre information. Josie referma son ordinateur. Son corps crépitait d'énergie, elle serait incapable de dormir. Contre elle, Noah ronflait.

Elle attrapa son téléphone sur la table de chevet et écrivit un message à Gretchen.

Je pense qu'il faudrait se pencher plus sérieusement sur l'affaire Drew Pratt. Tu te souviens de cette mystérieuse femme qui était avec lui le jour où il a disparu ? Les images n'ont jamais été diffusées. Tu crois que tu pourrais les récupérer ?

La réponse de Gretchen arriva moins d'une minute plus tard.

Je les ai déjà. Mettner les a récupérées dans le dossier qui était aux archives. Je te les montrerai demain si tu as le temps de passer. Au fait, Mettner doit rencontrer Beth Pratt demain en fin d'après-midi, si tu veux l'accompagner. Il essaie de retrouver le neveu, maintenant.

Voilà exactement pourquoi Josie avait embauché Gretchen, à l'époque où elle occupait le poste de cheffe par intérim : elles étaient généralement en phase. Tout sourire, Josie répondit :

Génial. Vous avez trouvé quelque chose dans la maison ? Des empreintes ? Des fibres ? Des cheveux ? De l'ADN ?

Pas grand-chose, non. Pas d'empreintes inconnues. Pas de traces d'ADN sur le corps.

Évidemment, se dit Josie. En tentant de ranimer Colette, elle et Noah avaient pratiqué un massage cardiaque et ainsi contaminé – détruit, même – une partie de la scène de crime.

Gretchen lui écrivit de nouveau.

On a retrouvé une trace de pas dans le jardin, par contre. Chaussure d'homme, taille 43. C'est à peu près tout. Noah chausse du combien ?

Josie soupira.

Du 44. C'est déjà ça. Merci, on se voit demain.

16

Laura se tenait dans l'embrasure de la porte de la cuisine, les mains sur les hanches, et offrit à Josie un regard que l'on pouvait qualifier de dégoûté.

— Comment ça, tu ne dînes pas avec nous ce soir ?

Noah, assis à table face à Josie, dit :

— Laura, s'il te plaît.

— Il n'y a pas de « s'il te plaît », Noah. C'est notre dernier repas ensemble avant que Grady et moi repartions à Bethléem et que Theo rentre en Arizona. Elle pourrait faire l'effort.

Noah éclata de rire.

— Pourquoi ? Josie et moi, on n'est même pas mariés, comme tu l'as si gentiment fait remarquer aux obsèques de maman. Ils sont un peu bloqués, au commissariat, sans moi et sans Josie. C'est bien qu'elle puisse aller leur donner un coup de main.

Josie posa son mug de café et dit :

— Je ne suis pas obligée d'aller travailler. Je suis certaine que Mettner peut mener ces entretiens seul. Il en est parfaitement capable, et Gretchen fait tout ce qu'elle peut pour être utile depuis son bureau. Ça ira. C'est juste que je pensais...

Laura l'interrompit :

— Ma mère a toujours dit que tu étais obsédée par ton travail. C'est pour ça qu'elle ne t'aimait pas, tu sais.

Le visage de Grady apparut au-dessus de l'épaule de Laura, les sourcils froncés.

— Ma puce, sincèrement... Détends-toi. Les hormones, ajouta-t-il à l'intention de Josie et Noah.

Laura fit volte-face et frappa le torse de son mari du plat de la main.

— Arrête de tout mettre sur le dos de la grossesse, ça n'a rien à voir.

Josie se leva.

— Je pensais que ta mère ne m'aimait pas parce que j'avais tiré sur Noah.

Plus personne ne dit un mot après cela. Josie se dirigea vers l'évier et y vida le reste de son café avant de prendre une grande inspiration.

— Quels entretiens ? questionna Laura en changeant de sujet. Est-ce que ça a un rapport avec notre mère ?

— On n'en est pas encore certains. Les collègues en sont encore à traquer les indices.

— Ça veut dire quoi, ça ? cracha Laura.

— Laura, calme-toi, lui intima Noah.

— Non, je ne me calme pas. Tu es au courant qu'une de tes collègues a contacté nos employeurs ? Le mien et celui de Theo ? Sans parler de notre femme de ménage ? Elle voulait connaître nos alibis. Pour le meurtre de ma propre mère !

— J'imagine que c'est la procédure habituelle, ma chérie, tempéra Grady. N'est-ce pas, Noah ? Commencer par interroger la famille ?

— Oui, confirma celui-ci. On procède toujours à ces vérifications auprès des proches de la victime. Ça ne veut rien dire, Laura.

— Ben voyons.

— Écoutez, intervint Josie avant que Laura puisse poursuivre. Je sais que votre mère ne m'appréciait pas particulièrement, et je regrette que nous n'ayons pas eu le temps de mieux nous connaître toutes les deux, d'autant plus que j'avais beaucoup de respect et d'admiration pour elle. La dernière chose que je souhaite aujourd'hui est de vous contrarier, mais j'ai vraiment envie d'aller aider mes collègues à trouver le coupable. Je veux que la personne qui a tué votre mère soit jugée pour ça. Cela étant dit, si Noah préfère que je reste dîner avec vous, je le ferai, sans hésitation.

Le silence s'abattit sur la pièce. La chaise de Noah racla le carrelage quand il se leva. Il se dirigea vers Josie, l'attrapa par les épaules et la serra contre lui avant de déposer un baiser sur son front.

— Je t'aime, souffla-t-il. Maintenant, va travailler.

Les yeux de Josie s'emplirent de larmes. C'était la première fois depuis la découverte du corps sans vie de Colette qu'il se comportait à peu près comme l'homme qu'elle connaissait.

Dix minutes plus tard, elle était de retour au commissariat, glissée entre Mettner et Gretchen devant l'ordinateur de cette dernière, étudiant les images de Drew Pratt et de la mystérieuse femme qu'avaient capturées les caméras de surveillance du marché couvert douze ans plus tôt. La qualité était médiocre, mais on les voyait marcher côte à côte et longer tranquillement une allée entre les stands. La proximité entre leurs corps et la synchronisation de leurs pas ne laissaient pas de doute quant au fait qu'ils étaient ensemble, pourtant ils ne se tournèrent l'un vers l'autre qu'une seule fois. L'image avait énormément de grain et la caméra était placée très haut, si bien qu'il n'était pas évident de déterminer s'ils discutaient ou non.

— Je comprends mieux pourquoi la police n'a pas voulu faire circuler ces images à l'époque, concéda Gretchen. Elles sont totalement inexploitables. On peut juste en conclure que cette femme était plus petite que Pratt, plutôt mince, et qu'elle avait des cheveux courts et foncés. On ne pourrait même pas estimer son âge.

— Oui, confirma Josie, mais si j'avais été chargée de l'affaire, j'aurais au minimum rendu public le fait qu'il avait été vu en train de discuter avec une femme blanche, petite, aux cheveux sombres, juste avant de disparaître, et j'aurais demandé que cette femme se présente au commissariat.

Gretchen soupira.

— Oui, moi aussi. En cherchant sur Google, on tombe sur un tas d'articles où les différentes autorités s'accusent les unes les autres de ne pas avoir pu régler cette affaire. La police locale et la police d'État ont travaillé dessus, mais aussi les enquêteurs du bureau du procureur de district, le shérif, et même le FBI.

Mettner pianotait sur son téléphone tandis que ses deux collègues discutaient.

— Pas une seule des personnes présentes au marché couvert ce jour-là ne se souvient d'elle ? demanda-t-il. Personne n'a pu la décrire ?

— Non, dit Gretchen. J'ai parcouru tout le dossier. Il y a énormément de rapports et d'auditions. Malgré le monde au marché ce jour-là, personne n'a particulièrement remarqué Drew Pratt. Il n'était qu'un client parmi d'autres. Ni lui ni la femme qui l'accompagnait ne sortaient suffisamment du lot pour que les vendeurs puissent les décrire avec précision. À moins que quelqu'un au courant de ce qui s'est passé se décide à parler, c'est impossible de résoudre une affaire comme ça.

— Peut-être... ou pas, répondit Josie en sortant son téléphone.

Elle avait passé une bonne partie de la nuit à feuilleter les albums photos de la famille Fraley pour récupérer des clichés de Colette à l'époque de la disparition de Drew Pratt. Elle les avait ensuite pris en photo avec son téléphone, et les montrait maintenant à Gretchen et Mettner.

— J'ai vraiment cru que Colette pouvait être la femme mystérieuse mais, comme vous pouvez le voir, elle a toujours eu les cheveux longs. Je n'ai pas trouvé une seule photo d'elle avec les cheveux courts.

Gretchen se saisit du téléphone de Josie et fit défiler les images.

— Elles ont la même carrure, par contre. Peut-être qu'elle portait une perruque ?

— Mais pourquoi ? demanda Josie. Quelle raison Colette Fraley aurait eue de vouloir rencontrer Drew Pratt ? Et incognito, en plus ?

Avec un nouveau soupir, Gretchen lui rendit son téléphone et ferma la vidéo sur son ordinateur avant d'afficher quelques photos.

— Je ne sais pas, dit-elle. Mais regardez, ça, c'est Patti Snyder en 2006.

Sur son permis de conduire, la peau de Patti Snyder était bronzée, et des rides commençaient à marquer le coin de ses yeux bleus et le tour de sa bouche. Ses cheveux foncés n'étaient pas coupés court, mais ils n'étaient pas non plus assez longs pour les coiffer en queue-de-cheval. On aurait dit que les tempes avaient été rasées. Sur l'autre cliché en leur possession, elle se tenait debout près d'un sapin de Noël avec un serre-tête surmonté de bois de renne et une longue guirlande lumineuse en guise de collier. Derrière elle, on apercevait des sols en marbre et des parois vitrées.

— On ne peut pas nier que sa carrure et ses cheveux correspondent, dit Josie. Est-ce que Patti Snyder était fumeuse ? J'ai lu qu'ils avaient retrouvé de la cendre de cigarette dans la voiture de Pratt.

— D'après le dossier, non, répondit Gretchen. Et Colette ?

— Oui, il y a longtemps. Je le sais parce que Noah m'a raconté qu'elle avait arrêté du jour au lendemain et que ça avait été très difficile pour elle.

— Eh bien, dit Mettner, ça fait un point pour Colette.

— Mais les cheveux courts font plutôt pencher la balance du côté de Patti Snyder, répliqua Josie. J'imagine qu'on lui a posé la question ?

— Le FBI l'a interrogée à ce sujet, répondit Gretchen. Ils reviennent à la charge régulièrement. Elle refuse de répondre aux questions de la police, parce qu'elle estime qu'elle n'a pas été écoutée quand son fils s'est retrouvé condamné à deux ans de détention à Wood Creek.

— OK... Ça ne va pas nous faciliter la tâche le jour où on ira l'interroger, donc. C'est quoi, ce qu'on voit à l'arrière-plan ? Où est-ce qu'elle était ?

— À la First National Bank de Bellewood. Elle y travaillait comme responsable des prêts.

— Il est donc possible que les relevés de comptes que contenait la clé USB viennent d'elle.

— Oui. Et avant que tu poses la question, Mettner et moi n'avons pas trouvé de lien entre Colette et Patti Snyder. Pas le moindre point commun. Elles n'habitaient pas le même quartier, n'ont pas fréquenté les mêmes écoles, églises, médecins... Rien. On a même vérifié si son fils connaissait Noah, son frère ou sa sœur, mais on n'a rien trouvé non plus.

— Ça n'a absolument aucun sens, soupira Josie.

— On est d'accord, intervint Mettner. À supposer que Patti Snyder ait enregistré les documents sur cette clé USB et qu'elle l'ait remise à Drew Pratt, comment est-il possible qu'elle se soit retrouvée entre les mains de Mme Fraley ?

— Oui, et surtout : pourquoi ? À quelle occasion ? renchérit Josie.

Gretchen vérifia l'heure sur son téléphone.

— Je peux sans problème demander un entretien avec Patti Snyder – en admettant qu'elle accepte de vous rencontrer tous les deux en prison –, mais pourquoi vous n'iriez pas déjà voir

Beth Pratt ensemble, au cas où elle pourrait nous apporter des informations intéressantes ?

17

La maison de Beth Pratt était une bâtisse typiquement américaine, de plain-pied, située au bord d'une petite route au milieu des montagnes qui surplombaient Denton. Là-haut, chaque habitation était séparée de sa voisine par au moins un hectare de terres, et on y accédait par de longues allées gravillonnées. Celle de Beth était petite et blanche, avec des fenêtres encadrées de volets noirs. Elle se trouvait à plus de cinq cents mètres de la route, entourée de grands chênes. Il n'y avait pas de porche, juste une simple marche de pierre pour accéder à la porte d'entrée.

Josie se gara derrière une petite Honda rouge. En sortant, Mettner et elle perçurent le bruit d'un jeu télévisé. Derrière la moustiquaire, la lourde porte était entrebâillée ; Mettner frappa et appela :

— Madame Pratt ?

Personne ne répondit, et aucun son en dehors de celui de la télévision ne leur parvenait depuis l'intérieur de la maison. Josie jeta un œil par-dessus l'épaule de son collègue. Elle ne voyait pas bien le salon, situé à droite de l'entrée, mais elle distingua une partie du canapé, un bout d'écran de télévision posé sur un petit meuble, de la moquette beige et ce qui ressemblait à un pied. Son cœur s'arrêta une seconde avant de reprendre sa course. Elle tendit la main vers son arme de service, défaisant adroitement la boucle du holster à sa taille avant pour enrouler ses doigts autour de la crosse.

— Mett, chuchota-t-elle. Il y a un problème.

Elle tendit le menton en direction du salon, et il se saisit lui aussi de son arme. Tout en pointant leurs pistolets vers le sol, ils pénétrèrent dans la maison en criant « Police ! » d'une voix forte et claire. Aucune réponse. Mettner se déplaça rapidement sur la droite, où le corps d'une femme reposait face contre sol sur le tapis devant la table basse, la tête partiellement couverte d'un coussin. Elle portait un t-shirt violet et un legging noir. Ses deux pieds étaient nus. Elle tenait l'un de ses bras le long de son corps, et l'autre relevé au-dessus de sa tête. Près de ses pieds, une tasse était renversée à côté d'une tache brune. Un peu plus loin, une télécommande et un magazine people. À l'autre bout de la pièce, au pied d'une bibliothèque, s'entassaient des piles de livres et d'albums photos tombés des étagères.

Mettner s'accroupit pour vérifier le pouls au cou de la victime. Son regard croisa celui de Josie.

— C'est fini.

Il effleura le bras de la femme.

— Froide.

Ce qui signifiait qu'elle était sans doute morte depuis quelque temps et qu'ils ne pourraient pas la ranimer.

D'un mouvement de tête, Josie désigna le couloir menant à l'arrière de la maison, et Mettner la suivit. Ils vérifièrent chaque pièce et la terrasse avant de retourner auprès du corps de Beth. La scène était étrangement similaire à celle de la maison de Colette, si ce n'est que la personne qui avait mis la maison à sac s'y était prise plus brutalement et avait laissé du désordre un peu partout. Les tiroirs dans la cuisine avaient été arrachés des meubles et vidés sur le carrelage. Dans ce qui semblait être un coin travail, tout était couvert de papiers, de stylos et autres fournitures de bureau. Dans la chambre principale, les tiroirs de la commode étaient en vrac, empilés sur un tas de vêtements. Le placard était ouvert, et tout ce qu'il avait contenu avait été balancé au sol. Même la salle de bains était sens dessus dessous.

— Quelqu'un cherchait quelque chose, murmura Josie.

Une fois sûrs que la maison était vide, ils sortirent dans le jardin, mais n'y trouvèrent trace de quiconque. Rengainant leurs armes, ils retournèrent voir le corps. Josie sortit son téléphone et appela le central.

— On va avoir besoin de l'équipe d'identification et de la légiste. Vous feriez bien de demander quelques mandats, aussi. On dirait qu'on a un nouveau meurtre sur les bras.

18

Une heure plus tard, Josie et Mettner se tenaient devant le cadavre de Beth Pratt en compagnie de la légiste, Anya Feist, qui procédait à un rapide examen du corps. Les ambulanciers l'aidèrent à retourner la femme sur le dos de manière à la relier à un défibrillateur, mais il devint rapidement évident qu'elle n'avait plus de rythme cardiaque depuis longtemps. Des taches noires, signes de *livor mortis*, marquaient déjà ses bras à l'endroit où ils touchaient le sol.

— Je dirais que la mort remonte à environ deux heures, estima la docteure Feist.

Mettner prit des notes sur son téléphone tandis que Josie grimaçait ; si seulement ils étaient arrivés un peu plus tôt.

— Vous êtes certains qu'il s'agit de la propriétaire des lieux ? demanda la légiste en les regardant tous les deux.

— Oui, répondit Josie. Le tueur a vidé son sac à main sur la table dans la salle à manger. Enfin... on imagine que c'est le tueur qui a fait ça vu comme son contenu était étalé sur la table. On y a retrouvé son permis de conduire.

D'une main gantée, elle alluma l'écran de son téléphone et y afficha la photo prise un peu plus tôt. Anya Feist compara le visage souriant de Beth Pratt au cadavre devant elle. Ce n'était pas évident à voir sur ce visage cireux et sans vie mais, d'après sa photo d'identité, Josie remarqua que Beth avait hérité de la mâchoire carrée de son père, de ses lèvres fines et de ses cheveux sombres. Elle se souvenait d'avoir lu que Drew Pratt mesurait plus d'un mètre quatre-vingts, mais Beth, avec son petit mètre soixante, n'avait sans doute pas pu rivaliser avec un assaillant costaud et agressif.

— Je suis d'accord avec vous, c'est bien elle, conclut la docteure Feist en rendant son téléphone à Josie.

À l'aide d'une petite lampe torche qu'elle sortit de la poche de sa veste, elle éclaira les yeux vitreux de Beth Pratt.

— Comme je m'y attendais, il y a des pétéchies. J'en saurai plus en l'autopsiant, mais je pense à une mort par asphyxie.

Elle passa ses doigts gantés sur les lèvres de la jeune femme et les écarta méthodiquement pour révéler ses dents. Puis elle appuya un doigt contre son menton afin de lui ouvrir la bouche.

— Il y a des coupures sur l'intérieur des lèvres et ce qui ressemble à des fibres de tissu sur sa langue, ce qui tend à montrer qu'on lui a maintenu le visage contre la moquette.

Elle pointa du doigt le coussin posé à demi sur la tête de Beth.

— Il a certainement été utilisé pour la maintenir dans cette position et étouffer le bruit.

Cette description du meurtre fit frissonner Josie.

— On dirait qu'ils se sont battus, vu tout le désordre dans la pièce, dit Mettner.

— J'imagine qu'elle était assise sur le canapé, supposa Josie. Elle devait lire un magazine et boire un café en attendant notre arrivée.

Mettner désigna la large fenêtre du salon, qui donnait sur l'allée – désormais encombrée de véhicules de police, de la camionnette de la légiste et d'une ambulance.

— Le tueur a dû se garer devant. Elle avait probablement laissé la porte en bois ouverte, puisqu'elle attendait de la visite.

— La moustiquaire est intacte. Il est même possible qu'elle se soit levée pour aller ouvrir quand il est arrivé.

Mettner se dirigea vers la porte et ouvrit la moustiquaire, comme pour laisser entrer quelqu'un.

— Quand elle s'aperçoit que son visiteur n'est pas un policier, il est trop tard. Il force le passage.

— Ou, proposa Josie, elle est restée sur le canapé en attendant qu'il frappe, mais il a directement essayé d'ouvrir la porte, qui n'était pas verrouillée, et est entré. Il l'a prise par surprise et l'a attaquée ici. Ils se sont battus. Il l'a maintenue contre la moquette, a placé le coussin au-dessus de sa tête et l'a étouffée.

— Et après, il fouille la maison.

— Et rien ne nous permet de savoir s'il a trouvé ce qu'il cherchait, déplora Josie. Quand Gretchen a discuté avec Beth au téléphone, est-ce que vous savez si elle a précisé qu'elle vivait seule ?

— Elle a rompu avec sa petite amie, qui habitait ici avec elle, il y a trois mois. Donc elle était seule.

— Ça ne fait pas très longtemps, commenta Josie. Demandez à cette ex où elle se trouvait cet après-midi. Si elle a un alibi, peut-être qu'elle pourrait passer voir la maison, au cas où elle remarquerait quelque chose qui manque.

Elle se tourna vers la docteure Feist.

— Vous pensez qu'on a de nouveau affaire au meurtrier de Colette Fraley ?

La légiste se redressa et retira ses gants avant de les fourrer dans ses poches.

— D'un point de vue clinique, difficile à dire. J'en saurai plus après l'autopsie. Je pense que la cause de la mort sera similaire, mais vous savez comme moi que cela ne signifie pas pour autant que le tueur est le même.

Mettner recula d'un pas.

— À première vue, c'est quand même très ressemblant, comme scène de crime. Une femme célibataire qui vit seule. Pas d'effraction, une victime étouffée de manière brutale, une maison fouillée de fond en comble, mais pas de disparition des objets de valeur – pour autant qu'on sache, en tout cas.

— C'est ce que je pense aussi, dit Josie. Il y a pas mal de bijoux dans la chambre de Beth Pratt, de nombreux appareils électroniques un peu partout dans la maison, et 300 dollars dans son portefeuille. Donc le tueur était à la recherche d'un objet précis, qui n'avait de valeur que pour lui.

— Exactement comme pour Mme Fraley, renchérit Mettner.

— Nous ne savons pas encore ce qu'il recherchait chez Colette, mais on peut partir du principe qu'il s'agissait du sachet caché dans la machine à coudre. C'est là qu'on a retrouvé la clé USB qui nous a menés jusqu'à Drew Pratt, puis jusqu'à sa fille. Je ne pense pas que ce meurtre soit une coïncidence.

— Moi non plus, grimaça Mettner.

La docteure Feist marcha jusqu'à la porte et demanda aux secours d'entrer et de prendre en charge le corps jusqu'à la morgue. Josie et Mettner reculèrent dans un coin de la pièce, à proximité de la bibliothèque vidée.

— Alors, qu'est-ce que Beth Pratt possédait qui justifie ce meurtre ?

Mettner secoua la tête.

— Franchement, je ne vois pas. Elle ne pouvait pas avoir la preuve de ce qui était arrivé à son père. Il est impossible qu'elle ait gardé ça pour elle pendant toutes ces années.

Josie observa le salon, une pièce lumineuse et chaleureuse, désormais marquée par un déferlement de violence.

— Peut-être qu'elle possédait quelque chose d'important, sans savoir que c'était important. Ou peut-être que le tueur était persuadé qu'il trouverait quelque chose d'utile.

— Comme la clé USB de Colette ? Aucun des fichiers que contient cette clé ne peut justifier un meurtre.

— D'après les infos que nous avons, non, effectivement. Il nous manque une pièce du puzzle. Une grosse pièce. Qui est le plus proche parent de Beth ?

— Mason Pratt. C'est le fils de Samuel Pratt. Lui et sa mère habitent dans les environs, alors que le reste de la famille de Beth vit au Texas. J'ai déjà demandé à Gretchen de contacter Mason pendant qu'on interrogeait Beth.

— Ça vaudrait peut-être le coup de passer le voir, dit Josie en vérifiant l'heure sur son téléphone. Hummel vient de prendre son service. Appelez-le et demandez-lui d'aller chercher Mason Pratt à son domicile. On l'auditionnera directement au commissariat.

Pendant que Mettner téléphonait, Josie baissa les yeux vers le sol jonché de livres et d'albums photos. L'un des albums était ouvert et, depuis l'endroit où elle se trouvait, Josie crut reconnaître des clichés du mariage de Drew Pratt. Elle s'accroupit pour mieux voir les photos, vieilles et jaunies, prises sur le vif par des amis ou d'autres membres de la famille. Elle en passa plusieurs en revue avant de tomber sur un portrait de Drew Pratt et de son frère aîné, Samuel. Tous deux portaient un smoking bleu et souriaient. Samuel paraissait plus âgé, avec sa barbiche parfaitement taillée. Ses yeux étaient du même marron que ceux de Drew, mais un peu plus rapprochés sous des sourcils broussailleux. Ils avaient le même menton, le même nez, les mêmes cheveux brun foncé. Samuel dépassait son frère de quelques centimètres.

— Peut-être que Mason pourra nous en apprendre un peu plus sur son père, aussi, marmonna Josie quand Mettner raccrocha.

Elle continua à feuilleter l'album et découvrit de nouveaux clichés de Drew et sa femme, accompagnés ensuite d'un bébé emmailloté sur presque toutes les photos. Une fois parvenue à la dernière page, Josie passa à l'album suivant. Il n'y avait pas de trace de Beth bébé et de sa mère dans celui-ci. Beth, adolescente, posait avec Samuel, qui semblait bien plus âgé, et un jeune homme qui ne pouvait être que Mason Pratt. Une autre femme apparaissait sur certaines photos ; Josie supposa qu'il s'agissait de la femme de Samuel. Mais la plupart du temps, on ne voyait que les deux frères et leurs enfants adolescents – en train de faire de la randonnée, du canoë, du rafting en eaux vives et toutes sortes de sports d'extérieur. L'épouse de Samuel Pratt n'était présente que pour les activités moins physiques, lors d'une visite à New York où ils posaient devant un théâtre à Broadway, ou lors d'un voyage à Disney World.

— Hé, lâcha Josie en faisant signe à Mettner d'approcher. Regardez ça.

Son collègue s'accroupit à côté d'elle.

— Qu'est-ce que c'est ?

Josie lui montra la photo des deux frères et de leurs enfants au sommet d'une montagne, tous en chaussures de randonnée et équipés de sacs à dos, couverts de transpiration, les joues rouges, tout sourires sous le soleil.

— Je pense qu'il s'agit de Samuel Pratt.

— Ça semble logique, oui.

Josie pointa du doigt sa main droite, refermée sur un petit objet de couleur claire.

— Et ça, c'est quoi ?

— Difficile à dire, répondit Mettner en plissant les yeux.

Josie tourna une page et lui montra cette fois un cliché d'eux quatre pris sur la rive d'un fleuve, à proximité de deux canoës. Ils se tenaient tous par les épaules. Le bras gauche de Samuel Pratt reposait sur l'épaule de son fils, mais son bras droit pendait le long de son torse. De sa main dépassait à peine un petit objet de couleur pâle.

Mettner passa en revue d'autres pages de l'album.

— Il a ça dans la main sur presque toutes les photos.

— Oui, confirma Josie. Sauf sur celle-ci.

Elle revint quelques pages en arrière, jusqu'à retrouver l'une de celles avec les canoës. Dessus, Drew et Beth se tenaient devant un feu de camp, leurs embarcations à leur droite. À leur gauche, Samuel Pratt était assis sur une chaise de camping, en train de peler une pomme avec un couteau, tout à sa tâche. Il n'était pas le sujet de la photo, il apparaissait juste à l'arrière-plan. Josie désigna ses genoux. Posé sur son short bleu, encore le même petit objet pâle.

Mettner regarda la photo de plus près.

— Nom de Dieu, souffla-t-il. Ce ne serait pas...

— C'est un peu flou, dit Josie. Mais vous ne trouvez pas que ça ressemble à une pointe de flèche ?

19

Au commissariat, Bob Chitwood les attendait, debout derrière Gretchen, laquelle était assise à son bureau, un téléphone contre l'oreille. Il avait les bras croisés sur sa poitrine étroite. Son teint rougeaud était de retour, ce qui faisait ressortir sa barbe blanche et clairsemée.

— Quinn, beugla-t-il à leur approche. Vous vous fichez de moi ?

— Monsieur ? répliqua Josie en déposant son trousseau de clés sur le bureau.

— Vous venez vraiment de découvrir le meurtre de Beth Pratt avec Mett ? Beth Pratt, sérieusement ? Avez-vous la moindre idée de l'ampleur que va prendre cette affaire ? La presse parle encore de la disparition de son père, douze ans plus tard. Ça va être une vraie merde !

Josie posa les mains sur ses hanches.

— Eh oui.

— C'est tout ce que vous avez à répondre ? Vous feriez mieux de vous préparer, Quinn. Je ne sais pas ce qui se passe par ici, mais je vous conseille de le découvrir et fissa, vous pourriez bien jouer votre carrière là-dessus. En attendant, je vais essayer de garder la presse à distance.

Sans prêter attention à cette longue tirade, elle répondit :

— Monsieur, c'est peut-être le moment de réintégrer l'inspectrice Palmer. De la laisser retourner sur le terrain.

— Arrêtez ça tout de suite.

— Mais monsieur... protesta-t-elle.

Chitwood poussa un hurlement tonitruant qui réduisit la salle au silence :

— Nom d'un chien, Quinn, j'ai dit non ! Palmer restera assise sur ce putain de siège, fin de l'histoire.

Mettner, derrière Josie, s'éclaircit la gorge.

— Monsieur, osa-t-il glisser. Quelqu'un nous attend en bas pour être auditionné. Hummel est allé le chercher et l'a installé dans la salle de conférences.

— J'ai entendu ça, dit Chitwood. Mason Pratt. Vous le suspectez de quelque chose ?

— Non, répondit Mettner. Pas pour le moment.

Après un dernier regard, Chitwood regagna son bureau en marmonnant au sujet de gens qui tombaient comme des mouches et de cette foutue famille Pratt.

Mettner semblait soulagé, mais Josie et Gretchen n'avaient pas le cœur à sourire.

— Allons voir Mason Pratt, dit Josie à Mettner.

— Si vous me cherchez, je serai assise ici, soupira Gretchen.

— Est-ce que tu peux vérifier auprès de l'équipe d'identification criminelle s'ils ont pu tirer quoi que ce soit de l'empreinte de pas retrouvée chez Colette Fraley ?

Gretchen hocha la tête et attrapa son téléphone.

— Bonne idée, je m'en occupe tout de suite.

Josie rassembla le dossier de l'affaire, quelques carnets et stylos, puis descendit au rez-de-chaussée rejoindre Mason Pratt, qui les attendait dans la salle de conférences devant une tasse de café pleine. Ses cheveux blonds étaient dissimulés sous une casquette, et ses yeux étaient rougis par les larmes. Hummel les avait prévenus qu'il l'avait récupéré sur son lieu de travail, dans un magasin de tracteurs et de produits agricoles. Son patron avait confirmé sa présence sur place depuis 6 heures ce matin-là. Il portait un sweater vert foncé, un jean et des bottes. Il se leva quand ils entrèrent et vint leur serrer la main. Mettner et Josie commencèrent par lui présenter leurs condoléances.

— Merci, répondit Mason. Je n'arrive pas à y croire.

— Quelqu'un a-t-il prévenu votre mère ? demanda Mettner. Vous avez eu le temps de lui parler ?

— Non, je n'ai pas pu passer la voir. J'ai appris la nouvelle par votre collègue. Ma mère réside à Rockview. Vous savez, la maison de retraite.

— Je connais, répondit Josie. Ma grand-mère vit là-bas aussi.

— Est-ce que Beth et vous étiez proches ? demanda Mettner.

Mason retira sa casquette et se passa une main dans les cheveux.

— Plutôt, oui, je crois. Franchement... D'abord mon père, ensuite le sien... Peu de gens peuvent comprendre, vous savez ? Mais Beth et moi...

Il ne put terminer sa phrase et baissa la tête.

— Mon Dieu, je me demande si ma famille n'est pas maudite.

— Je comprends, c'est vraiment dur, compatit Josie. Vous avez déjà traversé tant de choses. Ce n'est vraiment pas de gaieté de cœur étant donné les circonstances, mais nous aurions quelques questions à vous poser au sujet de Beth, de votre oncle Drew et de votre père. Est-ce que c'est possible ?

Il hocha la tête.

— Qu'est-ce que vous voulez savoir ?

Mettner se lança :

— Savez-vous si quelqu'un aurait pu vouloir s'en prendre à votre cousine ?

— Non. C'est vrai qu'elle ne manquait pas de caractère, comme mon oncle Drew, mais elle n'avait pas d'ennemis. Pas à ma connaissance. Elle travaillait à l'université. Vous le saviez ?

— Oui. Elle en a parlé à l'inspectrice Palmer quand elle l'a eue au téléphone pour fixer le rendez-vous d'aujourd'hui. Elle s'occupait des inscriptions, c'est bien ça ?

— Oui, elle adorait son boulot. Et ses collègues. Je ne vois pas qui, là-bas, aurait pu vouloir la tuer. Avez-vous parlé à sa petite amie ? Euh, je veux dire, son ex-petite amie ?

— Notre équipe va s'en occuper, dit Josie. Quand avez-vous parlé à Beth pour la dernière fois ?

— Il y a une semaine, je dirais. Je l'appelais régulièrement, depuis sa séparation. C'était assez dur pour elle.

Josie déposa devant lui la copie d'une photo de Colette Fraley récupérée dans un des albums de la famille.

— Est-ce que vous connaissez cette femme ?

— Non. Je ne l'ai jamais vue, qui est-ce ?

— Elle a été assassinée une semaine avant Beth, le renseigna Josie. On se demande s'il n'y aurait pas un lien entre les deux.

— Peut-être que ma mère la connaissait ? suggéra-t-il.

— On le lui demandera.

Josie récupéra le cliché puis sortit son téléphone pour y afficher les photos prises un peu plus tôt chez la défunte. Elle en fit défiler plusieurs devant les yeux de Mason avant de s'arrêter sur la dernière en désignant la pointe de flèche qu'on y voyait.

— Pouvez-vous nous dire quel est cet objet que tient votre père sur chacune des photos ?

Un petit sourire se dessina sur le visage de Mason.

— Oui. C'était cette fichue pointe de flèche. Vous voyez ce que c'est, j'imagine ?

— Oui, répondirent Josie et Mettner à l'unisson.

— Et est-ce que celle-ci avait une signification particulière pour votre père ? reprit Josie.

— Eh bien, oui. Vous savez qu'il était archéologue ?

— Non, nous l'ignorions, répondit Josie.

— Il enseignait à l'université de Denton. Il était passionné d'archéologie. Avant ma naissance, il parcourait le monde de fouille en fouille.

— C'est comme ça qu'il a trouvé cette pointe de flèche ? Lors d'une fouille ? questionna Mettner.

— Non, elle vient d'ici, de Pennsylvanie. Quand il était enfant, il allait souvent jouer dans les bois, et il faisait semblant d'être un grand archéologue. Un jour, en creusant le sol, il est tombé sur cette pointe de flèche. Elle n'avait aucune valeur, mais il y tenait énormément. Chaque fois qu'il voyageait, il l'emmenait pour lui rappeler la maison. Il disait que ça l'aidait à garder les pieds sur terre. Ensuite, quand il a arrêté de parcourir le monde pour se consacrer à l'enseignement, elle ne quittait jamais sa poche. Quand il était stressé, il la sortait et frottait ses doigts le long des arêtes.

Le cœur de Josie bondit dans sa poitrine quand elle repensa aux bords émoussés de la pointe qu'ils avaient découverte dans la machine à coudre de Colette.

— Quel âge avait votre père quand il est décédé ? lui demanda-t-elle.

— Cinquante-neuf ans.

— Et il possédait cette pointe de flèche depuis qu'il était enfant ?

— Oui, depuis ses neuf ou dix ans.

On parlait donc d'une cinquantaine d'années à frotter les bords de ce petit objet. Largement assez pour les émousser.

— Vous savez ce qu'elle est devenue ? demanda Mettner.

— Non... Avec ma mère, on a pensé qu'elle devait être dans sa poche au moment où il s'est retrouvé dans le fleuve, et qu'elle a coulé avec lui. Il ne la quittait jamais, et on ne l'a pas retrouvée dans sa voiture, donc...

— Pouvez-vous nous parler du jour où votre père est décédé ?

Dix-neuf années s'étaient écoulées depuis cet événement traumatisant, si bien que la voix de Mason ne laissait transparaître aucune émotion quand il évoqua ces faits avec détachement, comme si c'était la millième fois qu'on le lui demandait. Josie se dit que c'était peut-être le cas.

— J'étais encore au lycée. On vivait entre ici et Bellewood, à l'époque. Il est allé travailler ce matin-là et a donné un cours à 9 heures. Ensuite, il est allé se chercher un café à la cafétéria, comme tous les jours. Il a été filmé là-bas. Et puis il est sorti, et personne ne l'a vu pendant deux jours. Ma mère a signalé sa disparition le soir même en ne le voyant pas rentrer pour dîner, mais la police a refusé de lancer des recherches avant qu'il se soit écoulé vingt-quatre heures. Le lendemain, ils ont retrouvé sa voiture sur la rive du Susquehanna, au sud de Bellewood. Elle était verrouillée. Ses clés, son téléphone, son portefeuille, tout était à l'intérieur. Sauf lui.

— Souffrait-il de dépression ? demanda Josie.

— Mon père a toujours été dépressif. Il s'est vraiment battu toute sa vie contre cette maladie. Il souffrait d'un trouble bipolaire. Il alternait entre les phases euphoriques où il se sentait tout-puissant et celles où il sombrait totalement, mais on n'a jamais pensé qu'il finirait par passer à l'acte.

— Il n'a jamais eu d'idées suicidaires ? demanda Mettner.

— Non, en tout cas, on n'a jamais cru qu'il pourrait se faire du mal. Quand il était dans une mauvaise passe, il était juste triste et morose. Il dormait beaucoup. Il lui arrivait parfois de dire un truc comme : « Ça irait mieux si j'étais mort », mais il n'a jamais donné l'impression d'y penser sérieusement. Il était suivi par un psy et prenait un tas de médicaments. Ma mère était vigilante là-dessus, parce qu'elle savait que s'il les oubliait, la situation deviendrait vite incontrôlable. Même après qu'on a retrouvé son corps, elle n'a jamais cru au fait qu'il se serait suicidé. Mais on n'a jamais pu démontrer que ce n'était pas le cas.

— Et vous, qu'est-ce que vous en pensiez ? demanda Josie.

— Je ne sais pas. Au départ, je pensais comme ma mère mais, en grandissant, j'ai commencé à douter. Aujourd'hui, je ne sais toujours pas quelle est la vérité. Est-ce qu'on ne dit pas que les gens qui envisagent vraiment de se suicider n'en parlent pas avant ? Qu'un jour, hop, ils le font et c'est tout ? J'ai lu des tas d'articles sur le sujet. Peut-être que, ce jour-là, mon père a décidé que c'était terminé. D'après la police, il n'y avait aucune trace de lutte sur son corps. Il avait quelques bleus sur le dos, les épaules et les bras, mais, apparemment, il aurait pu se faire ça en se cognant contre des rochers et des branches dans le fleuve. Ce n'était pas suffisant pour prouver qu'il s'était débattu.

— Est-ce qu'il savait nager ? demanda Mettner.

— Pas très bien.

— Et qu'en pensait votre oncle ? continua Josie.

— Il était convaincu que mon père s'était rendu au bord du fleuve pour rencontrer quelqu'un et que cette personne l'avait tué avant de jeter son corps à l'eau, ou qu'on l'avait noyé en lui maintenant la tête sous l'eau.

— La cause de la mort était la noyade, c'est bien ça ? reprit Mettner.

— Oui.

— Et d'après votre oncle, avec qui aurait-il pu avoir rendez-vous ? demanda Josie.

— Aucune idée. Ma mère et mon oncle ont épluché ses mails, professionnels et personnels, se sont renseignés auprès de son assistant, de ses collègues, de ses élèves, ont fouillé son télé-phone... Si je me souviens bien, ils n'ont rien trouvé d'inhabi-tuel. Ou en tout cas, ils ne m'en ont pas parlé. Moi, je me suis toujours demandé comment c'était possible, s'il avait eu rendez-vous avec quelqu'un, qu'il n'y en ait aucune trace nulle part ? Un coup de fil ? Un mail ? Quelque chose ?

— C'est vrai que c'est curieux, confirma Josie.

Elle songea à la mystérieuse femme que Drew Pratt avait

rencontrée au marché couvert le jour de sa disparition. Là non plus, rien ne laissait penser qu'il avait eu rendez-vous avec quelqu'un. Est-ce qu'il connaissait cette femme avant d'aller au marché ? S'était-il rendu là-bas dans le but de la voir ou est-ce qu'il l'avait croisée par hasard ? Quoi qu'il en soit, il était peu probable que cette femme ait tué Drew Pratt vu sa carrure, similaire à celle de son frère. Seule une personne robuste et bien entraînée aurait été en mesure de maîtriser ces deux hommes. Et quand bien même elle aurait trouvé le moyen de les tuer sans avoir recours à la force brute – en les empoisonnant, par exemple –, elle avait nécessairement été aidée pour se débarrasser des corps.

Le froissement d'un sac de scellés tira Josie de ses pensées. Mettner glissa une main gantée à l'intérieur pour en retirer le sachet en plastique retrouvé dans la machine à coudre de Colette. Il le tendit à Mason pour qu'il le regarde sans le toucher, lissant le plastique afin qu'il en voie aussi bien que possible le contenu.

— Est-ce qu'à tout hasard, il pourrait s'agir de la pointe de flèche de votre père ?

Mason plissa les yeux, se leva et se pencha en avant pour l'observer de plus près.

— Où avez-vous trouvé ça ?

— Nous l'avons découverte récemment sur une scène de crime, expliqua Josie. Nous n'avons pas pu relever d'empreintes dessus, la surface n'est pas assez plane. On cherche à trouver sa signification.

Mason montra le sachet du doigt.

— Vous voulez bien le retourner ?

Mettner s'exécuta, et Mason montra le bas de la pointe de flèche.

— Là, fit-il, le souffle court.

Josie se pencha à son tour et repéra une petite trace noire qu'elle n'avait pas remarquée jusqu'ici.

— Où avez-vous trouvé ça ? répéta Mason. Quelle scène de crime ?

— C'est bien celle de votre père ? dit Mettner.

Les yeux de Mason s'emplirent de larmes.

— Oui, je crois bien. Un été, il a peint la façade de notre maison. J'avais quoi... dix ou onze ans, et il l'avait posée sur la table sous le porche. J'ai voulu lui donner un coup de main, mais tout ce que j'ai réussi à faire, c'est renverser de la peinture bleu foncé sur sa pointe de flèche adorée. J'ai vraiment cru qu'il allait me tuer. Il était tellement énervé. Il est parvenu à presque tout retirer. Tout, sauf ce petit point, ici. Ça l'a toujours agacé.

Josie et Mettner échangèrent un regard. La mère de Noah avait été en possession de deux objets personnels appartenant à deux hommes – l'un mort, l'autre disparu depuis douze ans. Ils n'eurent pas besoin de parler pour savoir qu'ils partageaient la même pensée : *Dans quoi Colette Fraley s'était-elle fourrée ?*

— Est-ce que le nom de Colette Fraley vous évoque quelque chose ? demanda Josie à Mason Pratt.

Il secoua la tête.

— Non, jamais entendu. Qui est-ce ?

— C'est la femme qui a été assassinée la semaine dernière. La scène de crime et les circonstances sont assez similaires à celles du meurtre de Beth. C'est chez elle que nous avons retrouvé la pointe de flèche de votre père.

— Ainsi que cette boucle de ceinture, compléta Mettner en triturant le sachet pour la montrer à Mason. Vous la reconnaissez ?

Mason se pencha encore un peu plus sur la table pour mieux voir. Mettner la tourna plusieurs fois entre ses mains pour que l'homme puisse l'étudier sous toutes les coutures. Finalement, ce dernier déclara :

— Non. Quel rapport avec Beth... ou mon père ?

Tandis que Mettner replaçait le sachet dans le sac de scellés, Josie expliqua :

— Il y avait un troisième objet dans ce sachet. Une clé USB

avec le nom « Pratt » écrit dessus. Nous pensons qu'elle appartenait à votre oncle Drew.

Il fronça les sourcils.

— Mon oncle Drew ? Qu'est-ce qu'il y avait, sur cette clé ?

— Des documents juridiques, répondit Mettner.

— Mais rien qui nous permette de comprendre ce qui lui est
arrivé, ajouta-t-elle. À vrai dire, c'était pour discuter de la disparition de son père que nous voulions rencontrer Beth. Mais
quand nous sommes arrivés...

— Pourquoi ? s'étonna Mason. C'est vous, la police. Vous ne
savez pas déjà tout ce qu'il y a à savoir à ce sujet ?

— On a un dossier ici, c'est vrai, puisqu'il a disparu à l'intérieur de la ville. Mais plusieurs organismes ont enquêté sur cette
affaire au fil des années, ce qui signifie qu'il nous manque potentiellement des informations. De plus, tout cela s'est passé bien
avant qu'aucun de nous travaille ici. Nous voulions entendre la
version de personnes ayant bien connu Drew à l'époque. Dites-
moi, Mason, est-ce que Beth accordait du crédit à l'une des
nombreuses théories qui ont circulé après qu'il a disparu ?

Mason se frotta les joues des deux mains, semblant soudain
totalement épuisé.

— Beth pensait que son père était mort. Mais pas qu'il s'était
suicidé. Elle a toujours été persuadée que quelqu'un l'avait
assassiné. Mais tant qu'on ne retrouvait pas le corps, on ne
pouvait rien prouver.

— Et avait-elle une idée de qui l'aurait assassiné, ou pour
quelle raison ? demanda Mettner.

— Selon elle, l'explication la plus évidente était sans doute
la bonne.

— C'est-à-dire ? intervint Josie. Elle pensait que son meurtre
était lié à une personne contre qui il avait engagé des
poursuites ?

Mason acquiesça.

— Exactement. C'est la première chose à laquelle on penserait, non ? Un assistant du procureur de district respecté de tous et compétent, qui a mené sa carrière de main de maître pendant plusieurs dizaines d'années ? Mon oncle a mis hors d'état de nuire des dealers, des trafiquants de drogue et de très nombreux membres de gangs, des bikers aux suprémacistes blancs, en passant par ce fameux gang latino... Vous savez, les Vingt-Trois ?

— Oui, réagit Josie, je connais les Vingt-Trois. Certains de leurs membres ont été impliqués dans une fusillade survenue à Denton, il y a quelques années.

Cet événement avait fait plonger Josie dans les profondeurs obscures de l'affaire des jeunes disparues qui avait secoué non seulement la ville, mais le pays tout entier.

Mason se gratta l'oreille.

— Oui, je crois que je m'en souviens. Bref, mon oncle Drew a fait coffrer un paquet de voyous, vous savez ? Beth a toujours pensé que c'était un membre d'une de ces organisations criminelles qui s'en était pris à son père.

— Et Patti Snyder ? suggéra Josie.

Mason haussa un sourcil.

— C'était... voulut compléter Josie, mais il l'interrompit.

— Je sais qui elle était... qui elle est. Croyez-moi, Beth et moi connaissions chacun des protagonistes de tous les scénarios dont la presse nous a inondés pendant ces douze dernières années. Je comprends pourquoi les gens y ont cru, mais il n'y a jamais eu la moindre preuve que mon oncle était au courant de ce qui se tramait à Wood Creek. Donc non, Beth n'a jamais pensé que Patti Snyder avait pu tuer son père.

— Certains enquêteurs, au fil des ans, ont envisagé que Patti Snyder aurait pu être la mystérieuse femme avec qui Drew Pratt avait discuté au marché couvert le jour de sa mort, fit remarquer Josie.

— Oui, oui, je sais bien.

— Est-ce que Beth avait un avis sur l'identité de cette femme ? demanda Mettner.

— Elle ne pensait pas qu'il s'agissait de Patti Snyder. Pour elle, cette femme, qui qu'elle soit, a joué un rôle dans la mort de son père. C'est la dernière personne à l'avoir vu vivant, à lui avoir parlé. Si elle n'a rien à voir avec sa mort, alors pourquoi ne s'est-elle jamais présentée au commissariat ? Et puis, si c'était Patti Snyder et qu'elle savait ce qui lui est arrivé, elle aurait pu négocier une réduction de peine ou quelque chose comme ça en échange de ces informations, non ?

— Pas faux, concéda Josie.

— Et puis... Il y a eu une période de deux ou trois semaines pendant laquelle mon oncle Drew était...

Mason s'interrompit brusquement, et un éclair de panique traversa son regard, comme s'il avait peur d'en avoir trop dit.

Josie le relança doucement :

— Où votre oncle Drew était quoi ?

— Beth n'en a jamais parlé à personne, elle craignait que, si elle le faisait, les flics et les médias concluent tout de suite à un suicide. Mais elle m'a dit que, pendant les deux ou trois semaines qui ont précédé sa disparition, son père n'allait pas bien.

— C'est-à-dire ? questionna Mettner.

— Apparemment, il ne mangeait plus, ne dormait plus ; il était irrité, perturbé.

— Est-ce qu'il y avait une explication à ce changement d'humeur ? demanda Josie.

— Il refusait d'en parler. Beth l'a interrogé plusieurs fois, mais il l'envoyait bouler et disait qu'il était juste stressé par le travail.

— Pourtant, les dossiers sur lesquels il travaillait ont tous été étudiés après sa disparition. Il ne suivait aucune affaire d'importance, rien qui sorte de la routine.

— Oui, Beth a vraiment insisté pour que la police vérifie, et ils lui ont dit qu'ils n'avaient rien remarqué de particulier dans ses dossiers qui aurait pu le mettre sous pression.

— Elle a malgré tout continué d'être persuadée qu'il avait été tué par quelqu'un qu'il avait condamné ? s'étonna Josie.

— Oui. Elle pense qu'il a peut-être reçu des menaces.

— Ça n'a jamais pu être prouvé, contra Josie. Toute sa vie a été passée au peigne fin, sans résultat.

Mason leva les bras en l'air.

— Je sais bien. Je vous dis juste ce que Beth pense... pensait. Mon Dieu, je n'arrive pas à y croire. Je ne peux pas croire qu'elle ne soit plus là. Qui a pu faire ça ? Pourquoi ?

Josie sentit son estomac se nouer en voyant les larmes inonder son visage. Il avait perdu son père, son oncle, et maintenant sa cousine, tous dans des circonstances étranges et suspectes. Elle aurait aimé avoir des réponses à lui apporter.

— C'est justement la question que l'on voulait vous poser, reprit Mettner. On dirait que la maison de Beth a été fouillée de fond en comble, comme si quelqu'un cherchait quelque chose de précis. Auriez-vous une idée de ce que ça pourrait être ?

Il secoua la tête.

— Non, je ne vois pas... Il n'y avait rien chez Beth qui vaille la peine de tuer, c'est certain.

Ils laissèrent Mason seul dans la salle de conférences pour se ravitailler en boissons. Josie installa un nouveau filtre dans la cafetière, y déposa quelques cuillères de café moulu et remplit le réservoir d'eau.

— On devrait le placer sous protection policière.

Mettner éclata de rire.

— Ça existe, ça, à Denton ?

— Vous voyez ce que je veux dire. On pourrait demander à une patrouille de le surveiller. Franchement, vous ne trouvez pas ça bizarre ? Colette possédait des objets ayant appartenu à Drew et à Samuel Pratt. Elle est assassinée. On veut rencontrer la fille de Drew, mais elle aussi est tuée. Et si Mason était le prochain sur la liste ?

— Ce n'est pas une mauvaise idée, admit Mettner. Mais Chitwood n'acceptera jamais de payer des heures supplémentaires pour ça.

Josie inspecta les mugs en train de sécher près de l'évier et en sélectionna deux.

— Bien sûr que si, il le fera. S'il ne veut pas que cette affaire prenne des proportions ingérables. Il est déjà inquiet à l'idée que la presse découvre que la fille de Drew Pratt a été assassinée.

— Très bien, donc on pourrait placer Mason sous protection le temps de voir où on va. Je vais passer à Rockview pour interroger sa mère, au cas où elle connaîtrait Colette Fraley.

— On devrait aussi rencontrer Patti Snyder, dit Josie. Ou essayer, au moins.

— Vous pensez que ça pourrait être elle, la femme mystère ?

— Je ne sais pas quoi en penser, mais j'aimerais découvrir si elle sait quoi que ce soit au sujet de la clé USB retrouvée chez Colette.

Hummel passa la tête dans l'embrasure de la porte.

— Patronne, salua-t-il.

— Je suis juste inspectrice, maintenant.

— On a trouvé quelque chose sur la clé USB. Une empreinte partielle de pouce.

— Partielle ? répéta Josie. Combien de correspondances possibles ?

— Cinq. Mais Drew Pratt en fait partie. J'ai laissé le rapport à l'inspectrice Palmer.

Josie abandonna son café. Mettner tendit une bouteille d'eau à Hummel en lui demandant d'aller donner ça à la personne dans la salle de conférences et de lui dire qu'ils seraient de retour dans dix minutes. Une fois arrivés à l'escalier, ils montèrent les marches quatre à quatre et déboulèrent en même temps dans la grande salle. Gretchen était assise à son bureau, étudiant une liste de noms sur le rapport qu'elle tenait entre les mains.

— Je ne reconnais personne d'autre dans cette liste, dit-elle quand ils s'approchèrent.

Josie et Mettner parcoururent les noms par-dessus son épaule.

— Le seul qui nous intéresse, c'est Drew Pratt. J'ai quand

même envie de dire que ça prouve qu'il avait pris connaissance des documents de la clé USB, dit Josie.

— Pas forcément, nuança Gretchen. Tout ce que ça prouve, c'est qu'il l'a eue entre les mains. On ne peut pas être certains qu'il a regardé ce qu'elle contenait.

— Hmm... Ce n'est pas faux. Ou peut-être que c'est ça qui a impacté l'humeur de Drew Pratt avant sa disparition. Peut-être qu'on venait de lui remettre cette clé, mais qu'il n'avait pas encore décidé quoi faire ?

— En regardant les relevés de comptes, il aurait su qu'il devait les arrêter, ou au moins ouvrir une enquête, répondit Gretchen. Peut-être qu'il était en train de mettre ça au point quand il a disparu. Mais ça ne nous permet pas de garantir que cette clé USB a un rapport avec ce qui lui est arrivé.

— D'accord, céda Josie. On peut dire sans aucun doute qu'il a eu cette clé USB en sa possession à un moment donné, et que Colette Fraley l'a récupérée ensuite. Ce qu'on ne sait pas, c'est comment et pourquoi.

— Il va falloir lancer les recherches sur la boucle de ceinture, aussi, marmonna Mettner.

Josie sentit un frisson courir le long de sa colonne vertébrale.

— J'ai un peu peur de ce qu'on va trouver.

— Oui, moi aussi, dit Gretchen.

Elle ramassa un autre paquet de feuilles et le tendit à Josie. Celle-ci reconnut immédiatement les clichés de l'empreinte de chaussure dans le jardin de Colette Fraley. Il y avait aussi des photos du moulage que l'équipe d'identification criminelle avait réalisé, ainsi que le rapport récapitulant les informations qu'ils avaient pu en tirer.

— Qu'est-ce que ça dit ? demanda Mettner.

— L'empreinte correspond à une chaussure de taille 43, lut Josie. Ça, on le savait déjà, mais apparemment, vu la profondeur de la trace dans la terre, le poids de la personne qui l'a laissée est estimé à quatre-vingts, quatre-vingt-dix kilos. Et la délimitation plus précise de l'empreinte sur l'avant signifierait qu'il était penché et faisait porter tout son poids sur l'avant de son pied.

— Ce qui est cohérent avec le fait qu'il se soit agenouillé avant de s'asseoir sur Colette, fit remarquer Gretchen.

— La forme correspond à une marque de baskets pour hommes très connue, continua Josie. On peut en trouver dans à peu près n'importe quel magasin.

— Ça ne va pas beaucoup nous aider, râla Mettner.

— Effectivement, soupira Josie, je doute que cette piste nous mène très loin.

Gretchen désigna l'horloge accrochée au mur, qui indiquait 23 heures.

— Tu ne veux pas rentrer chez toi pour voir comment va Noah ? Je peux m'occuper de consigner tout ce qu'on a fait aujourd'hui et de renvoyer Mason Pratt chez lui, et toi et Mettner n'aurez qu'à reprendre tout ça sérieusement demain.

22

La maison de Noah n'était pas éclairée quand Josie se glissa à l'intérieur. Elle commença à avoir la chair de poule quand elle traversa le salon pour entrer dans la cuisine. Ils avaient été agressés ici même, dans ces pièces, quelques mois plus tôt. C'était encore difficile pour elle, mais il refusait de déménager. Ils restaient donc généralement chez elle, sauf depuis la mort de Colette. Josie alluma la lumière et avisa le petit mot qu'il lui avait laissé sur le réfrigérateur.

Je t'ai pris un truc à manger. Je vais me coucher, je suis crevé. N.

Elle ouvrit la porte et sourit, une pointe de soulagement venant momentanément remplacer le sentiment de tristesse qui pesait sur ses épaules. Noah s'assurait toujours qu'elle ait quelque chose dans le ventre. Sur l'étagère du haut, la délicieuse odeur d'un steak parfaitement grillé émanait d'une boîte de traiteur à emporter. Josie s'installa à table, dévora le tout puis monta voir Noah. Il lui restait des vêtements ici : elle enfila donc un pantalon de survêtement et un t-shirt, se brossa les dents et se glissa contre lui dans le lit. Alors que ses yeux s'habituaient à l'obscurité, elle observa son torse nu se lever au rythme de sa respiration. Elle passa les doigts dans ses cheveux et lui planta un baiser sur la joue, sans la moindre réaction de sa part.

Elle était plombée par la fatigue mais, après quelques minutes à tourner et se retourner, elle comprit qu'elle ne dormirait pas. Elle récupéra son téléphone posé sur la table de chevet et envoya un message à sa sœur.

Dispo ?

La réponse de Trinity arriva quelques minutes plus tard.

Toujours, pour toi, sœurette. Qu'est-ce qui se passe ? Comment va Noah ?

Il est anéanti. Dis, tu as couvert la disparition de Drew Pratt, quand tu étais journaliste ici. Tu t'en souviens ?

C'est une des plus grosses affaires jamais arrivées en Pennsylvanie. Bien sûr que je m'en souviens. Il y a eu du nouveau ?

Un peu. Je ne peux pas encore en parler. Je me demandais juste... Tu penses qu'il lui est arrivé quoi, toi ?

Plusieurs minutes s'écoulèrent, si bien que Josie crut que Trinity s'était endormie, mais finalement un nouveau message lui parvint.

Je pense que quelqu'un l'a tué. Quelqu'un que connaissait Patti Snyder, ou qu'elle a payé pour le faire. Tu vois qui c'est ?

Oui. Je vois très bien. Pourquoi tu penses que c'était Snyder ?

C'est la seule explication logique, quand on repense à cette femme mystérieuse. La police m'avait laissée regarder la vidéo quand je préparais mon reportage. Je pense que Snyder lui a raconté ce qui se tramait et, quand il a décidé de ne pas engager de poursuites, elle l'a fait assassiner. Mais elle ne parlera jamais, ça l'obligerait à trahir le tueur.

OK, merci.

Trinity répondit presque immédiatement.

Je veux être mise au courant s'il y a du nouveau !!! En premier !

Josie pouffa et reposa son téléphone sur la table de chevet. Elle s'enfonça dans son oreiller, inspirant l'odeur familière et réconfortante de Noah. Les questions tournaient dans son esprit. Après encore vingt minutes à chercher le sommeil sans succès, elle attrapa de nouveau son téléphone, cette fois pour effectuer des recherches sur Patti Snyder. La femme, employée de banque, avait toujours élevé seule son fils quand, en 2002, il avait été arrêté pour des faits de violence légère après qu'il s'était battu avec un autre garçon. La rixe avait eu lieu lors d'un match de football américain opposant deux lycées rivaux, au milieu d'une bagarre générale entre les joueurs. Le tout avait été filmé, et un journaliste avait remis la main sur la vidéo quand le scandale de Wood Creek avait éclaté. D'après ce que Josie pouvait voir malgré la très mauvaise qualité des images, prises de loin, le combat n'était pas particulièrement brutal.

Pourtant, le juge Eugene Sanders avait condamné le garçon

à près de deux ans de détention. Son avocat avait tenté de renégocier la peine, mais Sanders avait refusé. L'adolescent l'avait donc purgée et, d'après sa mère, n'était plus que l'ombre de lui-même à sa sortie. Il ne s'en était jamais totalement remis, avait plongé dans la dépression, tandis que sa mère se saignait aux quatre veines pour tenter de lui apporter l'aide dont il avait besoin. Et puis, un jour de 2005, alors qu'elle était au travail, il s'était pendu dans leur jardin. À son procès, Patti Snyder avait décrit le moment où elle l'avait trouvé et où elle avait coupé la corde. Pas une personne dans la salle n'avait pu retenir ses larmes.

Ce qui ne l'avait pas empêchée d'être condamnée à la prison à perpétuité, sans possibilité de libération conditionnelle.

Patti Snyder avait commencé assez tôt à avoir des doutes au sujet de Wood Creek. Les recherches – illégales – qu'elle avait menées dans la banque où elle travaillait avaient confirmé ses soupçons. Elle avait déclaré avoir plusieurs fois tenté de dénoncer les faits, en vain. Quand, finalement, le scandale avait éclaté en 2010, tous les hommes mis en cause avaient embauché des avocats hors de prix. D'après ce que l'on pouvait voir dans les médias, la plupart d'entre eux allaient plaider coupables afin d'éviter la prison. Alors Snyder s'était rendue chez l'un des financiers de Wood Creek Associates, avait frappé à la porte et, quand l'homme avait ouvert, elle lui avait tiré une balle dans la poitrine l'avait laissé pour mort.

Noah se tourna sur le côté, et Josie sursauta. Elle lâcha son téléphone, qui tomba sur ses genoux. Elle le récupéra dans les couvertures et le déposa sur la table de chevet en le branchant au chargeur. C'était suffisant pour cette nuit. Le lendemain, Gretchen tâcherait d'obtenir un entretien au parloir avec Patti Snyder et, s'ils avaient de la chance, cette femme les aiderait à déterminer si Drew Pratt était ou non au courant des agissements de Wood Creek Associates avant de disparaître. Elle pourrait également confirmer ou non le fait qu'elle était la mystérieuse femme qui l'avait abordé au marché couvert.

Josie sombra dans un sommeil irrégulier et fut réveillée quelques heures plus tard par la lumière du soleil filtrant à travers les volets. Noah était lové contre elle, son bras en travers de sa taille. Quand elle s'étira, il l'imita. Leurs mains se mirent à explorer le corps de l'autre dans un demi-sommeil, tandis qu'ils se laissaient gagner par l'envie et l'urgence, trouvant une douce délivrance l'un en l'autre qui les laissa le souffle court et couverts de sueur. Josie somnolait maintenant entre les bras de Noah, s'apprêtant à se rendormir pour de bon quelques heures, quand on frappa à la porte, en bas.

Tendus, ils patientèrent pour voir si le bruit se répéterait, et ce fut le cas.

— J'y vais, dit Noah. Reste ici.

Josie le regarda enfiler des vêtements et disparaître dans le couloir. Elle l'entendit descendre l'escalier et ouvrir la porte d'entrée. Puis elle perçut une voix de femme. Josie se leva et s'habilla à son tour avant de le rejoindre au rez-de-chaussée. Quand elle arriva dans l'entrée, Noah venait de refermer la porte. Une grosse cocotte avec une enveloppe collée sur le couvercle entre les mains, il sourit.

— C'était une dame de la paroisse de ma mère. Ils se sont dit que j'avais sûrement besoin de manger.

Josie le suivit dans la cuisine.

— C'est adorable.

— Elle a dit de le réchauffer vingt-cinq minutes à cent soixante-quinze degrés, annonça-t-il en cherchant un espace libre dans le freezer.

Il regagna la table, l'enveloppe à la main, qu'il déchira pour lire la carte à l'intérieur. Ensuite, il la tendit à Josie avant de retourner ouvrir le réfrigérateur pour préparer le petit déjeuner.

— Ce sont vraiment des gens bien, dit-il par-dessus son épaule.

— C'est certain, confirma Josie.

Il s'agissait d'une carte de condoléances assez simple. Mais au lieu d'avoir demandé à chacun des membres de la congrégation de la signer, une personne avait inscrit d'une écriture soignée :

N'hésitez pas, si vous avez besoin de quoi que ce soit.
Nous prions pour vous. Votre famille à l'église épiscopalienne St. Mary.

— Je croyais que ta mère était catholique ? s'étonna Josie.

— Hein ? fit Noah en refermant la porte du réfrigérateur, une brique de jus d'orange à la main.

— Je croyais que ta mère était catholique. Elle fréquentait une église épiscopalienne ?

Il avala une gorgée de jus d'orange à même la bouteille et dit :

— Et alors ?

— Et alors, une église épiscopalienne, ce n'est pas la même chose qu'une église catholique. Il y a quatre églises catholiques à Denton, et l'une d'elles est bien plus proche de chez elle que St. Mary.

— Franchement, on s'en fiche, d'où ma mère allait à l'église, non ?

— Depuis combien de temps elle allait à St. Mary ?

Il lâcha un soupir de frustration et répondit :

— Je n'en sais rien. Elle est toujours allée là-bas.

Ce qui signifiait « aussi loin que Noah pouvait s'en souvenir ». Josie se leva de table et partit préparer du café.

— Noah. Ces objets qu'on a retrouvés dans la machine à coudre de ta mère...

Il posa brusquement la brique de jus d'orange sur la table de la cuisine. Josie tourna la tête pour le dévisager.

— Pourquoi tu n'arrêtes pas de revenir là-dessus ? Je t'ai déjà dit, elle a fait ça sans le vouloir. Ce n'est pas important. Deux vieilles babioles et une clé USB ayant appartenu à je ne sais quel avocat, franchement...

Josie se retourna pour lui faire face.

— Pas « je ne sais quel avocat », Noah. Drew Pratt. L'assistant du procureur de district qui a été porté disparu il y a douze ans. Hier, c'est sa fille qui a été assassinée. Presque comme ta mère. Étouffée, chez elle. La personne qui a fait ça cherchait quelque chose, parce que sa maison a été totalement mise à sac. Nous avons donc dû auditionner son cousin, Mason. Mettner lui a montré la pointe de flèche, et il a dit qu'elle avait appartenu à son père.

— Et donc ?

— Et donc son père aussi est mort.

Les épaules de Noah s'affaissèrent légèrement, signe que son irritation faiblissait.

— Quoi ?

Elle lui fit un rapide résumé de tout ce qu'elle, Gretchen et Mettner avaient appris au sujet des frères Pratt.

— Ma mère ne connaissait pas ces hommes, asséna-t-il.

— Comment tu peux en être aussi sûr ? insista Josie. Tu ne connaissais pas tout de sa vie.

— J'en savais suffisamment. Je te le redis, elle ne connaissait pas ces hommes.

— Alors comment ça se fait qu'elle avait des objets leur appartenant ?

— C'est juste une coïncidence, s'agaça-t-il, sa voix montant dans les aigus.

— Je suis désolée, Noah, mais ça m'étonnerait fort. Deux hommes, l'un décédé, l'autre disparu – des frères, en plus –, et il se trouve que ta mère dissimulait des objets leur appartenant chez elle. Tu ne crois pas qu'elle cachait quelque chose ?

Il posa un index accusateur sur la poitrine de Josie.

— Comme quoi ? Qu'est-ce qu'elle aurait pu vouloir cacher ?

— C'est ce que j'essaie de déterminer.

Il la repoussa avec l'index.

— Tu essaies de déterminer quels étaient les potentiels mensonges de ma mère au lieu de te concentrer sur son assassin.

Josie posa la main sur son sternum.

— Parce que je pense que c'est à cause de ce qu'elle cachait qu'elle a été tuée.

— Mais cacher quoi ? Tu la prends pour une tueuse en série ? Tu l'imagines noyer des hommes dans des fleuves ? Maquiller ça en suicide ? C'est ça, que tu penses ?

Josie glissa le long du plan de travail pour s'éloigner de quelques centimètres de Noah.

— Je n'ai jamais dit ça. Mais elle avait des secrets. Tu ne peux pas le nier.

L'expression qui s'afficha alors sur son visage lui était totalement inconnue. Quand il ouvrit de nouveau la bouche, elle comprit pourquoi : jamais il n'avait été cruel envers elle. Mais jamais il n'avait lui-même été si traumatisé, si affecté.

— Je sais que tu as été élevée par une femme qui aurait aussi bien pu être la sœur de Satan, cracha-t-il, et que tu t'es construite d'après cet unique exemple. Mais les mères *normales* n'ont pas de secrets, et ma mère était *normale*. Tu n'as aucune idée de ce qu'est la normalité, c'est peut-être pour ça que tu n'arrives pas à comprendre, que tu ne m'écoutes pas. Ma mère était honnête et transparente. Jamais elle ne se serait retrouvée embarquée dans les trucs dont tu parles. Je ne sais pas d'où viennent ces objets ni comment ils se sont retrouvés dans sa machine à coudre, mais elle n'avait rien à se reprocher.

Josie fit l'effort de garder une voix calme et raisonnable.

— Je n'ai jamais dit qu'elle avait quoi que ce soit à se reprocher. J'ai simplement dit qu'elle avait des secrets. Et que c'est peut-être à cause de ces secrets qu'elle a été assassinée.

— Ma mère n'avait pas de secrets. Je sais que toi, ta grand-mère et l'autre cinglée qui t'a élevée n'aviez que ça, des secrets, mais...

Josie l'interrompit :

— Ça veut dire quoi, ça ?

— Ça veut dire que tu as été élevée par deux menteuses professionnelles. Toute ta vie n'était qu'un mensonge. Alors, forcément, aujourd'hui tu vois tout à travers ce prisme. Tu vois des choses qui n'existent pas. Tous les gens ne sont pas des menteurs perfides comme ceux que tu as l'habitude de côtoyer. Ma mère était...

Josie fut incapable de retenir sa rage plus longtemps. Elle fit un pas vers lui et releva le menton.

— Elle était quoi, ta mère ? Une sainte ? Tu imagines vraiment qu'elle n'a pas dit un seul mensonge de sa vie ?

— Ne parle pas de ma mère ! cria-t-il.

Mais Josie ne s'arrêta pas :

— Une autre femme innocente est morte, Noah. Que ça te plaise ou non, on a un tueur dans la ville. Et on doit le retrouver.

Il se détourna.

— Tu vas où ?

Il s'arrêta sur le pas de la porte, sans la regarder.

Submergée par l'émotion, elle ne put se retenir de lui demander d'une voix haut perchée :

— Pourquoi tu fais ça ? Pourquoi tu te comportes comme ça ?

— Comme quoi ?

— Comme si tu te foutais du fait que quelqu'un a tué ta mère.

Il vit volte-face, les yeux embués.

— Bien sûr que non, je ne m'en fous pas. Je ne pense qu'à ça. Mais s'il te plaît, je t'en supplie, ne salis pas sa mémoire.

— Oh, Noah... Jamais je ne...

Il leva une main pour lui intimer de se taire.

— Je ne veux plus en parler. Il vaudrait mieux que tu rentres chez toi.

Elle sentit les larmes perler au coin de ses yeux mais les refoula. Craignant d'envenimer la situation, quoi qu'elle dise, elle murmura simplement :

— Si c'est ce que tu veux.

Il ne répondit pas. Elle demeura pétrifiée sur place dans la cuisine, tout en l'entendant s'affairer dans la maison. Elle perçut le tintement de ses clés, puis le claquement de la porte d'entrée. Quand sa voiture démarra dans l'allée, elle s'autorisa enfin à pleurer.

23

— J'ai l'impression de ne plus le reconnaître, se plaignit Josie à Gretchen.

Elles étaient assises à une table du *Komorrah's Koffee*, à quelques rues du commissariat. Josie termina son troisième *Cheese Danish*[1] et sirota son café.

Gretchen attrapa un croissant aux noix de pécan et le déposa sur l'assiette devant elle. À l'instant où elle avait vu Josie, elle avait décidé que cette journée ne saurait se passer de viennoiseries et en avait immédiatement commandé une boîte de douze à partager.

— Eh bien... commença Gretchen. Il y a différentes manières de faire son deuil. Toi et moi, on... on garde tout en nous, on l'enterre aussi profondément que possible et on se noie dans le travail.

— C'est vrai.

— Certaines personnes vont tomber en dépression et restent

---

1. *Cheese Danish* : viennoiserie danoise à base de pâte feuilletée et de fromage frais.

engluées dans leur chagrin. D'autres laissent éclater leur colère et explosent. On dirait que Noah fait partie de cette catégorie.

Josie reposa sa tasse avec un soupir.

— Ça ne lui ressemble tellement pas. Il est si... posé, si raisonnable, d'habitude.

Gretchen éclata de rire.

— Oui, je sais bien. Quand tout le monde pète un plomb, il a juste à entrer dans la pièce et, tout de suite, on se sent plus apaisé.

— C'est son don. J'aimerais vraiment que Chitwood te laisse retourner sur le terrain. Comme ça, je pourrais être plus souvent à la maison avec lui, et ce ne serait pas forcément à moi de poser les questions qui fâchent.

Gretchen croqua une bouchée de croissant et mâcha lentement d'un air pensif. Après avoir avalé, elle dit :

— Ça ne rendrait pas les choses plus simples pour lui, même si c'était quelqu'un d'autre qui lui posait ces questions.

— Oui, c'est sûr...

— Trois ou quatre ans après avoir commencé à travailler à la brigade criminelle, j'ai bossé sur une affaire où le petit-fils d'une dame, un adolescent, avait été tué par balle. C'était elle qui l'élevait, elle n'avait que lui. Elle était anéantie, mais elle ne voulait pas savoir comment avançait l'enquête. Elle n'a rien voulu entendre jusqu'à ce qu'on attrape le tueur et, même là, tout ce qui lui importait, c'était qu'il soit en prison. Généralement, les familles appellent six fois par jour pour avoir des nouvelles. Mais il y en avait toujours qui préféraient garder leurs distances avec tout ça – le meurtre, les détails, l'enquête. C'était sans doute trop douloureux. C'est ce que ressent Noah en ce moment. La douleur est trop forte, pour l'instant.

— Il est tellement en colère.

— Pas contre toi, lui assura Gretchen. Il est en colère contre cette situation dans son ensemble. C'est juste que c'est sur toi que ça retombe.

— Génial, lâcha Josie sèchement.

Elle s'empara de son quatrième *Cheese Danish*, tout en se disant qu'elle allait devoir faire un jogging pour brûler ce surplus de calories. Depuis qu'elle avait arrêté l'alcool, elle avait tendance à se rabattre sur la nourriture en cas de stress.

— C'est la première fois qu'il perd quelqu'un d'aussi proche ? demanda Gretchen.

Josie confirma d'un signe de la tête.

— Eh bien, comme tu le sais, il n'existe pas de manuel pour gérer ça. Il va souffrir pendant longtemps.

— Est-ce que tu sais si Mettner a eu l'occasion de parler à la mère de Mason Pratt ? questionna Josie pour changer de sujet.

Gretchen avait raison : quand elle se sentait mal, travailler l'aidait.

— Oui. Elle n'a jamais vu Colette Fraley ni n'en a entendu parler.

— Encore une impasse...

— Je le crains, oui. J'ai envoyé une demande à la prison où Patti Snyder est incarcérée, mais le directeur m'a prévenue qu'elle n'acceptait de rencontrer ni policiers ni journalistes.

— De mieux en mieux...

La porte du café s'ouvrit à la volée, puis la voix du chef de police résonna, leur arrachant une grimace à toutes les deux.

— Quinn ! Palmer !

Gretchen lui fit signe de la main, et il s'avança vers elles. Il jeta un œil à la table.

— Qu'est-ce que c'est que ça ?

— Pardon ? fit Josie.

— Je croyais qu'ils vendaient des *Cheese Danish*, ici. C'est quoi, ces trucs ? De la noix de pécan ?

Josie remarqua que Gretchen peinait à se retenir de sourire.

— Ne dis rien, la menaça Josie dans un souffle.

— Quinn les a tous mangés, lâcha Gretchen. Ce sont ses gâteaux préférés.

Chitwood tourna la tête vers Josie.

— Sans déconner. Eh ben ça nous fait un point commun.

— Incroyable... murmura Josie.

— Poussez-vous, lui ordonna-t-il en se glissant tant bien que mal à côté d'elle avant qu'elle ait eu l'occasion d'obéir.

Son coude pointu heurta le sien quand il tendit le bras pour s'emparer d'un des croissants de Gretchen.

— Vous voulez que j'aille vous chercher quelque chose, monsieur ? Un café ? Un *Cheese Danish* ?

— Non, répondit Chitwood. Merci.

— Vous n'êtes pas venu ici pour manger, conclut Gretchen.

Chitwood passa une main sur les quelques poils qui lui poussaient sur le menton et lança un regard oblique à Josie.

— Non, je suis ici parce que Patti Snyder, qui n'a pas adressé la parole à un policier depuis le jour où elle a été incarcérée, a accepté de s'entretenir avec Quinn.

— Quoi ? s'étonnèrent Josie et Gretchen à l'unisson.

Chitwood tourna la tête et fixa Josie. Cette dernière s'assura qu'il détourne les yeux avant elle.

— Quinn, est-ce que vous connaissez cette femme ?

— Non, monsieur. Je ne l'ai jamais rencontrée.

— Elle a précisé qu'elle ne voulait parler qu'à vous et à personne d'autre. Pas à Mettner. À vous. Pourquoi ?

Le mépris habituel de Chitwood semblait avoir momentanément laissé la place à l'ébahissement, ce qui était un changement bienvenu.

— Je n'en sais rien, monsieur, répondit Josie.

Chitwood reposa le croissant sur son assiette au centre de la table et poussa un soupir.

— En même temps, on s'en fiche, non ?

Son visage se tordit en une grimace, comme si ce qu'il s'apprêtait à dire lui faisait mal.

— Bon boulot, Quinn. Elle peut vous rencontrer cet après-midi. J'ai déjà tout organisé avec le directeur. La prison de

Muncy est à deux heures d'ici, vous feriez mieux d'y aller. Il est temps qu'on avance sur cette affaire Pratt, je ne pourrai pas garder les journalistes à distance beaucoup plus longtemps, et je sais qu'il y a des taupes au département de l'administration pénitentiaire. À la minute où ils vont apprendre que Snyder a accepté de parler à un flic après toutes ces années, ces vautours ne vont plus nous lâcher.

Le téléphone de Gretchen émit quelques notes. Elle le sortit de sa poche et regarda l'écran.

— Mettner est en route pour la morgue. Il va assister à l'autopsie de Beth Pratt. Moi, je m'occupe de l'alibi de l'ex-petite amie. On se retrouve pour en discuter à votre retour.

24

Au volant de sa Ford Escape, Josie jeta un œil à son téléphone à trois reprises avant de le reposer sur le siège passager. Elle n'avait toujours aucune nouvelle de Noah. Elle repensa à ce que lui avait dit Gretchen au sujet de la façon dont chacun pouvait vivre un deuil. Elle comprenait qu'avec la perte de sa mère, Noah se retrouvait en terre inconnue, que cette perte était trop brutale, trop grande pour qu'il parvienne à la gérer, et qu'il s'en était pris à elle parce qu'ils étaient proches. Mais elle n'arrivait toujours pas à décider si elle devait riposter ou non. Elle aussi se trouvait dans une situation inédite.

L'établissement pénitentiaire d'État de Muncy était la prison pour femmes la plus sécurisée de Pennsylvanie. Josie le savait, puisque c'était là-bas que Lila Jensen, la femme qui avait détruit sa famille et ruiné son enfance, purgeait actuellement une peine de prison à vie sans possibilité de libération conditionnelle. Josie avait espéré que le cancer qui la dévorait de l'intérieur depuis des années l'aurait rapidement emportée, mais elle continuait de s'accrocher.

Implantée dans une vallée luxuriante du comté de Lycoming, la prison de Muncy ressemblait à première vue à un campus. Une large route bordée d'arbres menait de la State Route 405 au parking des visiteurs, où Josie se gara. Derrière une clôture de barbelés, un bâtiment en pierres avec une tour blanche surmontée d'une grande horloge – la pièce maîtresse des lieux. Le domaine s'étendait sur une vingtaine d'hectares, eux-mêmes entourés d'environ trois cents hectares de forêt. Josie savait qu'il existait plus de soixante-dix bâtiments dans la partie sécurisée, dont près d'une vingtaine accueillant des détenues.

Elle se présenta à l'entrée principale où elle fut prise en charge par l'un des agents correctionnels qui attendait son arrivée, sur les ordres du directeur. Arrivée au niveau des parloirs, elle déposa son arme et suivit un nouvel agent dans un dédale de couloirs avant d'entrer dans une pièce aux murs beiges avec une longue table en métal en son centre. Elle s'assit face à la porte pendant que l'un des gardiens faisait entrer Patti Snyder. Il la libéra de ses menottes et quitta la pièce, s'installant juste derrière une grande vitre lui permettant de garder un œil sur la détenue, même si, à la connaissance de Josie, celle-ci avait toujours été une prisonnière modèle. Josie n'avait eu accès qu'à des photos et vidéos datant de son arrestation et de son procès. À l'époque, Patti, en léger surpoids, avait un visage doux et rond encadré de longues mèches de cheveux bruns qui commençaient à grisonner. La femme qui se tenait devant elle était maigre et très musclée. Ses cheveux bruns avaient été coupés grossièrement, il n'en restait que quelques mèches courtes et inégales. Patti Snyder semblait s'être beaucoup endurcie, ces dernières années.

Elle croisa les mains au-dessus de la table et adressa à Josie un regard appuyé.

— Vous êtes plus petite que ce que je pensais.

Josie était prise de court.

— J'imagine que vous m'avez vue à la télé ?

— Quelques fois, oui.

Le silence s'éternisa, et elle crut que Patti finirait par relancer la conversation, mais elle n'en fit rien. Alors Josie alla droit au but.

— J'ai des questions à vous poser au sujet de Drew Pratt.

Le regard de Patti s'égara vers la fenêtre, derrière laquelle le gardien les surveillait, les bras croisés sur sa bedaine. Lentement, elle tourna la tête vers Josie de nouveau.

— Vous savez ce qui a tué mon fils ?

Josie réfléchit longuement à sa réponse. Elle savait que son interlocutrice parlait au sens figuré.

— L'appât du gain.

Un sourire apparut sur le visage de Patti.

— Presque. L'appât du gain a joué un rôle, mais ce n'est pas ça exactement qui a causé sa mort. C'est la corruption qui l'a tué.

— Effectivement, confirma Josie.

Les membres de Wood Creek Associates avaient cherché à s'enrichir en sacrifiant la vie d'adolescents, mais c'était le juge qui avait permis la mise en application du stratagème. Un juge était censé être juste et impartial. Au lieu de cela, celui-ci avait condamné des jeunes à des peines bien plus élevées que ce qui était requis, détruisant leur vie pour remplir son compte en banque.

— Je savais que vous comprendriez. Vous en connaissez un rayon sur la corruption, vous aussi, hein ?

Josie avala sa salive. Elle comprit immédiatement qu'elle faisait référence à l'affaire des jeunes filles disparues qui l'avait rendue célèbre à Denton et alentour.

— Oui.

— C'est la corruption qui a tué votre mari, si je ne me trompe pas. Sans parler de ce qui est arrivé à toutes ces filles et à l'ancien chef...

— On peut le voir comme ça, répondit Josie.

— Jamais je ne pourrai faire confiance à un flic, à un avocat ou à un juge après ce qui est arrivé à mon fils, mais j'ai accepté de vous rencontrer. Aujourd'hui seulement. C'est votre unique chance, alors allez-y, posez vos questions, et j'y répondrai avec honnêteté. Mais si vous essayez d'utiliser quoi que ce soit de ce que je vais dire pour le retourner contre moi ou me lier à je ne sais quelle affaire, je nierai tout en bloc.

Josie désigna du menton la fenêtre.

— Notre conversation est enregistrée, Patti.

Cette dernière haussa les épaules.

— Et alors ? Les gens passent leur temps à mentir. Je pourrais très bien vous dire ce que vous voulez entendre juste parce que j'avais envie de rencontrer une célébrité locale.

Elle lui fit un clin d'œil, et Josie eut le sentiment que Patti lui dirait la vérité. Ce qui pouvait s'avérer positif ou négatif. Si Patti avouait des faits vraiment compromettants, elle ne pourrait pas les utiliser – pas sans peine, en tout cas –, mais si elle était au courant de quelque chose d'important ou d'utile pour les affaires concernant Colette Fraley et Beth Pratt, alors le jeu en vaudrait la chandelle.

— Avez-vous tué Drew Pratt ? demanda Josie sans détour.

Patti éclata de rire et lui adressa un regard empli d'admiration.

— Eh ben, vous n'êtes pas du genre à tourner autour du pot, vous. Non. Je n'ai pas tué Drew Pratt. Il aurait été sur ma liste mais, avant même que je l'aie faite, il avait disparu.

— Vous savez ce qui lui est arrivé ?

— Je n'en ai aucune idée, je le jure devant Dieu.

— L'avez-vous rencontré le jour de sa disparition ?

— Non.

— Lui avez-vous remis une clé USB contenant des preuves de ce que faisait Sanders ?

Les yeux marron de Patti s'écarquillèrent sous l'effet de la surprise, mais elle reprit rapidement le contrôle de ses émotions.

— Oui.

— Quand ?

— Environ cinq ou six mois avant qu'il disparaisse.

— Vous en êtes sûre ?

— Oui. Drew Pratt avait pour habitude de prendre son petit déjeuner au comptoir d'un *diner* de Bellewood presque chaque matin.

— Celui en face du palais de justice ?

Patti confirma d'un hochement de tête.

— Oui, c'est celui-là. Ma cheffe avait craqué pour lui. Pratt était célibataire, ou veuf, un truc comme ça, et elle était vraiment accro. Bonne situation, belle réputation dans la communauté, pas trop vieux... Elle aussi passait là-bas presque tous les matins avant l'ouverture de la banque. C'est comme ça que j'ai eu l'idée d'aller lui parler.

— Est-ce que c'est votre collègue qui a organisé la rencontre ?

— Non, elle n'était même pas au courant. Comme elle ne travaillait pas le jeudi, j'ai rassemblé les preuves que j'ai pu trouver et je suis allée prendre mon petit déjeuner au *diner* un jeudi matin. Je me suis installée juste à côté de lui au comptoir.

— C'était à quel moment de l'année ? demanda Josie.

— Début décembre. Après Thanksgiving, mais avant Noël. Je m'en souviens, parce que c'était difficile pour moi. C'était la première fois que j'allais passer les fêtes de fin d'année sans mon fils.

C'était cohérent avec ce que Patti avait dit plus tôt en déclarant avoir rencontré Drew cinq ou six mois avant sa disparition : il avait disparu en avril.

— Lui avez-vous dit ce que contenait la clé USB ?

— Non, je ne voulais pas que quelqu'un nous entende. Je lui ai juste dit qu'il devrait jeter un œil aux documents qu'il y avait dessus.

— Et il l'a fait ?

— Pas tout de suite, non. Je suis retournée au *diner* environ un mois plus tard, toujours un jeudi. Ça avait été difficile de patienter si longtemps, mais je ne voulais pas paraître insistante, et j'avais peur qu'en nous voyant ensemble plusieurs fois de suite, les gens se fassent des idées. J'avais l'impression que ces gars de Wood Creek étaient tellement puissants. Tellement puissants. Je ne savais pas trop si je me mettais en danger en essayant de faire éclater cette affaire.

— Mais il a fini par regarder les documents, affirma Josie.

— Je l'ai de nouveau rencontré au *diner* en février, juste avant la Saint-Valentin. Il m'a proposé qu'on aille marcher tous les deux, ce qu'on a fait. Il m'a expliqué qu'aucun des documents que je lui avais fournis n'était recevable, que ça ne prouvait rien. Que quelques relevés de comptes ne suffisaient pas pour qu'il puisse poursuivre Sanders.

Elle lâcha un soupir de frustration.

— J'étais anéantie. Mais il a dit qu'on n'allait pas abandonner pour autant. Je devais le revoir deux mois plus tard, pour lui laisser le temps de mener l'enquête de son côté.

— Puis il a disparu, compléta Josie.

— Oui, il a disparu.

— Et il n'y a pas eu d'enquête. J'ai relu le dossier : tout ce qu'a fait Drew Pratt dans les mois précédant sa disparition a été passé au peigne fin. Il n'y avait pas la moindre mention de Sanders ni de Wood Creek dans son ordinateur, ni chez lui ni au bureau.

— Eh bien, je ne sais pas ce qu'il a effectivement fait après notre dernière conversation en février. Je peux simplement vous répéter ce qu'il m'a dit ce jour-là.

— Est-ce que vous pensez que Sanders ou l'un des membres de Wood Creek pourrait être lié à sa disparition ?

— Je n'en sais rien. En tout cas, ce ne sont pas eux qui se sont occupé du sale boulot.

— Vous avez raison, dit Josie.

— Ça fait douze ans que Drew Pratt a disparu. Il vous a

vraiment fallu tout ce temps pour comprendre ce que signifiaient les documents qu'il y avait sur cette clé USB ?

— Non. On vient seulement de la trouver.

— C'est pour ça que vous êtes ici ?

— Non, je suis ici parce que Beth Pratt a été assassinée.

— Quel rapport avec moi ?

Josie soupira.

— Rien, a priori. Mais elle a été tuée juste après qu'on a retrouvé cette clé USB qui nous a incités à creuser un peu quant à ce qui avait pu arriver à son père.

— Quelle tristesse.

— Oui, dit Josie, elle était encore très jeune.

— Non. Quelle tristesse que Drew n'ait pas vécu assez longtemps pour savoir ce que ça fait, de perdre son enfant.

25

De retour au commissariat, Josie s'installa à son bureau pour rédiger un rapport sur ce qu'elle venait d'apprendre de Patti Snyder. L'odeur rassurante du café parvint à ses narines avant même que Gretchen s'avance pour poser devant elle un gobelet en papier bleu nuit estampillé « Komorrah's Koffee ». Pendant un instant, le cœur de Josie se serra. D'habitude, c'était Noah qui s'assurait qu'elle ne manque jamais de café ni de nourriture pendant les grosses enquêtes. Elle n'avait pas eu de nouvelles de la journée.

— Mettner est en route, déclara Gretchen en s'asseyant.

Un moment plus tard, leur collègue fit son entrée, les traits tirés, les cheveux en bataille.

— Vous revenez de l'autopsie ? demanda Josie.

Il hocha la tête.

— On finit par s'habituer, mais c'est long, le rassura Gretchen.

Il ne leva pas les yeux vers elles. À la place, il sortit son téléphone pour passer ses notes en revue et leur communiquer les infos obtenues auprès de la docteure Feist.

— L'autopsie n'a rien révélé de très surprenant. Beth Pratt

est morte étouffée après s'être débattue brièvement. J'ai interrogé quelques amis de Colette Fraley et des gens qu'elle fréquentait à l'église. Ça ne m'a rien appris. J'ai ensuite fait des recherches croisées sur toutes ces personnes pour voir si je ne pouvais pas trouver un lien entre elles et Drew Pratt. Après, je suis allé à la carrière pour rencontrer son chef et ses collègues. Ça n'a rien donné non plus, et aucune des personnes avec qui j'ai discuté ne connaissait Drew Pratt. Et puis, je ne sais vraiment pas par où commencer par rapport à cette foutue boucle de ceinture. On ne peut pas relever d'empreintes dessus. Où est-ce que je suis censé trouver des mecs qui portaient des boucles de ceinture kitsch en 1973 ?

Josie éclata de rire.

— On devrait peut-être passer une annonce dans le journal, suggéra Gretchen. Ou sur les réseaux sociaux ?

— Non, refusa Josie. Ce serait prendre un gros risque. On sait que quelqu'un recherche cet objet en ce moment. Apparemment, c'est important pour lui. Il ne faut pas que le tueur apprenne qu'on l'a.

— Si c'était si important, on saurait pourquoi, non ? s'agaça Mettner en les regardant enfin dans les yeux.

— Pas forcément, répondit Josie avec un sourire. Ce n'est jamais aussi simple. Commencez par chercher sur Google et eBay. Oh, et demandez à Hummel de la montrer aux brocanteurs et antiquaires, au cas où ils la reconnaîtraient.

— Bonne idée, dit Mettner en écrivant quelques mots dans son téléphone. Gretchen, vous avez obtenu l'alibi de la petite amie de Beth Pratt ?

— Oui : elle était au travail, ce qui a été confirmé par trois de ses collègues.

— Et le père de Noah ? demanda Mettner. Vous avez pu lui parler ?

— Lui aussi a un alibi. Il était à New York. J'ai eu confirmation de l'hôtel où il est descendu, et il a acheté des billets pour un spectacle sur Broadway. Il me les a envoyés en photo.

— Qu'est-ce qu'il a dit ? Pour Colette, je veux dire ?

— Il était triste, mais il a dit qu'ils ne s'étaient pas vus depuis plus de dix ans. Ils n'avaient aucune raison de le faire ; Noah était leur dernier enfant, et il avait déjà dix-huit ans quand ils ont divorcé. Il n'avait aucune idée de qui aurait pu vouloir lui faire du mal. Il m'a dit que même si leur mariage avait été un échec, Colette était une belle personne.

— Et les enfants ? relança Josie. Il a demandé de leurs nouvelles ?

— Non, il a juste précisé qu'il avait longtemps essayé de garder contact, mais qu'ils étaient trop en colère contre lui pour accepter de lui parler, et qu'il avait fini par laisser tomber. D'après lui, ça n'aurait fait qu'empirer les choses s'il était venu aux obsèques.

— Oui, confirma Josie. C'est ce que Noah et sa sœur avaient l'air de penser.

— À mon avis, on devrait continuer à se concentrer sur les frères Pratt, d'autant plus maintenant qu'un autre membre de la famille vient d'être assassiné. Suivons cette piste jusqu'au bout, qu'on voie où elle nous mène.

— Très bien, accepta Josie.

— Et avec Snyder, comment ça s'est passé ? demanda-t-il.

Josie avala une gorgée de café ; la douce chaleur se répandit dans son corps, chassant la fatigue de son esprit embrumé. Elle fit un rapide résumé de sa rencontre avec la détenue.

— Tu la crois ? questionna Gretchen.

— Je ne sais pas trop, dit Josie. Disons que si elle n'a rien à cacher, pourquoi n'avoir rien dit pendant tout ce temps ? Elle aurait très bien pu admettre qu'elle avait bel et bien confié cette clé USB à Pratt, mais que celui-ci n'en avait rien fait.

— Elle ne l'a pas fait parce que tout le monde en aurait

conclu qu'elle avait quelque chose à voir avec sa disparition, dit Gretchen. Avant aujourd'hui, on ne faisait que supposer qu'il y avait un lien entre eux, on n'avait aucune preuve. Maintenant, on sait qu'ils se sont rencontrés, qu'ils ont discuté et qu'elle lui a remis des preuves des agissements du juge Sanders. Si la population avait su ça dès le départ, après sa disparition, elle aurait été considérée comme principale suspecte. La théorie Patti Snyder se serait retrouvée en tête de liste. Dans le dossier de l'affaire, j'ai quand même lu qu'elle avait été interrogée. Mais rien n'a jamais pu prouver qu'elle avait fait tuer Pratt par un associé.

— C'est vrai, concéda Josie.

— En tout cas, qu'elle l'ait tué ou non, on sait désormais que Pratt a regardé les documents sur la clé USB et choisi de ne pas enquêter.

— Je peux vérifier si le juge Sanders et les gars de Wood Creek connaissaient Drew Pratt, dit Gretchen. Mais s'ils sont liés à sa disparition, ils ont réussi à le cacher pendant très longtemps. On va avoir du mal à trouver la moindre preuve.

— Je ne suis pas sûre qu'il y ait un lien avec Wood Creek, dit Josie en levant les yeux vers Mettner. Vous vous souvenez de ce qu'a dit Mason ? Drew a commencé à se comporter bizarrement deux ou trois semaines avant sa disparition. Or il avait été mis au courant de ce que faisait Sanders plusieurs mois auparavant. Alors qu'est-ce qu'il avait découvert, ou qu'est-ce qui s'était passé pour le perturber à ce point ?

— Comment voulez-vous qu'on le sache, si sa propre fille n'a pas été capable de le deviner ? râla Mettner.

— Ça vaut le coup d'essayer, insista Josie. Parfois, un œil neuf peut faire la différence.

Mettner rempocha son téléphone.

— Comment procéder pour déterminer ce qui perturbait Drew Pratt juste avant sa mort ?

Josie haussa les épaules.

— Je ne sais pas. On devrait peut-être fouiller de nouveau la maison de Beth ? C'est un bon point de départ, non ? On pourrait aussi réinterroger Mason. Il pourra peut-être nous dire si sa cousine avait conservé des carnets, des documents ayant appartenu à son père. Il est probable qu'elle ait gardé certains de ses effets personnels, si ce n'est tous. Ça m'intéresserait aussi de savoir si Drew avait des informations sur la mort de Samuel. Il était avocat général, et il demandait régulièrement à la police de rouvrir le dossier. Je ne peux pas croire qu'il ne tenait pas, à titre personnel, un dossier sur la mort de son frère.

— Vous pensez que Beth Pratt aurait pu avoir ça chez elle ? demanda Gretchen.

— Je pense que ce serait bien de le vérifier.

Josie regarda l'horloge. La soirée commençait déjà.

— On s'y met demain à la première heure.

26

En quittant le commissariat, Josie fit un détour par la maison de Noah. Toutes les lumières étaient éteintes, sa voiture n'était nulle part et, quand elle se gara pour lui envoyer un message, il ne répondit pas. Elle reprit donc sa route et ralentit devant le *liquor store*. Chaque cellule de son corps la suppliait de s'arrêter acheter une bouteille de Wild Turkey pour noyer tous ses doutes au sujet d'elle et Noah. Rien qu'en y pensant, elle sentait la brûlure de l'alcool dans sa gorge, mais elle s'était fait la promesse de ne pas replonger. *Ce serait si simple*, susurra une voix dans sa tête. *Juste quelques heures d'anesthésie.*

— Non, murmura-t-elle en écrasant la pédale d'accélérateur tout en se mordant le poing.

Arrivée chez elle, elle fut soulagée d'avoir tenu bon en reconnaissant les véhicules de sa mère, Shannon Payne, et de son amie, Misty Derossi, devant la maison. Elle passa la porte d'entrée et s'arrêta un instant pour écouter les voix et les rires de femmes qui lui parvenaient depuis la cuisine. Elle s'avança de quelques pas et découvrit qu'en plus de Shannon et Misty, sa grand-mère, Lisette Matson, était elle aussi assise à table devant toute une gamme de cosmétiques – principalement des vernis à ongles et des outils de manucure.

— Jo ! Jo !

La voix du petit Harris Quinn, âgé de deux ans, la fit sursauter.

Elle baissa les yeux et le vit qui courait vers elle à travers la cuisine. Elle ouvrit les bras et l'attrapa pour l'embrasser.

— Coucou, mon petit cœur, dit-elle en lui plantant un baiser sur la joue.

Tous les sentiments négatifs et oppressants qui l'avaient submergée au volant de sa voiture furent balayés à l'instant où les bras de Harris s'agrippèrent à son cou.

Il pointa du doigt la table de la cuisine.

— Soirée entre filles !

Alors, ça lui revint.

— Tu avais oublié, hein ? devina Shannon.

— Non, non...

— Elle avait oublié, affirma Lisette. Ce n'est pas grave, Josie. On s'est posé la question d'annuler, avec tout ce que tu traverses en ce moment avec Noah, mais on s'est dit que ça pourrait te faire du bien.

Misty la salua de la main, un sourire nerveux sur les lèvres.

— C'est mon tour, ce mois-ci, alors j'ai choisi de faire une soirée spa.

— Le mois prochain, ce sera soirée lecture, ajouta Shannon.

Cela faisait quelque temps maintenant que les membres de cette drôle de famille qui s'était formée autour de Josie se retrouvaient chaque deuxième mardi du mois, choisissant à tour de rôle le thème de la soirée. Elles avaient également invité Gretchen à se joindre à elles, mais cette dernière avait décliné, si bien qu'elles se retrouvaient toujours à quatre. Lisette voulait généralement une soirée jeux, Josie choisissait une soirée cinéma, Shannon proposait toujours une soirée lecture, et Misty se concentrait plutôt sur les soins du corps. Josie ne se souvenait pas d'où leur était venue cette idée, mais elle devait admettre qu'elle appréciait énormément ces retrouvailles régulières.

Josie avait été élevée par une femme qui l'avait kidnappée quelques semaines après sa naissance. Elle n'avait rencontré sa mère biologique, Shannon, qu'à trente ans, si bien qu'elles apprenaient encore à se connaître. Misty avait été la compagne de Ray après que ce dernier et Josie s'étaient séparés, et avait donné naissance à leur fils Harris peu de temps après son décès. Lisette avait été la seule constante dans la vie de Josie et l'était encore à ce jour, bien qu'elles n'aient pas de lien de sang.

— C'est parfait, dit Josie en calant Harris sur sa hanche avant de marcher vers la table. On commande à manger ?

Deux heures plus tard, leurs ongles étaient vernis, leurs estomacs étaient pleins, et elles avaient mal au ventre et aux joues à force de rire. Harris dormait paisiblement dans son lit parapluie au milieu du salon.

— Est-ce que tu dors chez Noah ce soir ? demanda Lisette.

— Je crois qu'il n'a pas très envie de me voir pour le moment, murmura Josie.

— N'importe quoi, pouffa Lisette. Il a besoin de toi, il vient de perdre sa mère. Il n'a personne d'autre, si ?

Non, songea Josie.

— Je suis passée devant chez lui avant de rentrer, tout à l'heure, mais il n'y était pas.

— Ah, et où est-ce qu'il pourrait être ? demanda Shannon.

***

La maison de Colette était éclairée, et la voiture de Noah était garée dans l'allée. La porte n'était pas verrouillée, alors Josie l'ouvrit et appela son nom. Elle finit par le trouver dans la pièce où sa mère avait l'habitude de coudre. Il avait poussé la table sur le côté et étalé plusieurs albums photos et documents par terre. Il ne leva même pas la tête quand elle entra.

— J'essaie de trouver un lien entre maman et les frères Pratt. Je t'assure, Josie, il n'y en a pas.

Josie s'assit en tailleur devant lui.

— Je sais, dit-elle. Je n'arrive pas à en trouver non plus.

Il étala quelques photos sur le sol.

— Et si on se trompait depuis le départ ? Si elle avait trouvé ces objets par hasard lors de l'un de ses... moments d'égarement, et qu'elle n'avait pas su quoi en faire ensuite ?

— Et donc elle les aurait cachés ? Noah, si elle avait récupéré ça lors d'une crise de démence, elle aurait bien fini par redevenir lucide et se serait demandé de quoi il s'agissait. Si ça m'arrivait, je les jetterais à la poubelle, ou je posterais une photo sur les réseaux sociaux pour retrouver leur propriétaire.

Il passa une main dans ses cheveux.

— J'imagine que tu as raison. Et si... et si quelqu'un les lui avait donnés, lui avait dit que c'était très important, et qu'elle les avait cachés ?

— Qui ? demanda Josie. Mettner a auditionné toutes les personnes qu'elle connaissait, et Gretchen a fait des vérifications dans son entourage de son côté aussi. Aucune connexion avec les Pratt.

— Il y a forcément quelque chose, insista Noah. Ça n'a absolument aucun sens.

— Oui... dit Josie en regardant les photos.

Sur l'une d'elles, Colette posait devant l'entrée de l'église épiscopalienne dans une robe de mariée blanche et bouffante. L'homme à ses côtés était le portrait craché de Noah.

— C'est ton père ?

— Oui.

Il lui prit le cliché des mains, le mit de côté et reprit ses recherches. Josie repéra une photo de Colette, jeune, vêtue d'un uniforme d'école catholique. Elle devait avoir onze ou douze ans, avait un visage plein de fraîcheur et des cheveux sombres et brillants qui captaient la lumière du soleil. Il y avait aussi quelques autres clichés d'elle avec d'autres enfants en uniforme de cette même école.

— L'église épiscopalienne, c'était la paroisse de ton père ? demanda Josie. C'est pour ça que ta mère a changé ?

Pour la première fois, le regard de Noah croisa le sien.

— Quoi ? Non. Mon père était athée. Il a subi plus qu'autre chose la religion de ma mère. S'ils se sont mariés à l'église, c'est uniquement parce qu'elle a insisté.

Ses joues virèrent au rouge. Elle avait d'autres questions, mais il lui reparlait enfin, et elle ne voulait pas tout gâcher, alors elle changea de sujet.

— Tu as trouvé quoi d'autre ?

— Rien de spécial. De vieilles factures. L'acte de propriété de la maison. Des garanties d'appareils ménagers, des cartes écrites par ses collègues quand elle a pris sa retraite. Certificat de mariage, acte de divorce. Des agendas. Quand elle a commencé à perdre la tête, elle est allée en acheter un. Elle disait que ça l'aidait à s'organiser. Il y a celui de cette année et celui de l'année dernière.

— Je peux regarder ?

— Oui, vas-y.

Il fit glisser une boîte en plastique vers elle, dont elle sortit deux petits semainiers. Elle les feuilleta sans rien trouver qui sorte de l'ordinaire à ses yeux : événements à l'église, visites de ses enfants, quelques rendez-vous médicaux.

Son téléphone se mit à sonner. Elle le tira de sa poche.

— C'est Mettner. Il faut que je réponde.

Elle décrocha.

— Quinn.

— Patronne, dit Mettner, un peu à bout de souffle. La maison de Beth Pratt est en feu.

27

Mettner et Josie étaient dans la rue, observant les pompiers de Denton qui tentaient de maîtriser le brasier qui avait été la maison de Beth Pratt. Les gyrophares des véhicules de secours clignotaient dans la nuit, et la chaleur des flammes donnait l'impression d'être au mois d'août. Des gouttes de sueur perlèrent au-dessus de la lèvre supérieure de Josie, et elle les essuya du revers de sa manche.

— Où est Mason Pratt ? demanda-t-elle.

— Chez lui. J'ai déjà appelé trois fois la patrouille pour m'en assurer.

— Je veux que quelqu'un reste dans la maison avec lui.

Mettner haussa un sourcil.

— Je doute qu'il accepte, mais on peut toujours le lui proposer.

Pendant que son collègue téléphonait, Josie regarda les pompiers dérouler de nouveaux tuyaux d'un deuxième camion qui venait de se garer sur la pelouse devant la maison. Les flammes s'échappaient désormais des fenêtres et atteignaient le toit. Des braises d'un orange brillant jaillissaient de partout, et Josie eut soudain peur que le feu ne gagne les arbres alentour.

Mettner raccrocha.

— On va placer deux patrouilles chez Mason Pratt, et un des agents déjà sur place va le réveiller et lui proposer que quelqu'un reste dans la maison pour la nuit.

— Merci, dit Josie.

Un nuage de fumée grise glissa dans leur direction et, tandis qu'ils toussaient et essuyaient leurs yeux larmoyants, l'un des pompiers leur ordonna de reculer. Ils s'éloignèrent, soulagés par la fraîcheur de l'air.

Une Ford Sedan à cinq portes de couleur foncée remontait la rue et ralentit devant eux. Josie s'apprêtait à expliquer au conducteur qu'il ne pouvait pas passer par là mais, quand la vitre s'abaissa, elle découvrit le chef Chitwood.

— La maison de Beth Pratt ? Non mais vous vous foutez de ma gueule ?

Il passa la main dans ses cheveux clairsemés.

— Je devais venir voir ça de mes propres yeux, expliqua-t-il. Nom de Dieu de nom de Dieu, c'est une catastrophe. Je ne vais plus pouvoir garder la presse à l'écart. Vous en avez conscience ? Ça va être la merde. Vous avez envoyé des patrouilles chez l'autre Pratt ?

— Oui, monsieur, confirma Josie.

— Pourquoi la maison de Beth Pratt est-elle en train de cramer, Quinn ?

— Je n'en sais rien, monsieur. Peut-être que le tueur n'a pas trouvé ce qu'il cherchait la dernière fois et s'est dit que réduire tout ça en cendres permettrait de s'en débarrasser une bonne fois pour toutes.

— Vous pensez qu'il y avait chez Beth Pratt quelque chose que le tueur voulait garder secret ? Comme quoi ?

— On n'en sait rien, monsieur, admit Mettner.

— Peut-être que, quoi que ce soit, Beth Pratt n'avait pas conscience que cet objet était important, suggéra Josie.

Chitwood ouvrit la bouche, mais fut interrompu par la sonnerie du téléphone de Mettner.

— Mettner, répondit ce dernier.

Puis :

— Oh merde. J'arrive tout de suite.

Josie et Chitwood le dévisageaient. L'appel terminé, il déclara :

— Mason Pratt a été agressé chez lui il y a vingt minutes.

28

Mason Pratt était installé à l'arrière d'une ambulance garée devant chez lui, un pack de glace pressé contre son visage. Quand Mettner et Josie arrivèrent, tous les véhicules de secours avaient déjà éteint leurs gyrophares ; le meurtre de Beth Pratt et l'incendie de sa maison risquaient déjà d'attirer l'attention, inutile de faire en sorte que l'agression de Mason Pratt alimente les ragots dans le voisinage. Mettner s'engouffra dans l'ambulance et prit place sur la banquette à côté du brancard. Josie grimpa derrière lui.

— Je dormais, expliqua Mason avant qu'ils aient pu lui poser la moindre question. Au début, j'ai cru que je rêvais.

— Qu'est-ce qui s'est passé exactement ? demanda Josie. De quoi vous souvenez-vous ?

— Je dors sur le ventre, et j'ai commencé à sentir qu'on appuyait sur mon dos et sur ma tête. Quand j'ai été complètement réveillé, j'ai pris conscience qu'il y avait quelqu'un au-dessus de moi qui m'enfonçait la tête dans l'oreiller. J'arrivais à peine à respirer.

Josie frissonna.

— Est-ce qu'il a dit quelque chose ?

Mason retira le pack de glace, secoua la tête, puis le replaça avec une grimace.

— Non. Il n'a pas dit un mot. Quand j'ai compris que c'était bien réel, que je ne rêvais pas, je me suis débattu. J'ai l'impression que ça a duré des heures. Il était très fort. Même pour moi, je veux dire. Je faisais de la lutte, au lycée, mais ce gars ne m'a pas laissé une seconde de répit. J'ai réussi à le repousser, et j'ai roulé sur le côté du lit. C'est là que je me suis cogné la tête contre la table de chevet.

Il retira de nouveau le pack de glace et tourna la tête en dégageant ses cheveux du bout des doigts. Josie pouvait voir qu'un gros hématome commençait à se former.

— Vous devriez montrer ça à un médecin, conseilla Mettner. On vous fera peut-être passer un scanner.

Mason soupira.

— Je vais voir ça. Je n'arrive vraiment pas à y croire. D'abord Beth, et maintenant... La police m'a dit, pour l'incendie de sa maison.

Des larmes perlèrent au coin de ses yeux.

— Ça ne va jamais s'arrêter ? Pourquoi il nous arrive tout ça ?

— On fait tout ce qui est en notre pouvoir pour le découvrir, le rassura Josie.

— Que s'est-il passé, après que vous avez roulé hors du lit ? reprit Mettner.

— Il était toujours là, juste au-dessus de moi. Il a commencé à se pencher, comme s'il voulait m'immobiliser, mais on a entendu frapper à la porte. Pas juste un petit *toc-toc-toc*, quelqu'un qui tapait du poing de toutes ses forces. Il a paniqué, et il est parti. Je pense qu'il s'est enfui par la porte de derrière. Ensuite, tout s'est enchaîné, il y avait des policiers dans ma chambre, tout le monde criait, et un des policiers a poursuivi le gars.

Josie et Mettner savaient déjà, pour avoir discuté avec leurs collègues en patrouille, qu'ils n'avaient pas appréhendé l'agresseur de Mason. L'un des agents en uniforme l'avait pris en chasse, mais avait rapidement perdu sa trace dans le labyrinthe de jardins. Une autre unité patrouillait encore dans les rues environnantes, au cas où ils apercevraient l'homme ou une personne suspecte. Mais Josie était persuadée qu'il était déjà loin. Il avait eu le temps de prendre une belle avance avant que le policier lui coure après. S'il avait garé sa voiture dans une rue adjacente, il pouvait très bien avoir franchi quelques clôtures de jardin, longé une allée et regagné son véhicule sans que personne ne remarque rien.

— Je suis vraiment désolée que vous ayez à traverser tout ça, dit Josie. Je sais que le moment est mal choisi, et je suis d'accord avec mon collègue, vous devriez aller à l'hôpital, mais nous aurions d'abord quelques questions supplémentaires à vous poser.

— Pas de souci, déclara-t-il en reposant sa tête sur le brancard, les traits du visage tirés par l'épuisement et la douleur.

— Est-ce que vous avez vu votre agresseur ? demanda Mettner.

— Non, je suis désolé. Il faisait totalement noir dans ma chambre. Il venait de me réveiller, et puis je me suis cogné la tête. J'étais complètement perdu. Je n'ai rien vu de plus qu'une grande silhouette floue.

— Rien de particulier qui pourrait le distinguer ? insista Josie. Est-ce qu'il était armé ?

— Non. Aucun signe distinctif, et je n'ai pas vu d'arme.

— Écoutez, reprit Mettner, nous pensons que l'auteur de tout ça recherche quelque chose. Ou alors il croit que vous possédez ou savez quelque chose d'important, de compromettant pour lui.

— Compromettant ? Comme quoi ?

— On l'ignore encore, dit Josie. Quelque chose qui pourrait

faire la lumière sur ce qui est arrivé à votre oncle, peut-être. Ou sur ce qui est arrivé à votre père.

Mason écarquilla les yeux.

— Vous pensez que mon père a été assassiné ?

— On n'en sait rien, admit-elle. Mais quoi que recherche cet individu, il est prêt à tuer pour l'obtenir ou pour que personne ne le retrouve. Nous avions prévu de fouiller la maison de Beth demain matin pour passer en revue tout ce qu'elle avait gardé comme souvenirs de son père. Nous pensions qu'elle avait dû conserver certains de ses effets personnels.

— C'était le cas, dit Mason. Elle pensait qu'il était mort, mais elle se sentait incapable de se débarrasser de ses affaires. Vous pensez que ce tueur cherche à récupérer quelque chose qui a appartenu à mon oncle Drew ?

— Ce serait l'explication la plus logique, se justifia Josie. Peut-être que vu de l'extérieur, cela ne semble pas significatif ou important, mais c'est parce qu'il nous manque certains éléments dont le tueur a connaissance.

— Ou bien ces éléments sont disséminés à droite à gauche, et le tueur ne veut pas qu'on les rassemble, suggéra Mettner.

— Possible, acquiesça Josie.

— Demain matin, je pourrai vous montrer les affaires de mon oncle, dit Mason avec empressement.

Josie et Mettner échangèrent un regard sceptique. La policière se demanda s'il n'avait pas une commotion cérébrale, finalement.

— Mason, dit Mettner, la maison de Beth a été réduite en cendres. On en vient. Je doute qu'ils puissent récupérer quoi que ce soit dans les décombres.

— Je sais bien. Mais Beth n'avait pas gardé les affaires de son père chez elle. Il y en avait tellement, et c'était trop douloureux pour elle d'être entourée de toutes ces choses.

— Qu'est-ce que vous voulez dire ? demanda Josie.

— Je veux dire qu'elle louait un garde-meubles. Et j'ai un double de la clé.

29

Josie ne voulait pas que le garde-meubles de Beth reste sans surveillance pendant la nuit. Pas après tout ce qui était arrivé ces dernières vingt-quatre heures. Le tueur qu'ils recherchaient était l'un des plus intrépides de ceux que Josie avait poursuivis dans sa carrière. Pour autant qu'ils sachent, il pouvait avoir découvert l'existence de ce garde-meubles avant de brûler la maison. Josie envoya une patrouille à l'adresse que leur avait communiquée Mason pour vérifier que rien n'avait bougé, et rester sur place pour la nuit. Elle fut incapable de rentrer chez elle se coucher tant que ses collègues ne lui eurent pas confirmé que tout était en ordre. Il était plus de 1 heure du matin, mais, encouragée par sa récente rencontre avec Noah – qui ne l'avait ni ignorée ni repoussée –, elle lui envoya un message au cas où il serait encore réveillé, sans obtenir de réponse.

Le lendemain matin, Josie et Shannon prirent un rapide petit déjeuner avant que Josie ne retrouve Mettner et Mason Pratt devant *Lux Storage*, un grand bâtiment de plain-pied à proximité de la bretelle d'accès à l'Interstate au sud de Denton. La structure était en parpaings gris, avec des doubles portes jaune vif qui ouvraient sur divers espaces de stockage.

La pièce que Beth avait louée se trouvait dans le fond et n'était pas visible de la rue, pour le plus grand bonheur de Josie. Ils pourraient prendre le temps de fouiner sans risquer qu'on vienne leur poser des questions. Ils se garèrent derrière le pick-up de Mason et sortirent de leur véhicule en même temps que ce dernier, qui semblait exténué. Josie se dit qu'il n'avait peut-être pas dormi de la nuit. On l'avait envoyé aux urgences pendant que l'équipe d'identification criminelle relevait les empreintes dans sa chambre et sur la porte à l'arrière de sa maison. Tout cela n'avait eu lieu que quatre ou cinq heures plus tôt.

Il les salua mollement et sortit un trousseau de clés de sa poche de jean. Quelques instants plus tard, Mason ouvrit le garde-meubles et alluma le plafonnier qui diffusa une lumière crue dans la pièce. Plusieurs piles de boîtes d'un mètre cinquante de haut occupaient le sol en béton. Ça sentait le renfermé, et l'air était glacial.

— Je ne sais même pas exactement ce qu'elle avait gardé ici, dit Mason en posant la main sur la pile la plus proche. Mais vous pouvez tout regarder, prenez votre temps.

Il lança la clé à Mettner, qui la rattrapa.

— Moi, je rentre dormir. Vous me la rapportez quand vous avez terminé ?

— Mason, l'appela Josie alors qu'il se dirigeait déjà vers son pick-up. J'aimerais qu'un agent reste à l'intérieur de la maison avec vous, et qu'une patrouille stationne dans la rue pour le moment, si vous le voulez bien.

Il se gratta le front.

— Je ne suis pas vraiment en position de négocier.

Ils le remercièrent et se mirent au travail. Mettner s'attaqua aux boîtes en plastique placées le plus à gauche, et Josie commença tout à droite. Les boîtes contenaient de vieux vête-ments, des trophées sportifs, des ustensiles de cuisine, quelques albums photos, des diplômes universitaires encadrés et des dizaines de carnets aux pages recouvertes de l'écriture de Drew Pratt : il s'agissait des notes qu'il avait prises au cours des nombreuses affaires sur lesquelles il avait travaillé en tant qu'adjoint du procureur de district.

— Mon Dieu, râla Mettner en s'essuyant le dessous du nez avec son bras.

L'air extérieur était froid mais, à force de s'agiter dans cet espace confiné, ils se réchauffaient et commençaient à transpirer.

— On en a pour des jours à lire ça.

— Mettez-les de côté, dit Josie. On les regardera en détail plus tard.

— Qu'est-ce qu'on cherche, exactement ?

— Je ne sais pas, mais je pense qu'on le saura quand on l'aura trouvé.

Ils découvrirent une collection de chaussures et de cravates, plusieurs cartons de livres, du linge de lit et une vieille caisse à outils.

— Eh bien, fit Mettner, Beth a toujours pensé que son père était mort, mais on dirait qu'elle a quand même gardé l'intégralité de ses affaires.

Josie eut un pincement au cœur.

— Sans doute qu'elle conservait malgré tout un petit espoir qu'un jour, il rentrerait à la maison.

— Regardez ça, dit Mettner en extirpant un petit carton d'une des boîtes.

Sur le dessus, écrit au marqueur noir, on pouvait lire le nom « Sam ». Mettner l'apporta vers l'entrée du garde-meubles pour profiter de la lumière du jour et d'un peu de fraîcheur. Ils s'agenouillèrent tous les deux, et Josie ouvrit le carton. Il contenait un carnet, qui ressemblait à un vieil agenda, et plusieurs feuilles volantes.

— Ça doit être le dossier officieux que Drew avait constitué sur la mort de son frère, supposa Josie.

Elle essaya d'imaginer comment il avait vécu le fait de perdre son frère dans des circonstances si étranges ; ce devait être si bizarre de grandir avec quelqu'un, d'en être extrêmement proche, et de le voir accomplir un geste totalement inattendu. Josie connaissait son mari, Ray, depuis l'enfance. Ils avaient été meilleurs amis, puis étaient sortis ensemble au lycée, avant de finalement se marier. Comment aurait-elle réagi si, un jour, Ray était parti, avait roulé soixante-cinq kilomètres jusqu'à un fleuve et avait disparu, pour réapparaître sur la rive quelques jours plus tard, mort ? Elle n'aurait jamais pu croire à un suicide. Tout comme Drew Pratt, elle aurait mené l'enquête de son côté. Elle n'aurait jamais pu laisser passer ça.

Mettner jeta un œil aux papiers.

— Oui, c'est bien ça. Voilà le rapport d'autopsie, et il y a aussi des rapports de police.

— Et ça, c'est quoi ? demanda-t-elle en désignant une liasse de feuilles maintenues ensemble par un gros élastique.

Mettner les sortit du paquet de documents qu'il avait récupéré et les feuilleta.

— Des articles universitaires écrits par Samuel Pratt.

Il les tendit à Josie. Les termes d'archéologie utilisés étaient assez obscurs, mais elle parvint à comprendre que ces articles concernaient des fouilles réalisées par Samuel Pratt dans différents pays : l'Égypte, l'Italie, la Bosnie-Herzégovine, la Chine, et même plusieurs aux États-Unis. Josie reposa les papiers et passa en revue les objets dans le fond du carton : une agrafeuse, un petit tube rempli de trombones, et une plaque de bureau au nom du « Dr Samuel Pratt ».

— Ça doit provenir de son bureau à l'université, dit Josie. Le dernier endroit où il a été vu vivant.

Elle saisit le carnet et l'ouvrit : il était rempli de notes de Drew Pratt, pour l'essentiel des questions sur ce qui était arrivé à son frère, écrites en noir, auxquelles il avait ensuite répondu à l'encre bleue.

A-t-il reçu des appels au bureau ce jour-là ?
D'après la secrétaire, un seul appel du directeur du
département pour organiser les classes d'été.

A-t-il eu de la visite au bureau ce jour-là ?
D'après la secrétaire, un élève est passé rendre une copie
en retard.

Est-ce qu'il a vraiment été vu au café ?
D'après le barista, Sam est venu à l'heure habituelle, a
commandé la même boisson que d'habitude et paraissait
normal.

Mettner, qui lisait par-dessus l'épaule de Josie, émit un sifflement.

— On peut dire qu'il était consciencieux. S'il y avait eu quoi que ce soit de suspect, il aurait mis le doigt dessus.

Josie tourna encore quelques pages, survolant les notes aussi vite que possible. Finalement, tout à la fin, un détail attira son attention.

Que signifie C. F. ?

Drew Pratt avait répondu un peu plus bas, énumérant plusieurs possibilités :

Conférence ? Sam était censé se rendre à une conférence
la semaine après sa mort. Café ? Non, Sam allait au café
tous les jours. Des étudiants ? Sam n'avait que deux
élèves avec ces initiales, et ils étaient en cours toute la
journée. Céphalées de fatigue ? Cancer du foie ? Est-ce
qu'il avait des soucis de santé ? Ça aurait été vu à l'au-
topsie. Un collègue ? Il y en a un avec ces initiales, mais
il subissait une opération ce jour-là. Une liaison ?

Il n'y avait plus rien d'écrit après le mot « liaison ».

— Où est-ce qu'il a trouvé ces initiales ? demanda Mettner.

Josie, les doigts tremblants, récupéra l'agenda qu'elle avait repéré un peu plus tôt.

— Ici, dit-elle. À quelle date a disparu Samuel Pratt ?

Mettner sortit son téléphone et fit défiler les entrées dans son application de prise de notes jusqu'à trouver celle qu'il cherchait.

— Le 14 avril 1999.

Josie ouvrit l'agenda. Sur la première page étaient inscrits le nom de Samuel Pratt, l'adresse de son bureau à l'université de Denton et son numéro de téléphone. Elle se rendit au mois d'avril. Il y avait quelques notes — des heures de permanence au bureau, une date de rendu pour un article, des réunions à l'université, la conférence en fin de mois. Le 14 avril, il n'y avait que deux lettres.

« C. F. »

— Colette Fraley, déclara Josie.

30

— Je croyais que Colette Fraley et Samuel Pratt ne se connaissaient pas, fit remarquer Mettner.

Ils avaient tous les deux rangé la pièce, replaçant les boîtes où ils les avaient trouvées en arrivant, et avaient emporté, avec la permission de Mason, le carton « Sam ». Ils étaient maintenant en chemin pour le commissariat, Mettner au volant, Josie sur le siège passager, le carton en équilibre sur les genoux.

— Qui d'autre pourrait être C. F. ? répliqua Josie. Drew Pratt a passé des années à y réfléchir. Peut-être qu'il n'a jamais trouvé parce qu'il ne savait pas qui était Colette. Même nous, on n'a jamais pu trouver de lien entre elle et les frères Pratt.

Mettner fronça les sourcils.

— Donc ils auraient peut-être eu une aventure. Vous en avez conscience ? Il y a dix-neuf ans, Noah était encore au collège. À quel moment ont divorcé ses parents, déjà ?

— Quand il avait dix-huit ans. En avril 1999, il avait environ treize ans. Donc, oui, Colette était toujours mariée.

— Une liaison pourrait expliquer que Sam se soit rendu à Bellewood. Ils vivaient tous les deux à Denton, et on a retrouvé la voiture de Samuel Pratt à soixante-cinq kilomètres de là, dit Mettner.

Josie sentit son cœur se serrer, se transformer en une pierre froide qui lui tomba dans l'estomac.

— En 1999, j'imagine qu'aucun des deux n'avait de téléphone portable. Même les mails n'étaient pas si communs à l'époque.

— Si ça ressemblait à un suicide, ils n'ont sans doute pas épluché tous les registres d'appel pour son domicile et son bureau, renchérit Mettner. Il est possible qu'ils aient été en contact depuis un moment, sans que personne ne s'en soit aperçu.

Josie rouvrit le carton et en sortit l'agenda. Elle passa en revue tout ce qui y était inscrit entre le 1ᵉʳ janvier et le 14 avril.

— Je ne pense pas qu'ils aient eu une liaison, dit Josie. Ou alors, ça n'a vraiment pas duré longtemps. Il n'y a qu'une seule autre mention de ces initiales, quelques semaines avant que Samuel Pratt ait fini dans le fleuve. S'ils avaient une liaison, qu'est-ce qui s'est passé ?

— Comment ça ?

Josie referma l'agenda et le replaça dans le carton.

— Un beau matin, elle lui donne rendez-vous près du fleuve et le convainc de s'y noyer ? Vous avez vu les photos de Samuel Pratt ? Il était immense. Il est impossible que quelqu'un de la taille de Colette ait pu lui maintenir la tête sous l'eau de force.

— Peut-être qu'elle a rompu, qu'il ne l'a pas supporté et s'est suicidé.

— C'est une possibilité, reconnut Josie. On sait qu'il était fragile mentalement.

— Ou peut-être que Colette avait un amant jaloux – un autre –, ou alors son mari a tout découvert, a pété les plombs et l'a tué.

Josie ne connaissait pas Colette Fraley depuis très longtemps et n'avait pas eu l'occasion d'être intime avec elle, mais elle avait du mal à l'imaginer dans le rôle de la jeune tentatrice infidèle croqueuse d'hommes.

— Et Drew Pratt, alors ?

— Quoi, Drew Pratt ?

— Colette avait sa clé USB, ce qui veut dire que c'était très certainement elle, la femme mystérieuse du marché. Comment l'aurait-elle obtenue, sinon ? Elle l'a cachée au même endroit que la pointe de flèche. Il est là, le lien. Alors, elle aurait eu une aventure avec Drew aussi ?

— Hmm, hésita Mettner. Ça paraît un peu tiré par les cheveux. Même en admettant que, sept ans après la noyade de Samuel, elle ait rencontré son frère et qu'ils aient eu une liaison, elle avait divorcé, entre deux. Drew Pratt était célibataire. Donc la théorie du mari jaloux qui tue l'amant ne tient plus. Et ils n'auraient pas eu de raisons de se cacher. De toute façon, je ne crois pas qu'elle ait eu une aventure avec Drew.

— Moi non plus. Vous avez peut-être raison, elle pourrait avoir largué Sam, qui se serait suicidé, et elle se sentait coupable. Ou elle connaissait l'assassin de Sam, et voulait se racheter une conscience auprès de Drew, mais pourquoi aller tout lui raconter des années après ? Ça n'a aucun sens.

— Pas forcément. Peut-être qu'elle ne supportait plus de vivre avec cette culpabilité d'avoir mené Sam au suicide et qu'elle ressentait le besoin de faire amende honorable auprès de sa famille. Ou, si on reprend la théorie de l'amant jaloux qui aurait tué Sam, peut-être que Colette avait toujours su ou suspecté qu'il était responsable de sa mort. La culpabilité devenait trop lourde à porter, alors elle a pris contact avec Drew. Il était avocat général. Elle pensait peut-être qu'il pourrait l'aider, même si ça n'explique pas pourquoi elle a récupéré sa clé USB.

— C'est peut-être pour cette raison que Drew avait changé de comportement, dans les semaines qui ont précédé sa mort, théorisa Josie. Ça n'avait aucun rapport avec Wood Creek, c'était à cause de ce qu'il avait appris sur son frère. Ensuite, elle

a provoqué le décès de Drew, comme celui de Sam avant lui ;
pas forcément intentionnellement, mais dans des circonstances
similaires. Mais, comme vous l'avez souligné, pourquoi avait-elle
la clé USB de Drew Pratt ? Pourquoi possédait-elle des effets
personnels ayant appartenu à ces deux personnes ? Pourquoi les
avoir gardés ? Et à qui appartenait cette boucle de ceinture ?

Même de profil, Josie vit que Mettner fronçait les sourcils.

— C'est bizarre, non ? En général, ce sont les tueurs en série
qui conservent des trophées.

— Oui. J'ai du mal à imaginer Colette Fraley en tueuse en
série mais, après tout, tout est possible, lâcha-t-elle avec un
soupir. Noah ne va clairement pas apprécier l'interrogatoire à
venir.

— Il faut aussi qu'on ait une conversation plus poussée avec
son père, dit Mettner.

— Ça non plus, Noah ne va pas apprécier.

— J'imagine bien. Mais on a un tueur dans la nature, et il
devient incontrôlable.

Josie était sûre de sentir l'odeur de fumée incrustée dans ses
cheveux, après l'incendie de la veille, alors même qu'elle se les
était lavés deux fois.

— Je sais, soupira-t-elle.

31

De retour au commissariat, ils mirent le chef Chitwood et Gretchen au courant de ce qu'ils avaient trouvé puis commandèrent à manger. Josie n'avait toujours eu aucune nouvelle de Noah, et il ne répondit pas quand elle tenta de le joindre au téléphone. Alors elle lui écrivit un message en le menaçant, sur le ton de la plaisanterie, d'envoyer une patrouille chez lui s'il ne donnait aucun signe de vie. Il la fit encore patienter dix minutes mais finit par répondre :

Ça va. Je fais du rangement chez maman.

Josie était à la fois anxieuse et soulagée. Elle était heureuse qu'il lui ait répondu, bien sûr, mais leurs échanges habituels, légers avec une pointe de flirt, lui manquaient. En général, il terminait ses messages par une série d'émojis ou par « je t'aime ». Elle s'en voulut intérieurement : Noah venait de perdre sa mère de la plus terrible des manières. Rassurer Josie était le dernier de ses soucis. Elle se trouvait bien égoïste que cela lui traverse l'esprit. Elle essaya de se concentrer sur un autre problème : Noah était-il en sécurité, seul dans la maison de sa mère ? Ils ignoraient ce que le tueur cherchait et, en quelques jours seulement, Beth Pratt avait été assassinée, sa maison réduite en cendres, et Mason avait été agressé dans son sommeil.

Elle appela le central pour savoir si l'agent Hummel était toujours en service, puis le contacta sur son portable pour lui demander de passer contrôler que tout allait bien chez Colette.

Sans lever les yeux de son écran d'ordinateur, Gretchen dit :

— Bonne idée.

Elle se décrispa un peu quand Mettner apparut près de son bureau. Il tendit à Josie une liste de ce qui semblait être des brocanteurs et des prêteurs sur gage.

— J'ai demandé à Hummel de travailler sur la boucle de ceinture, aujourd'hui. Ça n'a rien donné.

Josie lut la liste de noms.

— On se trompe de piste.

— Qu'est-ce que tu veux dire ? demanda Gretchen en levant la tête.

— L'année doit avoir un sens particulier. C'était il y a quarante-cinq ans.

Elle se tourna vers Mettner.

— Envoyez quelqu'un à Rockview.

— La maison de retraite ?

— Oui, confirma Josie. Envoyez quelqu'un interroger les résidents. Leur montrer des photos de la boucle de ceinture. Quelqu'un aura peut-être une idée de ce qu'elle représente ou d'où elle provient.

— Ça marche, dit Mettner en tournant les talons.

Gretchen se leva, s'étira et lui lança :

— Ne vous éloignez pas trop. Vous avez tous les deux rendez-vous avec Lance Fraley.

Chitwood apparut dans l'embrasure de la porte.

— Palmer peut y aller, dit-il.

Mettner, qui venait d'atteindre l'escalier, se figea et dévisagea le chef.

Une expression pleine d'espoir se peignit sur le visage de Gretchen.

— Je peux retourner sur le terrain ?

Chitwood haussa un sourcil.

— Non, pas complètement. Mais on a deux meurtres à élucider, dont celui de Beth Pratt qui va être très médiatisé, et maintenant un incendie criminel et un autre Pratt en danger. Donc Palmer peut donner un coup de main en toute discrétion sur le boulot préparatoire. Quinn, vous irez rencontrer Lance Fraley avec Palmer. Mettner, vous continuez tout seul les recherches sur cette boucle de ceinture. L'équipe d'identification criminelle a déjà fait des heures sup' pour analyser les éléments trouvés sur la scène de crime chez Beth Pratt, et maintenant il va falloir qu'ils s'occupent des décombres et de la maison de Mason Pratt. J'ai plus de crimes que de personnel pour les élucider. Mais, Palmer, je vous préviens, vous avez intérêt à rester dans les clous, parce qu'au premier pas de travers, je vous jure que je vous renvoie derrière votre bureau et que vous ne bougerez plus de là jusqu'à la retraite.

Gretchen peinait à masquer son sourire quand elle répondit :

— Oui, monsieur.

32

Le père de Noah vivait à deux heures de Denton, dans une ville à proximité de la frontière nord du New Jersey et de la frontière sud de l'État de New York. Gretchen l'appela avant leur départ pour s'assurer qu'il serait chez lui. Elle et Josie passèrent le voyage à parler des enfants de Gretchen, aujourd'hui adultes, qu'elle venait de retrouver – elle avait passé beaucoup de temps en leur compagnie pendant ses mois de mise à pied, et les choses se passaient bien. C'était un autre de leurs points communs : elles avaient été réunies leur famille après en avoir été séparées pendant des dizaines d'années. Alors qu'elles se garaient devant chez Lance Fraley, Josie se demanda si un jour Noah renouerait avec son père.

Quand elle vit les deux adolescents qui jouaient au basket dans l'allée, elle comprit qu'il y avait peu de chances que cela arrive. Les deux garçons, âgés de treize ou quatorze ans, étaient grands et vêtus de t-shirts XXL et de shorts amples. Ils avaient tous deux des cheveux bruns ébouriffés et ressemblaient à des copies miniatures de Noah, à l'exception des points de ressemblance qu'il avait avec Colette. Quand Josie et Gretchen sortirent de la voiture et remontèrent l'allée, l'un d'eux brailla :

— Papa ! Tes amies sont arrivées !

Ils continuèrent à se faire des passes comme si les policières n'existaient pas. Ces dernières poursuivirent leur chemin jusqu'à la porte d'entrée en contournant les basketteurs. La maison, peinte en blanc et rouge, s'élevait sur deux niveaux et était entourée de plates-bandes fleuries. Sous le porche, on trouvait une balancelle ainsi que plusieurs plantes suspendues. Le paillasson brun posé devant l'entrée annonçait : « Les Fraley ».

Josie frôla la syncope en voyant une jolie blonde, qui ne devait pas être plus âgée qu'elle, les accueillir. Celle-ci afficha un grand sourire tout en s'essuyant les mains sur un torchon avant d'ouvrir la moustiquaire.

— Vous êtes la police, c'est bien ça ? Entrez, je vous en prie.

Elle les fit passer dans un vestibule lumineux au sol parqueté. Une pile de courrier et un vide-poches rempli de clés reposaient sur une petite table en merisier.

— Andi Fraley, se présenta la femme en tendant la main vers elles.

Gretchen lui serra la main en premier, puis Josie qui, abasourdie, était incapable de parler. Heureusement, c'est Gretchen qui se chargea de faire la conversation, puis elle donna un petit coup de coude à Josie quand Andi les guida dans une salle de séjour spacieuse avec un grand canapé d'angle assorti au tapis qui recouvrait le parquet stratifié.

— Vous voulez boire quelque chose ? La route a dû être longue. De l'eau ? Un café ?

— Un café, avec plaisir, répondit Gretchen.

Voyant que Josie, qui inspectait les lieux, ne répondait pas, elle ajouta :

— L'inspectrice Quinn prendra un café aussi.

Andi leur adressa un nouveau sourire éclatant.

— Bien sûr. Je vais aller chercher Lance. Il est dans son bureau.

Dès qu'elle eut tourné les talons, Gretchen siffla :

— Quinn, on se reprend !

Josie se dirigea vers le mur du fond contre lequel était installée une bibliothèque décorée de photos de famille. On y voyait Andi, les deux garçons aperçus devant la maison, et, de toute évidence, Lance Fraley. Noah était sa copie conforme. La sœur de Noah avait pris autant de ses deux parents, Theo ressemblait énormément à sa mère, mais Noah était presque le clone de son père.

Et Lance Fraley avait quitté sa femme après trente-quatre ans de mariage pour fonder une nouvelle famille.

— Il a tout recommencé, dit Josie. À zéro.

— C'est généralement ce que font les gens après avoir divorcé, chuchota Gretchen.

— Non, fit Josie, il doit y avoir autre chose. Peut-être qu'il n'a pas vraiment essayé de garder le contact comme il le prétend.

Josie comprenait désormais l'amertume de Noah, son frère et sa sœur concernant l'absence de leur père. Elle se demanda si ce que Lance avait raconté à Gretchen concernant les efforts qu'il avait faits pour rester en contact avec ses enfants adultes était vrai. Le Noah qu'elle connaissait était gentil, indulgent, juste et d'humeur égale. Il était difficile de l'imaginer repousser son père et décider de couper les ponts définitivement avec lui. À la lumière de ce qu'elle avait appris, il semblait plus probable que les « efforts » de Lance aient été assez minimes, voire inexistants. À vrai dire, étant donné l'âge des enfants qu'il avait eus avec Andi, peut-être même qu'ils avaient commencé à se fréquenter alors qu'il était toujours marié à Colette. Même s'il avait fait en sorte de laisser une place à ses grands enfants dans sa vie, le fait qu'il ait quitté leur mère pour une autre femme afin de fonder une nouvelle famille devait avoir été très douloureux pour eux tous. Gretchen avait raison. Divorcer et tout recommencer, c'était ce que les gens faisaient, mais si Lance avait été aussi absent pour ses enfants après le divorce que ce qu'ils affirmaient, elle pouvait comprendre leur colère. Elle se demanda ce que ça faisait d'avoir un vrai père toute sa vie – quelqu'un qui prenait soin de son enfant, qui était attentif, présent – et qu'un jour, cette personne s'en aille sans un regard en arrière.

Avant qu'elle puisse poursuivre ses spéculations, Lance Fraley fit son apparition, suivi de sa femme chargée d'un plateau avec des tasses de café, deux cuillères, une petite brique de lait et un sucrier. Lance leur serra la main tandis qu'Andi déposait le plateau sur la table basse. Ils s'installèrent sur le canapé, et Josie l'observa. Il était beaucoup plus grand que Noah et il avait les cheveux gris, mais ils étaient épais, comme ceux de Noah, et leurs visages étaient aussi ressemblants en vrai que sur les photos.

Avec un autre grand sourire, Andi les laissa seuls dans le salon. Lance s'assit sur la deuxième partie du canapé, en diagonale par rapport à elles, et posa ses larges mains sur ses genoux. Son sourire s'apparentait plutôt à une grimace. C'était la même expression qu'affichait Noah quand il s'apprêtait à faire quelque chose qui lui répugnait.

— En quoi puis-je vous aider, mesdames ?

Josie retrouva sa voix.

— Nous avons des questions au sujet de votre ex-femme.

La grimace se transforma en expression de tristesse.

— Je vous écoute.

Gretchen sortit son téléphone et y afficha une photo des trois objets trouvés dans la machine à coudre de Colette. Elle la montra à Lance, qui resta de marbre.

— Reconnaissez-vous ces objets ?

Il secoua la tête.

— Non, je suis désolé. Quel est le rapport avec Colette ?

— Il n'y en a peut-être pas, dit Josie. Où vous êtes-vous rencontrés, avec Colette ?

— Au lycée, répondit-il sans hésitation.

— Comment décririez-vous votre mariage ? poursuivit Gretchen.

Il fronça les sourcils.

— Pardon ? Je ne suis pas sûr de comprendre le sens de...

Josie l'interrompit.

— Nous voudrions savoir si Colette avait eu un ou plusieurs amants avant votre divorce.

Lance éclata de rire.

— C'est une plaisanterie ? Ce sont les enfants qui vous ont mis ça dans la tête ? Oui, j'ai rencontré Andi alors que j'étais encore marié à Colette. Oui, Andi est tombée enceinte, et je suis parti. Je comprends que la situation n'avait rien d'idéal, mais c'était il y a des années. Il est temps qu'ils passent à autre chose.

Josie mit du sucre et du lait dans son café, et but une gorgée, utilisant le mug pour dissimuler le choc qui transparaissait sur son visage. La relation entre Lance et ses trois premiers enfants était encore plus compliquée qu'elle ne l'avait cru.

Gretchen haussa un sourcil.

— Nous sommes ici dans le cadre d'une enquête sur une série de meurtres, monsieur Fraley, donc non, personne ne nous a rien « mis dans la tête ».

— Une série ? répéta-t-il, pâlissant soudain.

— Oui, confirma Josie. Nous avons des raisons de croire que l'homme qui a assassiné Colette s'en est également pris à une autre femme, et a tenté d'éliminer une troisième personne. Nous essayons de récolter un maximum d'informations sur la vie des victimes. Si nous pouvions trouver des liens entre elles, cela nous aiderait certainement à retrouver le tueur.

— Oh, je vois. Désolé. Je... je... Écoutez, je n'ai pas reparlé à Colette depuis notre divorce.

— Même pas à propos des enfants ? s'étonna Josie en reposant sa tasse sur la table.

Elle se rappela les photos de la remise de diplôme de Noah

qu'elle avait vues. Son père n'apparaissait sur aucune. Cet homme était-il seulement au courant que son fils s'était fait tirer dessus quelques années plus tôt ? Elle savait que les parents divorcés d'enfants adultes n'avaient que peu de raisons de rester en contact mais, pour les événements d'importance – une remise de diplôme, un problème de santé –, ils pouvaient tout de même communiquer.

— Non, dit Lance. Nos enfants étaient déjà grands. Nous n'avions rien à nous dire à leur sujet.

— Ah, parce qu'une fois que les enfants sont grands, il n'y a plus besoin de se soucier d'eux ? éructa Josie, ce qui lui valut un bon coup de coude dans les côtes de la part de Gretchen.

Elle s'arrêta là et laissa sa collègue poursuivre l'entretien.

— Monsieur Fraley, je crois que ce que ma collègue essaie de dire, c'est qu'apparemment, vous aviez peu de contacts avec vos enfants depuis le divorce. Nous pouvons donc en conclure que vous n'avez effectivement pas eu de contacts avec Colette ces dernières années, directement ou indirectement.

Lance remua, mal à l'aise.

— Oui.

— Bien. Vous avez été marié à Colette pendant plus de trente ans. A priori, vous la connaissiez donc plutôt bien, vous ne pensez pas ?

— Si, bien sûr.

— Ça ne m'amuse pas de devoir vous poser des questions désagréables, mais c'est malheureusement nécessaire pour faire avancer l'enquête. Aucune piste ne doit nous échapper. J'espère que vous le comprenez.

— Absolument.

Josie observa Gretchen envoûter son interlocuteur avec professionnalisme et compassion.

— Donc, à votre connaissance, Colette n'a jamais eu d'amant ?

— Non, je n'ai jamais eu connaissance de ça et, sincèrement, je ne pense pas que ce soit le cas. Ce n'était vraiment pas son genre. C'était une femme très dévouée. Pour être honnête avec vous, je n'ai jamais été emballé à l'idée de me marier. Je... J'avais l'intention de rompre après le lycée, mais elle est tombée enceinte de Theo. Vous savez, à l'époque, le mariage n'était pas une option.

— Colette était-elle heureuse quand elle a découvert sa grossesse ? demanda Gretchen.

— Oui, elle était ravie. Elle a tout de suite voulu qu'on se marie. Ça s'est fait rapidement. On a emménagé ensemble. On a eu d'autres enfants. Ça n'a pas été tous les jours facile, mais on a fait en sorte que ça marche. Enfin, jusqu'à ce que les enfants grandissent et que je rencontre Andi...

Il s'égara, ses yeux fixant un point au-dessus de leurs têtes. Après quelques secondes, il déclara :

— Je sais que je l'ai fait souffrir. Je sais que j'ai fait souffrir les enfants. Je le regrette profondément, mais je ne pouvais plus continuer comme ça... Noah allait entrer à l'université. On n'aurait plus été que tous les deux. Vous savez, on n'avait pas grand-chose en commun. Quand on se rencontre au lycée, ce n'est pas vraiment...

— J'ai épousé mon petit ami du lycée, le coupa Josie.

— Je suis désolé, dit-il. Je n'ai pas voulu... Enfin, je sais bien que, pour certaines personnes, ça se passe très bien...

Josie parvint à sourire.

— Je sais. Ça n'a pas fonctionné. Nous avons pris des chemins différents avec l'âge.

Cet aveu eut pour effet de détendre Lance. Il lui rendit son sourire.

— Oui, je crois que c'est ce qui s'est passé pour nous aussi. Nous nous sommes concentrés sur nos enfants et, quand ils n'ont plus été là pour nous relier, la distance s'est installée entre nous. Et puis j'ai rencontré Andi, et tout a changé.

— J'imagine que ça a quand même été difficile de tourner le

dos à ce qui avait si longtemps été votre vie, continua Josie. D'autant plus quand on n'a pas de secrets l'un pour l'autre.

Lance hochait la tête à mesure qu'elle parlait.

— En même temps, d'après nos recherches, Colette ne semblait pas être le genre de femme à avoir des secrets.

— C'est vrai que ce n'était pas son genre. Elle ne faisait jamais de cachotteries. Il n'y a qu'une seule fois où je l'ai vue...

Il s'interrompit.

— Vous l'avez vue quoi, monsieur Fraley ? le relança Josie.

Il fit un geste de la main.

— Ce n'était rien. Je ne sais même pas pourquoi j'ai parlé de ça.

— Ce n'est certainement pas rien si vous vous en souvenez aussi longtemps après.

— Un jour, je l'ai vue en train de parler avec un autre homme, ce qui en soi n'avait rien d'inhabituel. Elle discutait avec un tas de gens, elle avait sympathisé avec plein de monde à l'église et au travail. Le boucher de notre épicerie l'adorait. Mais là, c'était... Je ne sais pas, c'était différent.

Josie et Gretchen s'étaient toutes deux avancées au bord du canapé, happées par la conversation.

— En quoi ? demanda Gretchen.

— Ils étaient au parc, dit-il. Vous savez, le parc municipal de Denton ?

— Oui, répondirent-elles à l'unisson.

— On avait un petit chien, quand les enfants étaient adolescents. Enfin... Laura et Noah, Theo était déjà parti, à ce moment-là. Vous savez, plus ils grandissaient, moins ils voulaient passer de temps avec nous. On s'était dit qu'en prenant un chien, ça ressouderait la famille. Bref, Colette emmenait toujours le chien faire une promenade après le dîner. Noah devait avoir quoi... treize ans ? Il avait invité un copain à la maison, ils faisaient les fous. Noah est tombé et s'est salement amoché le nez. Je me suis dit que j'allais l'emmener aux urgences et faire un détour par le parc pour prévenir Colette. On était sur la route, on longeait le parc, et là, je l'ai vue, debout sous un arbre avec le chien, en train de parler avec ce type. Il était grand, costaud et chauve. Mais pas parce qu'il avait perdu ses cheveux. Il avait le crâne rasé. Il avait vraiment l'air d'une brute. Au début, j'ai même cru qu'il la menaçait, parce que c'était vraiment le genre de mec à faire ça, mais, quand je me suis approché, j'ai vu qu'ils discutaient. Ils étaient proches l'un de l'autre. Il était penché au-dessus d'elle. Et puis elle... Elle a posé la main sur son torse.

— Comme si elle le repoussait ? demanda Josie. Ou c'était plus intime ?

— C'était clairement un geste assez intime, déclara Lance. Noah n'a rien remarqué, il avait la tête penchée en arrière avec une poche de glace contre le visage. J'ai poursuivi ma route. Tout le temps qu'on a passé aux urgences, je me suis demandé de quoi il retournait. Franchement, j'ai vraiment cru qu'elle avait une aventure avec ce type. J'en étais venu à me dire qu'elle se servait des promenades du chien pour retrouver son amant.

— Vous lui en avez parlé ? demanda Josie.

— Bien sûr. Le soir même, quand les enfants étaient couchés, je lui ai dit que je l'avais vue avec cet homme au parc, et elle a juste répondu : « Oh, c'était Ivan. » Comme si ça n'avait aucune importance. Je lui ai dit : « C'est qui, Ivan ? »

— Et qui était Ivan ? demanda Gretchen.

— Elle m'a dit qu'ils étaient au collège ensemble, et qu'à l'époque, ils étaient très proches. Comme un frère et une sœur, d'après elle. Donc je lui ai dit : « Si vous étiez si proches, comment ça se fait que ce soit la première fois que j'entends parler de lui ? » Et elle a répondu que c'était parce qu'il avait déménagé il y a des années et ne revenait que rarement à Denton, si bien qu'ils s'étaient éloignés.

— Est-ce qu'elle vous a dit si elle était tombée sur lui par hasard ce jour-là ou s'ils avaient rendez-vous ? demanda Josie.

— Elle a dit qu'elle l'avait croisé par hasard, mais j'ai des doutes.

— C'est tout ? insista Gretchen.

Il haussa les épaules.

— J'ai essayé d'en savoir plus. Je suis même allé jusqu'à l'accuser de me tromper, mais elle a rigolé et dit que cette idée était complètement absurde. C'est la manière dont elle a nié spontanément qui m'a convaincu qu'elle disait la vérité. Colette a toujours été une très mauvaise menteuse. J'étais donc assez certain qu'elle me disait la vérité sur cette histoire.

— Et pourtant, c'est à ça que vous avez pensé quand on vous a demandé si elle avait un amant, dit Gretchen.

— Oui... Il y avait un truc entre eux. De l'intimité, comme vous avez dit. J'ai remarqué cette proximité, en quelques secondes, même de loin. Ça peut paraître idiot, mais ça m'a vraiment frappé sur le moment.

— Colette avait-elle des frères et sœurs ? demanda Josie.

— Non. Elle n'avait que sa mère. Son père est mort quand elle avait huit ans.

— Est-ce que sa mère connaissait cet Ivan ? Lui avez-vous posé la question ?

— Colette s'en est chargée, dit-il. Un jour qu'on dînait chez elle, elle lui a posé la question à table : « Maman, tu te souviens d'Ivan, mon copain du collège ? Je l'ai croisé au parc, en avril dernier. » Alors sa mère a répondu que oui, elle s'en souvenait. Il avait été enfant de chœur avant de rencontrer quelques soucis après avoir fait des « bêtises », selon elle. Du vandalisme, ce genre de choses. Sa famille a déménagé après qu'il a été exclu de l'école.

— Attendez une minute, le coupa Josie. Quand vous avez rencontré Colette au lycée, est-ce qu'elle fréquentait toujours l'église catholique ?

— On n'avait jamais prêté attention l'un à l'autre avant

notre dernière année de lycée. À cette époque, elle avait commencé à fréquenter l'église épiscopalienne.

Josie lâcha :

— On a trouvé un chapelet enterré dans son jardin, vous savez.

Il rit doucement, et une vague de nostalgie passa sur son visage.

— Oh, oui, elle continuait de suivre les traditions catholiques. Dans la maison où ont grandi nos enfants, vous trouverez certainement des dizaines de chapelets enterrés dans le jardin ! Colette passait son temps à réciter son rosaire.

— Vous a-t-elle expliqué pourquoi elle fréquentait l'église épiscopalienne tout en continuant de suivre les coutumes catholiques ? demanda Josie.

Nouveau haussement d'épaules.

— Quand on s'est mariés, sa mère voulait que la cérémonie se tienne à l'église catholique. Vous savez, sa mère a travaillé presque toute sa vie au presbytère. Elle cuisinait et faisait le ménage pour les prêtres. Enfin, elle avait un autre emploi, mais les heures qu'elle faisait au presbytère leur ont permis de s'en sortir après la mort du père de Colette. Bref, Colette a catégoriquement refusé et précisé qu'elle ne mettrait plus jamais un pied dans cette église. Du coup, sa mère a dit qu'elle pouvait choisir une autre église catholique, que la cérémonie pouvait avoir lieu ailleurs que dans la paroisse de son enfance. Elle en connaissait une bien à Bellewood, où elle aurait pu se marier, mais Colette n'a rien voulu savoir. Elle a dit qu'en ce qui la concernait, l'Église catholique n'existait plus. Elle s'est disputée avec sa mère, c'est la seule fois où je l'ai vue lui hurler dessus, et l'une des rares fois où je l'ai vue pleurer tant elle était excédée.

— Se pourrait-il qu'elle... ait été victime d'abus là-bas ? glissa Gretchen.

Lance se tut quelques secondes, pinçant les lèvres tandis qu'il réfléchissait à cette possibilité.

— Non, je ne pense pas. Je lui ai posé la question au moment de cette histoire de mariage, parce que je ne l'avais jamais vue se mettre dans un état pareil. Et ça a provoqué de grosses tensions entre elle et sa mère. Je lui ai demandé clairement si l'un des prêtres lui avait fait quelque chose, et elle m'a répondu que non. Elle refusait de m'en dire plus. D'après elle, tout ce que j'avais besoin de savoir, c'était qu'elle avait été témoin là-bas de choses qui n'avaient rien de catholique. C'est pour ça qu'elle a commencé à fréquenter l'église épiscopalienne, et elle était heureuse là-bas.

Josie se demanda s'il pouvait y avoir un lien entre la colère de Colette envers son ancienne église et Ivan. Impossible de le découvrir sans retrouver cet homme, et elle doutait que ce changement de paroisse soit pertinent dans l'affaire qu'elle tentait d'élucider. D'un autre côté, rencontrer cet Ivan ne pouvait pas leur nuire. Colette avait été vue en sa compagnie alors que Noah avait treize ans, c'est-à-dire l'année de la mort de Samuel Pratt. C'était une sacrée coïncidence.

— Est-ce qu'elle ou sa mère vous a donné le nom de famille d'Ivan ? demanda Josie.

— Non. On n'en a plus jamais parlé après ça.

— Et « Pratt » ? intervint Gretchen. Est-ce qu'elle connaissait quelqu'un portant ce nom ?

Il secoua la tête.

— Non, ça ne me dit rien.

— Pour ce qui est de son travail, elle a longtemps été salariée chez Sutton Stone, n'est-ce pas ? poursuivit Gretchen.

— Oui, elle a été embauchée là-bas quand elle avait vingt-deux ans, ce qui était une vraie bénédiction à l'époque, car j'étais au chômage. Ils l'ont toujours bien traitée. Elle avait l'air d'apprécier son travail, ça n'avait rien de compliqué : écrire des courriers, répondre au téléphone, organiser des rendez-vous. Elle a commencé comme secrétaire, et elle a fini par être promue assistante du grand chef.

— Donc elle travaillait en gros de 9 à 17 heures tous les jours ? supposa Gretchen.

Josie devina que sa collègue cherchait à déterminer à quel point l'emploi du temps de Colette était flexible, pour savoir si elle aurait pu facilement s'éclipser une heure ou deux dans la journée pour entretenir une relation extraconjugale avec Samuel Pratt.

— Oui, des années durant, confirma Lance. Des dizaines d'années, même. Comme je vous l'ai dit, ils ont toujours été réglo avec elle. Elle avait des primes tous les ans et ils cotisaient généreusement pour sa retraite. Ça existait encore, à l'époque.

Elles lui posèrent encore quelques questions avant de partir, et Josie fut frappée par le fait qu'aussi parfaite et adorable que paraisse sa nouvelle vie de famille, à aucun moment il ne s'était inquiété de savoir comment ses autres enfants vivaient le décès de leur mère. Savait-il seulement qu'il allait bientôt devenir grand-père ?

Alors que la maison de Lance Fraley rapetissait dans le rétroviseur, Josie se sentit plus triste que jamais pour Noah. Elle lui envoya un message afin de prendre de ses nouvelles, auquel il ne répondit pas.

33

Il faisait déjà nuit quand elles arrivèrent au commissariat. Gretchen démarra son ordinateur pour se renseigner sur le mystérieux Ivan pendant que Josie se mettait à la recherche de Mettner pour le tenir au courant de leurs dernières découvertes et lui demander s'il avait avancé sur la boucle de ceinture. Elle le trouva assis dans la salle de pause, une part de pizza graisseuse à la main.

— Salut, articula-t-il la bouche pleine. Les petits vieux de la maison de retraite m'ont été plutôt utiles.

Josie haussa un sourcil.

— Ce sont des résidents, Mett. Pas des petits vieux.

Il fit un petit signe de tête et avala sa bouchée.

— Désolé, patronne. Les résidents.

Elle s'installa face à lui. Il déplaça la boîte à pizza vers elle, mais elle déclina la proposition.

— Qu'est-ce que vous avez trouvé, alors ?

Il s'essuya les doigts sur une serviette et sortit son téléphone, pianotant jusqu'à retomber sur les informations qu'il cherchait.

— Quelques hommes là-bas m'ont appris que, dans les

années 1970, il y avait plusieurs clubs de tir dans le coin. Dans tout l'État, même.

— Des clubs de tir ?

— Oui, un genre de tir à la cible. Ils organisaient des compétitions au moins cinq fois par an, apparemment. Les adhérents s'affrontaient au pistolet et au fusil, pour voir qui était le plus rapide et le plus précis. En général, ça avait lieu en extérieur.

— C'était un genre de fédération ? demanda Josie. Comme au bowling ?

— Oui, exactement. Enfin, c'était juste un groupe de mecs du coin qui se retrouvaient, traînaient ensemble et se mesuraient les uns aux autres. Bref, pendant quelques années, ils sont allés jusqu'à organiser des championnats. Chaque club inscrivait son meilleur membre, et le dernier gars en lice remportait le titre. Il gagnait une boucle de ceinture.

Josie sentit une pointe d'excitation au creux de son ventre. Enfin, ils avaient une piste.

— Donc cette boucle de ceinture appartient au champion de tir de 1973 ?

— C'est ce qu'ils pensent, oui. Champion de tir à la carabine, si on en croit les deux fusils dessinés dessus, compléta Mettner.

— Comment on peut retrouver la trace de ces clubs ? Ils n'avaient pas un nom ?

Mettner secoua la tête.

— Non, ils m'ont dit qu'il arrivait qu'il y ait un encart dans les journaux locaux au sujet de ces compétitions. Mais les journaux vraiment locaux, hein, ceux qui n'existent plus aujourd'hui. Je ne sais pas si on peut encore les trouver à la bibliothèque.

— Si, ils les ont là-bas, dit Josie. Je sais exactement où chercher. Merci, Mett !

— Ça a donné quoi avec Lance Fraley ?

Josie lui fit un résumé de leur entrevue avec le père de Noah.

— Gretchen est en train de tenter de retrouver cet Ivan ? demanda-t-il.

— Oui. Moi, je vais remonter rédiger quelques rapports, annonça Josie en s'éloignant pour se diriger vers la grande salle.

Derrière son bureau, Gretchen en était toujours au point mort : pas de trace d'un homme blanc d'environ soixante-cinq ans répondant au nom d'Ivan.

— Je vais passer à l'église catholique demain matin, au cas où ils auraient des archives.

Josie lui fit part de la découverte de Mettner.

— Donc toi, tu iras à l'église, et moi à la bibliothèque.

— OK, dit Gretchen. À condition que Chitwood ne change pas d'avis. Mais vu l'heure, on devra attendre demain pour le savoir.

— Oui, demain à la première heure, promis. Mais là, je pars d'ici. J'ai l'impression de ne pas avoir vu Noah depuis des semaines. Il faut que je m'assure qu'il va bien.

34

Josie s'arrêta au restaurant de grillades préféré de Noah et lui commanda son plat favori. C'est ce qu'il aurait fait pour elle. Ce qu'il avait toujours fait quand elle se sentait sous l'eau. Il s'assurait qu'elle mangeait et se reposait suffisamment, dans les moments où c'était le dernier de ses soucis.

Elle le trouva chez Colette. Toutes les lumières de la maison étaient allumées. La porte d'entrée n'était pas fermée à clé. Alors qu'elle traversait la maison en l'appelant, elle remarqua la présence de cartons dans toutes les pièces. Noah était dans la chambre de Colette et lançait les vêtements de la commode dans un carton posé sur le lit, le visage en sueur. Son t-shirt lui collait au torse. Ses mouvements étaient frénétiques. Une fois le carton plein, il le referma, le scotcha puis passa au suivant.

— Noah, souffla Josie en déposant le sac du restaurant sur la commode vide.

— Salut, dit-il.

Il lui jeta un regard et continua à s'activer, décrochant les habits de leurs cintres pour les fourrer dans le nouveau carton.

— Tu as fait ça toute la journée ? demanda-t-elle. Tu as mangé ?

— Non. Je veux terminer ça.

Josie s'avança d'un pas et attrapa un autre carton vide.

— Je vais t'aider.

Il ne protesta pas. Ils s'affairèrent en silence jusqu'à ce que tout ce qu'il y avait dans la pièce soit empaqueté. Alors, Noah s'effondra sur le bord du lit de sa mère, les épaules voûtées. Il avait la peau pâle et des cernes sous les yeux. Josie lui laissa quelques minutes pour reprendre son souffle, assise à côté de lui à lui caresser le dos.

— Je t'ai apporté à manger. Tu as besoin de prendre des forces.

— Tu es passée chez *Talulah* ?

— Oui, confirma Josie.

Quand il lui sourit, son cœur manqua un battement.

— Merci.

Il attrapa la boîte et sortit le sandwich qu'elle contenait pour le manger, toujours assis sur le lit. Peu à peu, ses gestes s'apaisèrent, se firent moins brusques, et Josie fut surprise quand, entre deux bouchées, il lui demanda des nouvelles de l'enquête. Elle commença par lui raconter sa journée avec Gretchen mais, quand elle en vint à évoquer leur rencontre avec son père, Noah tourna la tête pour la dévisager, bouche bée, un morceau de viande à moitié mâché encore visible à l'intérieur. Sa peau prit une teinte rouge vif, de son cou à la base de ses cheveux.

— Tu as parlé à mon père ? éructa-t-il. Tu es allée chez lui ? Derrière mon dos ? Sans même m'en parler ?

Josie se leva du lit.

— Non, je ne l'ai pas fait « derrière ton dos », rétorqua-t-elle, perplexe. Tu sais bien qu'il faisait partie des personnes à interroger, Noah.

— Mais on parle de mon père, là !

Il fourra les restes de son sandwich dans l'emballage et se leva.

— Oui, mais, pour nous, il est un membre de la famille de

l'une de nos victimes et peut avoir des informations pour faire avancer l'enquête. Tu le sais bien.

— Il n'est pas un membre de la famille, gronda-t-il. Il n'a pas sa place dans ma famille. Il a abandonné ma mère. Il l'a trompée, et après il s'est barré sans jamais plus se soucier de nous.

Josie tenta de lui attraper le bras, mais il la repoussa et se mit à faire les cent pas.

— Je suis désolée. Je suis désolée que ta mère soit morte. Je suis désolée d'avoir dû parler à ton père. Je ne peux même pas imaginer à quel point ça doit être douloureux pour toi mais, crois-moi, Mettner, Gretchen et moi faisons tout notre possible pour retrouver l'homme qui a assassiné ta mère. C'est tout.

— Qu'est-ce qu'il t'a dit ? demanda-t-il. Qu'est-ce qu'il a raconté sur elle ?

— Qu'elle était une mère et une épouse dévouée. Il a admis l'avoir trompée. Il m'a raconté la fois où, en jouant avec un copain, tu t'étais cassé le nez et qu'il t'avait emmené à l'hôpital.

Noah pouffa.

— Seulement parce que ma mère était sortie.

— Tu avais treize ans ?

— Oui. Ma mère était super énervée. Bien plus que ce à quoi on s'attendrait pour un simple nez cassé. Franchement, un jour, je me suis battu avec Laura et on a renversé sa vitrine de figurines. On a tout cassé, et Laura s'est fracturé le poignet. Elle avait douze ans. Il a fallu l'opérer trois fois et elle a eu besoin de rééducation. Ça a coûté une fortune à mes parents. Ma mère n'était pas si en colère que ça, quand c'est arrivé. Mais quand je me suis cassé le nez... Je ne sais pas pourquoi. Peut-être parce que c'était sur mon visage ? Je me souviens qu'on devait être photographiés pour l'équipe de base-ball. Tu sais, ils ajoutaient un cadre autour de la photo pour faire comme si c'était une fausse carte de joueur de base-ball à collectionner. Bref, j'avais la tête d'un mec qui venait de se faire tabasser.

— C'était au printemps ?

— Oui. L'anniversaire de Theo est le 28 avril. C'était juste avant. Je m'en souviens parce qu'il est venu nous rendre visite, et ma mère était encore d'une humeur massacrante à cause de cette histoire. Theo n'arrêtait pas de dire en rigolant que je lui avais gâché son voyage, qu'à cause de moi maman avait été exécrable tout le week-end.

Le petit éclat de rire qui lui avait échappé à l'évocation de cette anecdote s'évanouit, et il plissa le front.

— Je ne comprends pas pourquoi il a raconté ça. Pour se faire passer pour le super papa qui s'occupe bien de ses enfants ?

— Ce n'était pas le cas ? questionna innocemment Josie. La plupart du temps, je veux dire ?

— Si, peut-être. Avant qu'il s'en aille, en tout cas. Mais après, c'était fini. En quoi ça le concernait ? Il avait fondé une nouvelle famille ! Il a passé trente-quatre ans avec ma mère, et puis il est parti pour recommencer sa vie. Il nous a laissés tomber, comme si on n'avait jamais existé.

— Je suis tellement désolée... Il nous a dit qu'il avait fait des efforts pour garder contact avec toi, Laura et Theo.

— Des efforts... Il m'a appelé une fois. Une seule fois. Pour me dire que si je voulais qu'on se revoie, je n'avais qu'à lui téléphoner. C'était ça, son effort. Ce mec n'est qu'un putain de menteur. Il n'en avait rien à foutre de nous et de ma mère. Ça fait près de quinze ans qu'il ne fait plus partie de notre vie. Tu n'avais pas besoin d'aller lui parler. Si tu avais des questions, tu n'avais qu'à me les poser à moi.

— Mais Noah, on suit les pistes qui se présentent, tu sais bien comment ça fonctionne. Tu crois que ça m'a fait plaisir quand ma vie privée — tous les détails sordides de ce qui m'est arrivé quand j'étais petite - a été décortiquée, l'an dernier ? C'était horrible. Mais j'ai réussi à le surmonter, notamment parce que tu m'y as aidée. Et c'est ce que j'essaie de faire pour toi aujourd'hui.

— Non, tu essaies de résoudre une affaire.

Josie lança les bras en l'air.

— Oui, aussi ! Je ne vais pas dire le contraire. Quand je ferme les yeux la nuit, je vois encore le visage de ta mère, comme toi, et je vois ton visage à toi. Je vois la douleur que tu as ressentie, alors je veux arrêter la personne qui a fait ça et qu'elle paie pour ce crime.

— Tu n'avais pas besoin d'y aller. Gretchen aurait pu l'interroger toute seule. Tu aurais pu me demander ce qui s'était passé avec mon père mais, à la place, tu es partie là-bas sans même me consulter avant. Tu as trouvé ce que tu voulais, au moins ?

— Ce que je voulais ? Je ne vois pas ce que...

Elle fut interrompue par un bruit de verre brisé dans une autre pièce de la maison. Ils se figèrent tous les deux et échangèrent un rapide regard avant de s'élancer hors de la chambre vers le bout du couloir envahi par une forte odeur de fumée. Devant elle, Noah fonçait vers l'escalier. Josie le retint par l'épaule.

— Il est ici, Noah.

Des volutes de fumée épaisse remontaient la cage d'escalier et venaient lécher le plafond du couloir.

— Baisse-toi, lui ordonna-t-elle en le poussant vers le sol.

À quatre pattes, ils gagnèrent la première marche de l'escalier, mais il y avait déjà trop de fumée pour qu'ils puissent descendre au rez-de-chaussée. Josie avait les yeux larmoyants et la gorge irritée. Ses vêtements collaient à sa peau couverte de transpiration. Elle attrapa le coude de Noah pour l'empêcher d'avancer. Il la regarda par-dessus son épaule, mais elle parvenait à peine à discerner son visage à travers la fumée. Josie savait qu'en cas d'incendie, c'était l'inhalation de fumée qui était responsable de la majorité des décès. Elle pointa du doigt l'une des portes.

— La salle de bains ! s'exclama-t-elle.

Ils rampèrent le long du couloir jusqu'à la salle de bains,

puis Josie referma la porte derrière eux et s'y adossa, à bout de souffle. Des cartons étaient empilés contre l'un des murs de la petite pièce confinée. Noah en ouvrit un pour en sortir des serviettes qu'il mouilla au lavabo. Il lui en tendit une pour qu'elle s'essuie le visage ; le froid contre sa peau brûlante lui fit un bien fou.

— Je pense que tout le rez-de-chaussée doit être enfumé, maintenant, dit Josie.

Elle sortit son téléphone de sa poche arrière et composa le 911, demandant l'envoi des pompiers et d'une ambulance. L'appel terminé, elle fut prise d'une quinte de toux. Noah ouvrit la fenêtre et arracha la moustiquaire avant de passer la tête dehors.

— On est à quelle hauteur ? demanda Josie.

Il se décala pour lui permettre de se faire une idée par elle-même. Quand elle se pencha à l'extérieur, Josie vit la fumée noire qui s'échappait des fenêtres du rez-de-chaussée. Juste en contrebas se trouvait l'une des plates-bandes méticuleusement fleuries de Colette. Ils étaient suffisamment haut pour se casser quelque chose s'ils devaient sauter, mais sans risquer de se tuer. Josie se retourna et remarqua la fumée qui s'infiltrait sous la porte ; elle attrapa une des serviettes humides et la pressa contre l'interstice.

— On ne peut pas attendre, dit Noah. On va devoir sauter. Dans cinq ou dix minutes, le feu aura atteint tout l'étage.

— Oui, tu as raison, dit Josie en toussant.

Noah arracha le rideau de douche et enroula l'une des extrémités autour de son poignet et de sa main gauches.

— Je vais faire pendre ça par la fenêtre. Si tu t'y accroches pour descendre, tu ne devrais pas te faire trop mal.

— Et toi ?

— Ne t'en fais pas pour moi.

Josie regagna la fenêtre.

— Mais tu vas te blesser si tu sautes.

— Eh bien je me blesserai. On n'a pas le choix, Josie, on doit sortir d'ici.

Il la poussa vers la fenêtre. Josie enjamba le dormant et se laissa glisser de l'autre côté. Une fois qu'elle fut suspendue par les mains, les pieds au-dessus des flammes et de la fumée, Noah se pencha et lança le rideau. Josie s'y agrippa de la main droite. Le tissu en vinyle ne tiendrait pas longtemps, mais assez pour l'aider à adoucir sa chute. Une fois sûre de sa prise, elle lâcha le rebord de la fenêtre et enroula sa main gauche dans le rideau de douche. Au-dessus d'elle, le visage de Noah était rougi par l'effort.

— Vas-y, lui ordonna-t-il.

Petit à petit, elle descendit le long du rideau de douche, jusqu'à ce qu'il ne reste que quelques centimètres de tissu. Elle jeta un regard en contrebas : elle était plus proche du sol que ce qu'elle pensait, à peine un mètre cinquante. Après un dernier regard à Noah, elle lâcha prise et atterrit lourdement dans la terre. Le choc se répercuta de ses talons à ses cuisses ; ses genoux flageolèrent, et elle tomba sur les fesses. Mais elle était en sécurité, et ne s'était rien cassé. Le rideau de douche s'envola, et Noah apparut dans l'embrasure de la fenêtre : d'abord une jambe, puis l'autre, jusqu'à ce qu'il se retrouve dans la même position que Josie un peu plus tôt, suspendu par les mains.

Quand il toucha le sol, elle entendit le craquement d'un os qui se brise. Josie s'agenouilla à côté de lui et le vit ouvrir la bouche pour hurler de douleur mais, comme il peinait à respirer, aucun son ne sortit. Elle ne savait pas si c'était la violence du choc qui lui avait vidé les poumons, si la douleur était telle qu'il n'arrivait plus à respirer ou si c'était la fumée toxique inhalée un peu plus tôt qui l'essoufflait. Quoi qu'il en soit, il n'y avait rien qu'elle puisse faire pour l'aider. Quand il en fut capable, elle l'aida à se mettre debout, et se glissa sous son bras gauche pour qu'il s'appuie sur elle. Il ne posait pas le pied gauche par terre, et ils s'éloignèrent de la maison en boitillant.

Quand elle fit s'asseoir Noah sur la pelouse du voisin, elle regarda autour d'elle et remarqua que la plupart des voisins avaient allumé la lumière et étaient sortis de chez eux. Le feu qui dévorait la maison de Colette éclairait toute la rue. Josie passa en revue les véhicules dans les allées ; il n'y en avait pas un seul garé le long du trottoir. Puis elle repéra une forme rabougrie au milieu de la route.

— Attends-moi ici, ordonna-t-elle à Noah. Ne bouge pas.

Josie se précipita vers la silhouette tout en saisissant son arme mais, très vite, elle se rendit compte que la menace était inexistante. Il s'agissait d'un vieux monsieur d'environ soixante-dix ans, si l'on en croyait ses cheveux blancs clairsemés et ses rides. Recroquevillé sur lui-même, il poussa un grognement. Josie s'agenouilla et lui toucha l'épaule avec précaution.

— Tout va bien, monsieur ?

— Il m'a frappé, grinça l'homme. Ce salaud m'a frappé.

Elle l'aida à se mettre sur le dos.

— Où vous a-t-il frappé ?

Des gouttes de sueur perlaient sur le front de Josie, et sa respiration était laborieuse. L'homme désigna son ventre.

— Ici, haleta-t-il. Et il n'y est pas allé de main morte. Je me suis écroulé tout de suite.

— Qui vous a frappé ? demanda Josie en appuyant deux doigts contre l'intérieur de son poignet pour vérifier son pouls, qui était ferme et régulier.

— Celui qui a mis le feu à la maison de Colette. Aidez-moi à m'asseoir.

Josie glissa une main dans son dos pour lui permettre de se redresser.

— Vous avez vu quelqu'un ? À quoi il ressemblait ?

— Grand. Costaud. Habillé tout en noir. Il avait une casquette sur la tête. J'habite juste ici...

Il pivota légèrement et désigna la maison en face de celle de Colette.

— J'ai vu Noah quand il est arrivé ce matin. On a discuté un peu. Vous aussi, je vous ai déjà aperçue plusieurs fois, donc quand je vous ai vue vous garer tout à l'heure, ça ne m'a pas inquiété.

Josie se demanda s'il espionnait déjà sa voisine avant son meurtre. Comme s'il lisait dans ses pensées, il se justifia :

— Je n'ai commencé à surveiller les allées et venues comme ça que depuis que Colette a été assassinée chez elle. C'est horrible. Oui, vraiment horrible. Ce genre de choses n'arrive pas, par ici.

Josie jeta un œil par-dessus son épaule à la maison en flammes, devant laquelle venaient de s'arrêter deux camions de pompiers et une ambulance. Elle regarda deux ambulanciers se précipiter vers Noah, allongé dans l'herbe.

— Je sais, répondit-elle. Ça ne devrait arriver nulle part. Qu'est-ce qui s'est passé exactement ? Vous l'avez vu sortir de la maison ?

— Je l'ai vu entrer. Il est arrivé à pied de là-bas.

Il pointa le doigt vers le bas de la rue.

— J'ai attendu quelques minutes. Et puis j'ai cru voir des flammes au rez-de-chaussée. Alors je suis sorti pour vérifier, et puis j'ai entendu du bruit donc je me suis avancé dans la rue, et là j'ai vu de la fumée. J'ai tout de suite compris. J'ai voulu rentrer chez moi pour appeler les secours mais, là, je l'ai vu sortir en courant par l'arrière de la maison, droit vers moi.

— Vous avez vu son visage ?

L'homme secoua la tête.

— Pas vraiment, à cause de la casquette. On n'y voyait pas aussi clair, tout à l'heure. Je dirais qu'il avait des yeux sombres. Perçants, comme ceux d'un rat, et un nez aplati, comme s'il avait été cassé plusieurs fois. C'est tout ce que je peux vous dire...

Il gémit en se tenant le ventre.

— J'ai mal. Il ne m'a vraiment pas loupé. Je lui ai dit de s'arrêter, lui n'a pas ouvert la bouche. Il m'a juste frappé et est parti.

— Je suis désolée de vous embêter avec ça maintenant, mais auriez-vous une idée de sa taille et de son poids ?

— Dans les un mètre quatre-vingts ? Et pas loin de cent kilos.

— Patronne !

Mettner, qui venait de bondir de sa voiture, courait vers elle. Il était suivi par d'autres ambulanciers qui poussaient un brancard.

Une fois le vieux monsieur en route pour l'hôpital, Josie fit un point rapide avec son collègue sur ce qu'elle avait appris, lui répétant la description de l'homme qui avait été vu en train de s'enfuir de chez Colette.

— Envoyez des patrouilles à sa poursuite, ordonna-t-elle. Il était à pied, donc il avait peut-être garé sa voiture dans les environs. Envoyez quelqu'un interroger les voisins dans les rues adjacentes, au cas où ils auraient remarqué quelque chose d'inhabituel, une voiture, un passant...

— Comme si c'était fait, patronne.

Mettner partit à petites foulées, et Josie resta au milieu de la rue, fixant la direction qu'avait prise le pyromane. Elle tourna ensuite la tête pour voir Noah monter dans une ambulance. Les pompiers, armés de lances à eau, tentaient d'empêcher la propagation de l'incendie. L'ambulance transportant Noah partie, Josie s'élança pour dévaler la rue en pente.

35

Alors qu'elle courait, les poumons en feu, Josie visualisa la carte des environs dans sa tête. La maison de Colette était la dernière avant le sommet de la colline, puis la route redescendait de l'autre côté. La bâtisse était adossée à un petit bois qui jouxtait une falaise. La montagne avait littéralement été creusée pour construire les habitations. Le tueur ne se serait jamais enfui en partant vers l'arrière de la maison, puisqu'il n'y avait aucune issue de ce côté. Il aurait certes pu passer par les jardins, mais la plupart étaient entourés de hautes clôtures, et il aurait pris le risque d'être entendu, repéré, voire attrapé par les propriétaires. Pour attirer aussi peu que possible l'attention après avoir mis le feu, le plus efficace aurait été de courir d'un côté ou de l'autre de la rue. C'était moins discret, mais c'était plus rapide et plus sûr que de se promener dans les jardins à flanc de falaise. En outre, l'obscurité de la nuit lui conférait un avantage certain.

Il s'était forcément garé à proximité. Quand Josie parvint à la première intersection, elle prit à droite. Il faisait plus sombre, ici, même si quelques maisons commençaient à s'éclairer, sans doute en réponse au vacarme en haut de la colline. Josie continua à descendre, étudiant les lieux de gauche à droite, puis de droite à gauche, en quête de quoi que ce soit d'anormal. Mais il n'y avait rien. Tout était calme et silencieux, et seuls quatre véhicules étaient stationnés le long du trottoir. Elle les vérifia un à un, au cas où il y aurait quelqu'un à l'intérieur, et elle posa la main sur les capots pour voir s'ils étaient tièdes. Rien. Un instant plus tard, une voiture de patrouille la dépassa. Elle salua ses collègues de la main et reprit sa course jusqu'à ce que ses poumons malmenés l'obligent à s'arrêter tant elle toussait. Elle avait ainsi fait le tour de sept ou huit pâtés de maisons quand elle sortit son téléphone pour appeler Gretchen.

— Viens me chercher, lui demanda Josie. Je ne pense pas être capable de remonter à pied.

Josie commençait à détester l'hôpital de Denton. Elle n'avait qu'un seul bon souvenir de cet endroit : celui de la nuit où elle avait sauvé Harris Quinn de la noyade. Tous les autres étaient rattachés à des traumatismes. Allongée sur son lit derrière un rideau, elle passa en revue ses derniers séjours sur place en attendant que Gretchen revienne avec des nouvelles de Noah. Josie s'était mise frénétiquement à sa recherche en arrivant, mais il était au bloc. Sa fracture était sans doute plus grave qu'elle ne le pensait.

— Vous devriez garder ça, lui conseilla une infirmière en faisant le tour du lit pour replacer sa sonde nasale.

Elle attacha une pince sur son index et serra un bandeau autour de son bras pour vérifier — pour la troisième fois – sa tension.

— Je vais bien, se défendit Josie.

— Eh bien, nuança l'infirmière, nous laisserons le médecin en juger. Votre saturation en oxygène est bonne, cela dit, étant donné les circonstances, mais votre tension est un peu élevée.

— C'est juste le stress, déclara Gretchen en écartant le

rideau avant de s'asseoir sur le bord du lit. Noah a une fracture du péroné.

— Ouille, grimaça Josie.

— Oui... Avec déplacement, en plus. Ils ont dû opérer pour remettre l'os en place, ça devrait prendre quelques heures. Tu veux que j'appelle sa sœur ?

— Non, mais j'imagine qu'on n'a pas le choix.

Josie retrouva le numéro de Laura dans le répertoire de son téléphone, mais Gretchen lui prit l'appareil des mains.

— Je m'en occupe. Pendant ce temps, repose-toi.

Gretchen sortit de la pièce et revint quelques minutes plus tard, une grimace sur le visage. Elle rendit son téléphone à Josie.

— Elle et son mari seront là dans quelques heures.

— J'imagine que personne n'a rien trouvé ? Le type qui a mis le feu n'a pas pu être localisé ?

— Désolée, patronne. Rien du tout.

— Génial... Écoute, je sais que c'est mince, mais c'est notre seule piste actuellement : il faut vraiment qu'on arrive à remonter jusqu'à cet Ivan.

— Tu penses que c'est l'ami de collège de Colette qui tue des gens et incendie des maisons ?

— Avant l'incendie, Noah m'a confirmé ce que nous avait raconté Lance au sujet de son nez cassé à treize ans. En avril ; le même mois que la mort de Samuel Pratt. D'après Noah, la réaction de sa mère était vraiment disproportionnée. Apparemment, il se chamaillait beaucoup avec sa sœur, et elle s'était déjà gravement blessée, elle aussi, sans que Colette en fasse toute une histoire. Mais quand Noah s'est cassé le nez...

— Tu crois que ce n'est pas le nez cassé qui l'a mise dans cet état ? en déduisit Gretchen.

— Oui. À mon avis, c'est la conversation qu'elle a eue avec Ivan ce soir-là qui l'a énervée. Il se trouve que ça coïncide avec le nez cassé de Noah et la mort de Samuel Pratt. Tout concorde.

— Mais c'était qui, cet Ivan, pour elle ? s'agaça Gretchen. Tu penses qu'ils étaient amants ? On en revient à la théorie de l'amant jaloux ?

— Elle voyait Ivan et Samuel Pratt, et Ivan aurait tué Pratt par jalousie ? résuma Josie. Je ne suis pas totalement convaincue, mais je suis persuadée qu'Ivan a joué un rôle là-dedans. C'est notre unique piste.

Ce n'était même que l'ombre d'une piste, et sacrément tirée par les cheveux, qui plus est, mais Josie était prête à tout pour faire cesser aussi vite que possible la vague de massacres qui secouait Denton, d'autant plus depuis que Noah se retrouvait en ligne de mire.

— Il reste aussi la boucle de ceinture, compléta Gretchen. On continue donc à suivre le plan prévu : tu vas à la bibliothèque, et moi à l'église. Si Chitwood m'y autorise. Peut-être que si Mettner m'accompagne, ça passera.

— Oui, tu devrais y aller avec Mettner, acquiesça Josie. Demain à la première heure. Je pense aussi que l'on devrait réinterroger toutes les connaissances de Colette, au cas où quelqu'un se souviendrait de cet homme ou de quoi que ce soit d'autre. Toutes les personnes qu'elle aurait pu fréquenter ces vingt dernières années. Peut-être qu'elles sont au courant de quelque chose sans même en avoir conscience.

— Donc ses amis de l'église et ses collègues, récapitula Gretchen en feuilletant son carnet. Mettner m'a dit qu'elle en connaissait certains depuis très longtemps. Pas beaucoup, mais on peut se les partager pour les auditionner. Mettner et moi, on se charge des gens de la paroisse, et toi, tu prends Sutton Stone Enterprises ?

— Tu as croisé le patron de Colette aux obsèques. Il l'aimait beaucoup, clairement, vu comment il a pris ses enfants sous son aile. Je pense qu'il devrait accepter de nous aider.

L'infirmière revint pour prendre une nouvelle fois les

constantes de Josie et replacer sa sonde nasale. Elle s'affaira encore quelques minutes autour d'elle et, une fois qu'elle fut partie, Josie lâcha :

— Il faut vraiment que tu me fasses sortir d'ici. Je veux être là quand Noah remontera dans sa chambre après l'opération.

36

Josie dormit d'un sommeil agité dans un fauteuil en vinyle placé à côté du lit d'hôpital de Noah. Lui aussi se réveilla plusieurs fois au cours de la nuit, vaseux et sonné. À chaque fois, elle lui prit la main et lui parla doucement, lui assurant que tout allait bien, ce qui lui apparaissait comme un mensonge. Sa mère avait été assassinée, la maison de celle-ci avait été incendiée, et ils avaient failli périr dans les flammes. Dans sa torpeur post-anesthésie, Noah accepta ses mots, lui serrant la main en retour avant de sombrer de nouveau dans le sommeil. Elle étudia son visage pâle, ses yeux cernés de noir, suivit du regard la tubulure de la perfusion d'antidouleurs qui venait se loger dans une veine au creux de son coude droit, et s'arrêta finalement sur le long plâtre autour de sa jambe, surélevé par des oreillers. Il lui semblait si petit, comme si les événements des derniers jours l'avaient vidé de sa vitalité et fait rétrécir.

Quand les premiers rayons du soleil firent leur apparition, Josie avait mal absolument partout. Ses yeux la brûlaient de fatigue, et elle se sentait toujours oppressée au niveau de la poitrine. Le goût de la suie et de la fumée tapissait sa gorge. Le torse de Noah se soulevait et s'abaissait de manière régulière. Josie passa aux toilettes et s'aspergea le visage d'eau froide, puis en but quelques gorgées à même le robinet pour apaiser sa gorge. Un petit tube de dentifrice ainsi que divers accessoires de toilette étaient entreposés dans une petite boîte en plastique jaune sur une étagère. Elle utilisa son index pour se nettoyer grossièrement les dents.

Lorsqu'elle ressortit de la salle de bains, Laura était debout près du lit de Noah. Elle lui tenait la main et, de l'autre, lui caressait les cheveux, son énorme ventre pressé contre la rambarde en métal. Elle leva les yeux quand elle aperçut Josie.

— Ah, tu es là.

— J'ai passé la nuit ici, répondit-elle en essayant de ne pas avoir l'air d'être sur la défensive.

— Qu'est-ce qui se passe, franchement, Josie ? questionna Laura, les larmes aux yeux.

Avant que Josie ait pu répondre, Grady arriva avec quatre cafés, du sucre et du lait sur un plateau. Il se dirigea droit vers Josie, lui planta une bise sur la joue et lui tendit un gobelet.

— Je suis vraiment désolé pour ce qui est arrivé, dit-il. Heureusement, vous allez bien tous les deux.

Il observa Noah tout en déposant le reste des boissons sur la table.

— Enfin, pas parfaitement bien, mais en vie, c'est l'essentiel.

Les larmes coulaient sur les joues de Laura.

— Je n'en peux plus. Je ne sais pas ce qui se passe, qui fait ça, mais il faut que ça s'arrête.

— On y travaille, on essaie de comprendre, lui assura Josie.

Le café apaisa sa fatigue et ses nerfs à vif. Grady lui proposa de l'agrémenter comme il lui plaisait, ce qu'elle fit, puis elle l'avala d'une traite. En attendant que Noah se réveille, ils discutèrent tous les trois de la nuit qui venait de s'écouler. Laura passait du mutisme à l'hystérie sans prévenir, et Grady faisait son possible pour l'aider à gérer ses émotions. Josie était soulagée qu'il soit présent. Il s'assit de l'autre côté de Noah et sirota son café tout en regardant sa femme tourner en rond devant lui.

— Laura, l'interpella Josie une fois qu'elle eut répondu à toutes leurs questions sur l'incendie. Est-ce que tu te souviens d'une personne avec qui ta mère aurait gardé contact depuis l'école catholique ?

Laura s'arrêta de marcher et ficha ses deux poings dans le creux de son dos.

— Quoi ? Comment ça ?

— Est-ce que ta mère avait gardé contact avec quelqu'un rencontré à l'école catholique ? Un homme, plus particulièrement ?

Laura secoua la tête.

— Je ne crois pas. Non, ça ne me dit rien.

— Le nom « Ivan » ne t'évoque rien ?

Elle enfonça un peu plus les poings dans son sacrum, et elle grimaça.

— Qui ?

— Ivan, répéta Josie. Est-ce que tu connais quelqu'un qui s'appelle Ivan ? Ou est-ce que ta mère connaissait un Ivan ?

— Non, il ne me semble pas. Je ne connais personne qui porte ce nom. Pourquoi ?

— Il est ressorti lors de la conversation que l'on a eue avec votre père.

— Tu as parlé à notre père ? Noah est au courant ?

— Oui, je le lui ai dit.

— Et ça ne l'a pas dérangé ? J'ai du mal à le croire.

Cela sonnait comme un reproche.

— Nous devions l'auditionner dans le cadre de l'enquête, se justifia calmement Josie. C'est la procédure habituelle.

Laura ouvrit la bouche pour répliquer, mais un grognement de Noah la coupa dans son élan. Leurs trois têtes se tournèrent simultanément vers le blessé. Ce dernier papillonna des paupières. Il regarda lentement autour de lui en repoussant la fatigue.

— Qu'est-ce qui s'est passé ? croassa-t-il.

Josie était d'un côté du lit, Laura de l'autre, parlant en même temps. Il leva une main pour les faire taire et se tourna vers Josie.

— Comment tu vas ?

Elle sourit.

— Ça va.

— Et ma jambe ?

— La fracture était nette, mais il y avait un déplacement. Ils ont dû opérer pour que ça se consolide correctement. Tu ne devrais pas avoir de séquelles, d'après les médecins.

— Mais tu vas devoir t'arrêter pendant un moment, intervint Laura en lançant un regard à Josie. Je suis son plus proche parent, j'ai parlé au médecin en arrivant.

Josie ne répondit pas.

— Qu'est-ce que j'ai mal, lâcha Noah.

— Je vais aller demander s'ils peuvent augmenter la dose d'antidouleurs, répondit Josie.

— Tu pourras sortir demain, continua Laura. Je pense que tu devrais rentrer avec moi et Grady.

— Pardon ? s'étouffa Josie.

— Je vais très bien, répliqua Noah. J'ai juste besoin de béquilles.

— Tu as besoin qu'on s'occupe de toi, dit Laura.

— Je vais très bien, insista Noah.

— À tel point que tu es sur un lit d'hôpital avec une jambe cassée après avoir réchappé de peu à un incendie, fit-elle remarquer. Non, tu ne vas pas bien. Je ne sais pas ce qui se passe dans cette ville mais, si tu veux mon avis, ça ne te ferait pas de mal de t'en éloigner quelque temps. Tu es suffisamment stressé comme ça. Tu as besoin de soutien.

Mais, déjà, Noah se rendormait. Josie se fit violence pour ne pas laisser échapper les mots acerbes qui lui brûlaient la langue. Entrer en guerre avec la sœur de Noah était la dernière chose dont ils avaient besoin. D'autant que, même si Josie détestait devoir l'admettre et détestait encore plus l'idée d'être séparée de Noah, Laura avait raison : il serait plus en sécurité à deux heures de Denton, chez sa sœur et son beau-frère.

Laura serra l'avant-bras de Noah jusqu'à ce qu'il rouvre les yeux.

— Mon petit frère, dit-elle. Promets-moi de rentrer à la maison avec moi.

Il leva les yeux vers elle, puis sa tête roula sur le côté pour croiser le regard de Josie. Cette dernière parvint à esquisser un sourire.

Laura continua :

— Tu connais un homme du nom d'Ivan ?

— Quoi ? s'étonna Josie.

Laura l'ignora et se pencha au-dessus du visage de Noah.

— Josie m'a posé des questions sur quelqu'un qui s'appelle Ivan. Elle pense que maman a eu une relation avec une personne portant ce nom quand on était enfants.

— De quoi tu parles ? demanda Noah, les yeux débordant de fatigue et de confusion. Qui est Ivan ? demanda-t-il cette fois à Josie.

Josie croisa les bras sur sa poitrine.

— C'est juste un nom que ton père a mentionné. Il nous a dit avoir vu ta mère en compagnie d'un homme, le jour où tu t'es cassé le nez. D'après ta mère, il s'appelait Ivan, et ils seraient allés dans la même école. On essaie de creuser cette piste.

Laura éclata de rire.

— OK, donc, maintenant, n'importe quelle personne à qui ma mère a parlé dans sa vie devient un tueur potentiel ? Je suis désolée de t'avoir parlé de ça. Tu n'as aucun souvenir de cet Ivan, hein, Noah ?

Josie se demanda pourquoi, justement, elle lui en avait

parlé. Laura semblait prête à tout pour éloigner Noah de Josie, sans que cette dernière parvienne à comprendre pourquoi. Colette n'avait jamais été très chaleureuse, mais elle n'avait pas pour autant œuvré à la tenir à l'écart de son fils.

Noah paraissait toujours abasourdi, mais il secoua la tête.

— Non, je ne connais personne qui s'appelle Ivan. Et je ne me souviens pas que maman ait eu un ami avec ce nom.

Il ferma les yeux mais continua à parler, refoulant la fatigue et la douleur.

— Josie, tu ne peux pas croire ce que raconte mon père. C'est un menteur.

— On en discutera plus tard, suggéra Josie.

— Je ne veux plus jamais en discuter, répliqua-t-il. S'il te plaît. Tu savais quels rapports j'entretenais avec mon père, et tu es quand même allée le voir.

— Noah, je faisais juste mon travail. Tu n'as pas les idées claires.

— J'ai besoin de temps, grommela-t-il. De temps seul.

— De temps seul ? répéta Josie, prise d'une soudaine bouffée de chaleur. Qu'est-ce que... Qu'est-ce que ça veut dire ?

Est-ce qu'il sous-entendait qu'il souhaitait passer du temps loin d'elle ? *Temporairement, ou définitivement ?* lui demanda une petite voix au fond de sa tête. Le fossé entre eux était-il devenu infranchissable ?

— Oui, intervint Laura. Je pense qu'un peu de temps en solo te ferait le plus grand bien.

Elle adressa un regard perçant à Josie.

— Ce n'est pas le moment pour un interrogatoire. Il a juste besoin de se reposer et de se soigner.

Laura croisa les bras sur son ventre.

— Il peut faire ça à la maison, non, Grady ?

L'expression sur le visage de ce dernier était pincée quand il se leva et frappa dans ses mains.

— Euh, oui, bien sûr. Tu es toujours le bienvenu à la maison, Noah.

Il adressa un petit sourire à Josie.

— Tu pourras venir le voir quand tu veux, évidemment.

— Grady, siffla Laura. Tu crois vraiment que c'est une bonne idée ?

— Pardon ? demanda Josie.

Laura la pointa du doigt.

— Chaque fois que tu es dans les parages, il arrive une catastrophe. Je cherche simplement à protéger mon petit frère. Si tu veux mon avis, ça vous fera du bien à tous les deux de vous séparer quelque temps.

— Je ne...

Les mots manquaient à Josie. Ou, plutôt, il y avait de nombreux mots qu'elle aurait aimé dire à Laura en cet instant, mais elle ne voulait pas agacer encore plus Noah ou ajouter à son stress. Les épreuves qu'il traversait étaient déjà bien trop éprouvantes à son goût. Même si elle n'était pas la bienvenue chez Laura et Grady, Noah serait en sécurité là-bas, et c'était là le plus important.

Elle baissa les yeux vers lui.

— C'est ce que tu veux ? demanda-t-elle doucement.

Il observa sa sœur, puis Josie, avant de hocher la tête et de fermer les yeux.

— Très bien, murmura Josie en refoulant ses larmes. Va chez Laura et Grady. J'en profiterai pour avancer avec Mettner et Gretchen.

37

La bibliothèque de Denton était un bâtiment en pierres de style néoclassique, avec un immense escalier et des colonnes doriques, dessiné par un architecte local au début du XXe siècle. Josie avait passé des heures entre les rayonnages quand elle était adolescente, à étudier parmi des chuchotements qui résonnaient au milieu de cette gigantesque collection de livres. Les années passant, les lieux avaient été modernisés et proposaient désormais des postes informatiques en accès libre ainsi que des salles de conférences et d'activités. Mais même ce bâtiment qu'elle aimait tant ne parvint pas à lui remonter le moral quand elle y pénétra. Elle avait le sentiment qu'une charge invisible pesait sur ses épaules et était littéralement exténuée. La situation entre elle et Noah la rendait profondément triste. Ils avaient tout affronté ensemble, quotidiennement, ces quatre dernières années, que ce soit au travail ou dans leurs vies personnelles. Ils avaient fini par tomber amoureux et, après quelques faux départs, étaient devenus un couple. Josie considérait qu'ils avaient déjà plusieurs fois été mis à l'épreuve par des affaires particulièrement difficiles, mais c'était la première fois qu'elle ressentait à ce point la distance entre elle et Noah, et elle n'aimait pas cela du tout.

Alors qu'elle se dirigeait vers l'accueil, Josie se demanda s'il y avait quelque chose chez elle qui l'empêchait d'être là pour son compagnon de vie. Elle avait pourtant accompagné Ray dans de nombreuses difficultés avant qu'il meure, et elle avait ensuite eu une relation sérieuse — ils s'étaient même fiancés – avec Luke Creighton, un autre policier. Elle s'était occupée de lui avec dévouement pendant un an, après qu'il avait été blessé par balle et avait perdu sa rate. Alors pourquoi était-elle incapable de faire de même pour Noah ?

— Bonjour, madame, en quoi puis-je vous aider ?

Josie cligna des yeux et secoua légèrement la tête pour recouvrer ses esprits. Elle expliqua à la bibliothécaire ce qu'elle recherchait, et la femme la guida jusqu'à un ordinateur au premier étage. Josie savait déjà comment utiliser la base de données électronique, mais elle n'eut pas la force d'interrompre le laïus de la femme. Elle ne l'écouta que d'une oreille, sauf au moment où elle lui suggéra, étant donné l'objet de ses recherches, de se concentrer sur le *Denton Tribune* et le *Bellewood Record*, sachant qu'elle avait plus de chances de trouver les résultats de concours de tirs locaux dans ce dernier.

Josie remercia la bibliothécaire pour son aide et commença donc par chercher dans le *Bellewood Record* tout ce qui concernait les clubs de tir et les compétitions qu'ils organisaient au début des années 1970. Elle trouva des listes avec les dates, les horaires et les lieux de diverses compétitions en dernière page du journal entre 1970 et 1975, au même emplacement que celui utilisé par les paroisses pour annoncer les collectes de denrées alimentaires, les chasses aux œufs de Pâques, les repas partagés et autres événements. Elle feuilleta les éditions des jours suivant chaque compétition, mais les résultats n'apparaissaient pas dans les pages. Elle modifia les filtres de recherche pour y inclure les années 1980, ce qui ne donna rien non plus.

Elle passa donc au *Denton Tribune*, où elle tomba sur un petit article de 1976 en bas à droite de la page « Actualités locales », intitulé « Dissolution de la fédération de tir ».

À la fin des années 1960, Brody Wolicki et quelques amis partageaient une bière à l'issue de leur entraînement hebdomadaire de tir sur cible, quand ils se lancèrent dans un débat sur lequel d'entre eux était le meilleur tireur. La semaine suivante, ils organisèrent une compétition informelle en plein air à Bellewood, et Wolicki essuya une défaite. Comme il voulait prendre sa revanche, une nouvelle compétition fut organisée le mois suivant. Peu à peu, l'idée de constituer un club de tir sur cible émergea afin de multiplier le nombre d'adversaires. Deux ans plus tard, on trouvait des clubs un peu partout dans le comté d'Alcott et ses deux plus proches voisins. Wolicki y vit une opportunité pour s'amuser et faire prendre de l'ampleur à son hobby favori. C'est ainsi que naquit la Tri-County Target Practice League, qui organisait des tournois interclubs afin d'élire le meilleur tireur. Ces rencontres avaient lieu quatre fois par an et se clôturaient par un grand championnat à l'automne. Ces journées et les prix décernés aux gagnants étaient financés par les différents clubs participants. « On distribuait des coupes, avant, explique Wolicki, et puis quelqu'un a eu l'idée d'offrir des boucles de ceinture, ce qui a fait l'unanimité. » Pendant six ans, les tireurs se sont affrontés lors du championnat annuel de Wolicki. Le meilleur d'entre eux repartait avec l'admiration et le respect de ses pairs, ainsi qu'une jolie babiole à arborer, preuve de son succès.

« Mais les gens ont commencé à ne plus vouloir payer », continue Wolicki.

Le nombre de membres au sein de la fédération a diminué, mais pas suffisamment pour mettre en péril son existence, d'après son créateur. « C'est finalement arrivé quand les membres ont commencé à se plaindre de devoir payer une cotisation. Qu'est-ce que les gens imaginent ? Que tout est gratuit ? Il faut bien que quelqu'un paie pour la location du terrain, la buvette et les récompenses. Je ne peux pas tout financer moi-même. » Cette année se tiendra donc le dernier championnat de tir sur cible de la Tri-County League. « Ça m'attriste de devoir dissoudre la fédération, dit Wolicki, mais je n'ai pas vraiment le choix. On a besoin de tireurs, pour organiser un tournoi. Si les tireurs refusent de payer, ils ne peuvent pas faire partie de la fédération, et sans fédération, pas de compétitions. »
Mais Wolicki ne compte pas pour autant faire une croix sur sa passion. « Je vais continuer de tirer, j'adore m'entraîner en plein air, mais il est temps que quelqu'un d'autre prenne les rênes si les tireurs veulent recommencer à s'affronter en compétition. »

Josie lut le texte deux fois, puis reprit ses recherches dans les deux journaux en quête d'autres articles traitant de la fédération de tir sur cible entre 1965 et 1977, en vain. Elle n'avait existé que pendant six années. Comment se faisait-il qu'il n'y ait aucune mention du nom des champions ?

— Parce que ce serait trop simple, marmonna-t-elle pour elle-même.

Elle imprima l'article puis quitta la bibliothèque. Si Brody Wolicki était toujours en vie, peut-être qu'il se souviendrait du nom de la personne ayant remporté la boucle de ceinture en 1973.

38

Prise d'un soudain regain d'énergie, Josie décida de se rendre au siège de Sutton Stone Enterprises pour parler à Zachary Sutton. Mettner avait déjà effectué quelques recherches préliminaires avant d'auditionner les anciens collègues de Colette, qu'il avait partagées avec Josie. C'est ainsi que celle-ci avait appris que le siège de l'entreprise se trouvait à quarante-cinq minutes au sud-est de Denton, dans une région isolée près des montagnes. Le bâtiment était moderne, tout en verre, perché au-dessus de la première carrière de la famille Sutton, fondée à la fin du XIXe siècle par l'arrière-grand-père de Zachary Sutton. C'était à plusieurs kilomètres de la ville la plus proche, même si un petit hameau du nom de Mount Haven, à vingt kilomètres de là, partageait le même code postal.

Zachary Sutton était jeune quand il avait pris les rênes de l'entreprise dans les années 1960, sous la supervision de son père, et lui avait donné un nouvel élan : il avait acheté de nouvelles parcelles de terrain dans l'État et creusé de nouvelles carrières. Il avait également diversifié leur gamme de produits : en plus du marbre et des roches calcaires, ils proposaient désormais du granulat pour asphalte, un matériau grossier utilisé sur les chantiers de construction du monde entier, de la terre végétale et de la tourbe. Josie savait qu'il avait offert un salaire très généreux à Laura quand elle avait changé de poste. Colette lui avait plusieurs fois raconté fièrement que la première chose que Laura avait faite en tant que directrice des relations publiques avait été de mener des campagnes d'information dans chacune des villes accueillant une carrière, s'attirant ainsi la bienveillance des habitants, ce qui avait permis de dorer un peu plus le blason de l'entreprise. Elle avait fait du si bon boulot qu'elle avait ensuite rapidement gravi les échelons jusqu'à devenir vice-présidente.

Josie sentit la différence de pression dans ses oreilles alors qu'elle gravissait une route de montagne menant à l'entrée de la carrière. La végétation de part et d'autre de la route lui donnait un sentiment d'enfermement, et pourtant, quand elle parvint au sommet de la pente et que le bâtiment de Sutton Stone Enterprises lui apparut, étincelant sous la lumière du soleil, elle eut l'impression d'être sur le toit du monde. Elle gara sa voiture dans le parking des visiteurs et s'avança vers la porte principale. Un coup d'œil en contrebas lui donna le vertige. Les camions, engins et piles de pierres ressemblaient à des fourmis, dans le fond de cet énorme cratère creusé dans la roche. Elle s'agrippa à une rampe pour se stabiliser. Autour des parois de la carrière s'étendait une forêt à perte de vue.

Derrière la double porte, elle découvrit un comptoir d'accueil tenu par une femme aux cheveux gris avec une chemise rose. Josie s'y présenta et demanda à rencontrer M. Sutton. Dubitative, l'hôtesse décrocha le téléphone. Elle ne cacha pas sa surprise quand il lui dit de faire monter immédiatement Josie dans son bureau, d'une voix suffisamment forte et claire pour que cette dernière l'entende. La réceptionniste lui expliqua le chemin à suivre, et elle grimpa un escalier jusqu'au deuxième étage. Là, une mezzanine de verre surplombait le hall d'entrée. Josie repéra sans difficulté le grand bureau de

Zachary Sutton. Il était clos par une double porte vitrée, mais derrière la grande table centrale et les fauteuils destinés aux visiteurs se trouvait une gigantesque baie vitrée, à travers laquelle les rayons du soleil, aveuglants, entraient à flot. Josie s'attendait à ce que la chaleur soit étouffante à l'intérieur, comme dans une serre, mais, quand Sutton vint l'accueillir à la porte pour l'inviter à entrer, la pièce était étonnamment fraîche.

Une table basse blanche et moderne était entourée de quatre fauteuils corail.

— Asseyez-vous, dit Sutton avec un sourire. Je me souviens vous avoir vue lors des funérailles de Colette. Nous n'avons pas eu la chance d'être présentés, mais Noah m'a expliqué qui vous étiez. Vous êtes sa petite amie, c'est bien cela ?

— Euh... oui, répondit Josie, perchée sur le bord d'un fauteuil. Nous travaillons ensemble au commissariat de Denton.

Sutton s'installa face à elle et fit reposer sa cheville gauche sur son genou droit. Il portait un pantalon kaki avec des mocassins et une chemise bleue légèrement déboutonnée, sans cravate. Ses mains, grandes et veineuses, étaient posées sur le tibia de sa jambe gauche.

— J'imagine que vous êtes ici en tant que représentante des forces de l'ordre, alors. Laura m'a parlé ce matin de l'incendie survenu dans la maison de Colette. Quelle tragédie... J'ai également appris pour la blessure de Noah, mais je suis heureux que personne n'ait été tué.

— Moi aussi, dit Josie.

— En quoi puis-je vous aider, ma chère ? Votre collègue s'est déjà déplacé la semaine dernière et a interrogé quasiment tout le monde ici.

— Mettner est très méticuleux. J'ai juste quelques questions supplémentaires à vous poser. Vous avez fréquenté Colette pendant plusieurs décennies.

Sutton hocha la tête ; une expression empreinte de tristesse et de nostalgie passa sur son visage ridé.

— Je crois qu'elle venait d'avoir vingt ans quand elle a commencé à travailler ici comme secrétaire. Elle était très douée, et mon père a fini par lui proposer de devenir son assistante. Quand je l'ai remplacé en 1980, donc trois ans plus tard, si je me souviens bien, j'ai gardé les mêmes employés.

— Vous avez donc été en étroite collaboration pendant des années, conclut Josie.

— Oh oui, de nombreuses années. Nous avons tout traversé ensemble, les bons comme les mauvais moments. Les difficultés et les réussites de l'entreprise, la naissance de ses enfants, le décès de sa mère et de mon père, son divorce...

— Vous aviez l'air très proches.

— Autant que puissent l'être un patron et son employée, oui. Autant que puissent l'être deux personnes telles que nous.

Il ponctua cette phrase d'un petit rire.

— Que voulez-vous dire ?

— La raison pour laquelle Colette et moi nous entendions si bien, c'est que nous nous ressemblions beaucoup. Nous étions discrets, timides, stoïques, on ne se laissait pas emporter par nos émotions. Vous savez, quand son mari l'a quittée, elle est venue dans mon bureau et m'a dit : « Mon mariage est terminé. C'est un peu compliqué, je vais peut-être devoir prendre quelques jours », sur le même ton qu'elle utilisait pour me lire mon emploi du temps chaque matin.

— Terre à terre.

— Oui.

— L'avez-vous déjà vue pleurer ?

L'un de ses sourcils blancs et broussailleux se fronça.

— Oui, je crois. Peut-être la fois où son fils s'est cassé le nez ?

— J'ai entendu parler de cette histoire. C'était Noah. Il était censé être photographié juste après, et on aurait dit qu'il s'était battu.

Sutton rit.

— Les garçons sont intenables. Je lui ai dit de ne pas s'en faire, que son visage allait finir par dégonfler, que les bleus disparaîtraient, et que son fils redeviendrait aussi beau qu'avant.

— Et vous ? Vous avez des enfants ?

— Non, je n'en ai pas. Je ne me suis jamais marié. Cette entreprise est mon bébé, ma passion.

Josie jeta un œil par la baie vitrée qui offrait une vue imprenable sur les profondeurs de la carrière.

— Vous êtes à la tête d'un sacré empire. Que se passera-t-il quand vous prendrez votre retraite ? Si vous me permettez de vous poser cette question.

Il lui fit un clin d'œil.

— Tout le monde se pose cette question. Je n'ai pas d'héritier, alors forcément... Si je vous le dis, êtes-vous tenue au secret professionnel en tant que policière ?

Josie sourit.

— Vous devez confondre avec les prêtres et les avocats. Non, je ne suis pas tenue au secret professionnel, mais je peux vous promettre de n'en parler à personne d'autre que mes collègues.

Sutton leva la main et fit mine de la menacer de son index.

— Même pas à Noah ?

Josie se fit la réflexion que, Noah n'étant pas en mesure d'avoir une conversation avec elle, la question ne se poserait pas.

— Même pas à Noah, promit-elle.

— Je forme Laura pour qu'elle prenne ma suite. Elle en est vraiment capable. J'ai déjà tout anticipé, même si elle n'est pas encore au courant.

— Laura Fraley ? demanda Josie, sous le choc.

Cela n'avait pourtant rien d'étonnant. Elle savait à quel point la jeune femme était investie dans l'entreprise et aimait son travail. Et puis, elle était déjà vice-présidente.

Il confirma d'un hochement de tête.

— Monsieur Sutton, reprit Josie, j'ai quelques questions personnelles à vous poser. Au sujet de Colette. Je ne tiens pas à vous mettre mal à l'aise, mais je suis obligée de le faire.

— Nous n'avons pas eu d'aventure, déclara-t-il sans la moindre gêne. C'est là que vous vouliez en venir, non ? Après sa mère, son mari et ses enfants, je suis la personne avec qui elle a passé le plus de temps. Je l'ai toujours considérée avec respect et, aujourd'hui, sa fille est sur le point de prendre la tête de cette entreprise. C'est assez logique que vous vous posiez cette question. Je pense que ç'a été le cas de beaucoup de monde. La liaison entre le grand patron et sa secrétaire... C'est un grand classique, pas vrai ?

Josie le dévisagea.

— Je ne sais pas si c'est une question que tout le monde se poserait, mais je me devais de le faire dans le cadre de mon enquête.

— Je comprends.

— Savez-vous si Colette a fréquenté d'autres hommes ?

— Il ne me semble pas. Si tel était le cas, je ne pense pas qu'elle m'en aurait parlé. Nous n'avions pas ce genre de relation.

— Vous a-t-elle déjà parlé d'un certain Ivan ?

Il haussa un sourcil.

— Oui, ça me dit quelque chose.

— Ils auraient été camarades d'école, ajouta Josie.

Il claqua des doigts.

— Ah oui ! Ce doit être le jeune homme qu'elle m'avait demandé d'embaucher.

— Elle vous a demandé d'embaucher quelqu'un ?

— C'était il y a au moins trente ans. Je crois qu'il s'appelait comme ça. Ce n'est pas un prénom courant, et je me rappelle qu'elle m'a dit qu'ils étaient au collège ensemble.

— C'était en quelle année ?

Il se frotta le menton en y réfléchissant.

— Je venais tout juste de prendre la place de mon père.

C'est à moi qu'elle a demandé de l'embaucher, pas à mon père, donc le changement avait forcément déjà eu lieu.

— À quel poste voulait-elle que vous l'embauchiez ?

Il haussa les épaules.

— Dans mon souvenir, n'importe lequel. Elle m'a dit qu'il était dans une mauvaise passe, mais que c'était un bon gars et qu'il avait besoin de travailler.

— Et vous l'avez embauché ?

— Oui, comme ouvrier, si ma mémoire ne me fait pas défaut.

Il la regarda droit dans les yeux.

— Vous savez, inspectrice Quinn, c'était il y a très longtemps. Ma mémoire n'est plus ce qu'elle était. Je peux me tromper. Peut-être que ce garçon ne s'appelait pas du tout comme ça.

Mais il s'agissait bien d'Ivan, Josie en était certaine.

— Combien de temps a-t-il travaillé ici ?

— Pas très longtemps, je crois. Quelques années, peut-être ? J'ai eu tellement d'employés, je ne me souviens pas de chacun d'entre eux précisément.

— Est-ce que vos archives du personnel remontent aussi loin ? tenta-t-elle.

Il sourit.

— C'est possible, mais ces documents, si tant est qu'ils existent, ne sont pas stockés ici. Mais je peux sans problème demander à mon équipe de jeter un œil. La technologie fait des merveilles, vous savez ? Je peux même leur demander de scanner ce qu'ils trouvent et de vous l'envoyer directement par mail. Un vrai miracle, non ? rigola-t-il.

Josie ne put réprimer un sourire.

— Oui, sans doute.

— Ça l'est, je vous assure ! Vous êtes trop jeune pour vous rappeler l'époque où toute cette technologie n'existait pas. C'est vraiment incroyable.

— Vous pensez que je pourrais avoir accès aux registres du

personnel sur la période où Ivan faisait partie de vos effectifs ? Nous recherchons toutes les personnes dont Colette a été proche, alors si certains employés ont travaillé de nombreuses années avec elle, nous aimerions avoir leur nom pour les interroger.

Il se leva et se dirigea vers son bureau.

— Je m'en occupe tout de suite.

Il attrapa un stylo et griffonna sur un carnet. Puis il ouvrit un tiroir et en sortit une carte de visite. Josie se leva à son tour et vint la récupérer.

— Ma ligne directe est dessus, dit-il. Si vous avez une carte, je la ferai passer à mon équipe pour qu'ils puissent vous contacter directement. Mais gardez la mienne, au cas où il y aurait un souci.

Josie tira une de ses propres cartes de la poche poitrine de sa veste et la lui tendit.

— Merci beaucoup, monsieur Sutton.

Des rides se formèrent autour de ses yeux.

— Je vous en prie, ma chère. Colette était une femme adorable. J'espère que justice sera faite.

39

Josie marcha péniblement jusqu'à la grande salle du commissariat. La montée d'adrénaline qu'elle avait ressentie en interrogeant Zachary Sutton et en en apprenant un peu plus sur Ivan avait disparu sur le trajet du retour. Ses trois messages et son coup de fil à Noah étaient restés sans réponse. Elle pria pour que la porte de Chitwood soit fermée, ou qu'il soit occupé, mais elle n'eut pas cette chance ; à l'instant où son postérieur se posa sur son fauteuil, la voix de son chef résonna dans la pièce.

— Quinn !

Elle pivota et l'observa, debout dans l'embrasure de la porte, avec ses cheveux blancs flottant, indisciplinés, autour de son crâne de plus en plus chauve.

— Monsieur ?

Josie s'attendait à une tirade sur l'attention que l'affaire Colette Fraley-Beth Pratt allait attirer, mais tout ce qu'il dit fut :

— Comment va Fraley ? Vous avez pu lui parler ce matin ?

Josie se passa une main sur le visage.

— Oui. Je lui ai parlé. Il était encore un peu sonné, il avait mal, mais ça allait.

Chitwood hocha la tête.

— J'ai fait un saut à l'hôpital dans la nuit après son opération, mais vous dormiez tous les deux.

C'est exactement ce que Josie aurait fait en tant que cheffe si deux de ses agents avaient échappé de peu à la mort, mais elle n'aurait pas imaginé ça de Chitwood. Peut-être commençait-il à s'adoucir ?

— Allez, je vous veux dans mon bureau avec Mettner et Palmer à 16 heures pétantes pour un débrief de cette catastrophe. Et vous avez intérêt à avoir avancé.

— Pas gagné, murmura Josie dans un souffle tandis que Chitwood refermait brutalement la porte.

Elle venait de trouver l'adresse actuelle de Brody Wolicki quand Gretchen apparut à son côté. Elle déposa un gobelet de café et un sachet de chez *Komorrah's Koffee* sur son bureau.

Josie s'en empara et le déchira pour y trouver deux *Cheese Danish*. Elle leva les yeux vers Gretchen, assise à son bureau, qui sirotait son café.

— Tu ne veux pas m'épouser ? plaisanta-t-elle.

Gretchen éclata de rire et recracha son café qui dégoulina sur son menton. Elle s'essuya d'un revers de manche.

— Je ne suis pas sûre que Noah serait d'accord.

Josie mit alors Gretchen au courant de ce qui s'était passé avec lui et sa sœur dans la matinée.

— Bon, déclara Gretchen, c'est pas plus mal, s'il ne reste pas dans les environs. C'est plus sûr. S'il a besoin de temps, laisse-lui du temps. Il t'aime, tu sais.

Josie soupira. Elle n'était pas sûre que cela suffise, mais elle avait à traiter des choses plus graves que son cœur blessé.

— J'ai une bonne nouvelle. Normalement. Appelle Mettner.

Elle le joignit sur son téléphone portable et, cinq minutes plus tard, il avait pris place devant le bureau vide de Noah pour que Josie leur parle de l'article de journal sur Wolicki et de son entretien avec Sutton. Mettner pianotait comme un fou sur son téléphone pour tout prendre en note.

— Combien de temps pour récupérer les registres du personnel ? demanda-t-il.

Josie haussa les épaules.

— S'ils remontent jusque-là ? Peut-être une semaine. J'ai posé la question à Sutton avant de partir. Qu'est-ce que ça a donné à l'église catholique ?

Mettner adressa un signe de tête à Gretchen, qui ramassa une liasse de papiers sur son bureau et la lui tendit.

— Ça, c'est une liste des enfants inscrits à l'école St. Agatha entre 1958 et 1966. Colette y figure. Mais pas de trace d'Ivan.

— Quoi ? paniqua Josie en passant frénétiquement en revue le document. Tu te fiches de moi ?

— J'aimerais bien, déplora Gretchen. Surtout si on ne met pas la main sur ces registres du personnel. Bon, ça, c'était la mauvaise nouvelle. La bonne, c'est que j'ai une autre piste. Regarde les noms des enseignants.

Josie repéra les noms des nonnes et professeurs laïcs ayant enseigné à St. Agatha quand Colette y était scolarisée.

— J'y suis.

— Il y avait une nonne, sœur Mary Elsa. Son vrai nom est Tracy Schmidt. Elle a quitté les ordres en 1967.

— Quitté les ordres ?

— Oui. Apparemment, ça a fait grand bruit.

Josie haussa un sourcil.

— Comment est-ce que tu es au courant de ça ?

Gretchen sourit.

— La secrétaire de la paroisse a pas loin de quatre-vingts ans. Elle a commencé sa carrière au secrétariat de l'école à vingt-cinq ans.

— Et elle n'a jamais entendu parler d'un Ivan ?

— Non, mais elle a dit qu'elle n'avait jamais été douée pour retenir le nom des élèves, intervint Mettner.

Josie rigola.

— Super, pour une secrétaire.

— Ça fait un paquet de noms à se rappeler, tempéra son collègue. Elle a travaillé là-bas pendant plusieurs dizaines d'années. Les enseignants restaient plus longtemps que les élèves. Ce dont elle se souvient, par contre, c'est des ragots, et le départ de sœur Mary Elsa a causé un véritable scandale.

— Qu'est-ce qui s'est passé ? demanda Josie en reposant les papiers pour boire une gorgée de son café.

— La secrétaire ne sait pas exactement pourquoi elle est partie, répondit Gretchen, mais elle est partie. C'était ça, le scandale. Les nonnes s'engagent pour leur vie entière. À l'époque, c'était inimaginable qu'une sœur revienne sur cet engagement.

— Et donc, reprit Josie, la secrétaire de l'école pense que cette nonne pourrait savoir quelque chose ?

— A priori, elle et Colette étaient plutôt proches, dit Mettner.

— Et ensuite, pendant qu'elle était au lycée, Colette a rejoint l'Église épiscopalienne sans un regard en arrière, dit Josie.

— Oui. Elles ont toutes les deux quitté l'Église catholique, fit remarquer Gretchen. On tient quelque chose, c'est sûr.

— Quelque chose qui va nous mener à cet Ivan ? demanda Josie avec espoir.

Gretchen haussa les épaules.

— Difficile à dire. Il va falloir lui poser la question.

Mettner se leva.

— Allons interroger cette Tracy Schmidt.

— En espérant qu'elle soit toujours en vie, nota Josie.

40

Tandis que Mettner et Josie se mettaient à la recherche de Tracy Schmidt, Gretchen se chargea de Brody Wolicki et partagea ses trouvailles par message avec ses deux collègues. Il était toujours en vie mais avait déménagé dans le comté de Sullivan, situé dans une région reculée de Pennsylvanie, à environ trois heures de Denton. La sœur de Luke Creighton, l'ex-fiancé de Josie, possédait une ferme par là-bas ; Josie s'était donc déjà rendue dans ce comté. Elle tenta deux fois de joindre Wolicki par téléphone, sans réponse. Après une brève conversation avec Mettner, ils décidèrent qu'elle se rendrait sur place à la première heure le lendemain matin.

L'ex-nonne, Tracy Schmidt, âgée d'environ quatre-vingts ans, était elle aussi bien vivante et habitait dans un quartier pauvre de Denton. Son appartement se trouvait dans un vieil immeuble en briques de quatre étages, dans une rue où les mauvaises herbes poussaient à travers les fissures dans le bitume, et où les déchets s'amoncelaient à perte de vue. L'immeuble voisin de celui de Schmidt était condamné ; les étages supérieurs avaient brûlé dans un incendie quelques années plus tôt. Les fenêtres du rez-de-chaussée avaient été brisées, fermées avec des planches, elles-mêmes fracassées par la suite. Josie avait appris par ses collègues de patrouille que les lieux étaient régulièrement squattés par des SDF. L'autre immeuble voisin accueillait un restaurant asiatique et une petite laverie automatique, ainsi que ce qui semblait être des appartements aux étages supérieurs. De l'autre côté de la rue s'entassaient de grosses maisons mitoyennes. Une épicerie occupait le rez-de-chaussée du bâtiment qui faisait l'angle. Des hommes vêtus de sweaters à capuche fumaient des cigarettes sur le trottoir devant.

Josie et Mettner se garèrent devant l'immeuble de Schmidt et entrèrent par une double porte en bois aux vitres en verre fumé. Sur le mur de gauche se trouvaient quelques boîtes aux lettres et, sur la droite, un escalier menait aux étages.

— Elle habite au numéro 4, indiqua Josie en désignant l'étiquette collée sur une boîte aux lettres où était écrit « Schmidt » au marqueur noir épais.

Ils gravirent les marches vétustes jusqu'au premier étage. L'air sentait le moisi et le couloir, recouvert d'une moquette bordeaux miteuse, était éclairé par deux ampoules qui pendaient du plafond, diffusant un halo jaunâtre. Les portes menant aux appartements étaient en bois et semblaient avoir été repeintes tant de fois au fil des ans qu'elles étaient désormais toutes d'une teinte indéterminée, proche du marron foncé. Ils s'arrêtèrent devant la porte marquée du numéro 4, et Mettner frappa. Après quelques secondes, il frappa de nouveau.

L'espace d'un instant, Josie crut que Tracy Schmidt était morte à l'intérieur, étouffée, son corps étendu sur le sol. Mais, enfin, ils perçurent du mouvement dans l'appartement, et une voix de femme s'éleva :

— Une minute.

Ils entendirent des bruits de pas, puis la porte s'ouvrit en grinçant. Une vieille femme aux épaules voûtées, aux cheveux gris coupés court et à la frêle silhouette les dévisagea. Elle portait un pantalon et une veste de survêtement bleu marine. Une paire de pantoufles roses apportait une touche de couleur à l'ensemble. Des rides creusaient chaque centimètre visible de sa peau, depuis son visage jusqu'à ses mains arthrosiques. D'épaisses lunettes reposaient sur son nez étroit, ce qui ne l'empêcha pas de plisser les yeux pour mieux les voir.

— Qui êtes-vous ? demanda-t-elle.

Mettner se chargea des présentations. Avant même qu'ils aient pu sortir leur badge, elle les invita à entrer, se mouvant avec lenteur et précaution. L'appartement était un studio de la taille du salon de Josie. Il n'y avait que deux endroits où s'asseoir : le lit et le fauteuil inclinable placé juste à côté. Sur une desserte se trouvaient une télécommande, une tasse de café, des mouchoirs et quelques flacons de médicaments. Au pied du lit, une table sur laquelle était disposée une télévision, et une commode. De l'autre côté du lit et du fauteuil, on avait un petit plan de travail avec un évier et un four. Une porte en bois peinte en noir était entrouverte dans la kitchenette ; Josie entraperçut la porcelaine blanche d'une cuvette de toilettes.

— Asseyez-vous, dit Tracy Schmidt, s'installant elle-même sur le fauteuil.

Josie et Mettner s'assirent au bord du matelas, sur un couvre-lit fleuri. Mettner sortit son téléphone et ouvrit son application de prise de notes.

— Merci d'avoir accepté de nous parler, madame Schmidt.

La femme balaya la remarque d'un geste.

— Je n'ai pas souvent de visiteurs. Plus maintenant. Vous êtes venus me parler de St. Agatha, j'imagine ?

— Nous savons que cela ne date pas d'hier, mais nous espérions que vous pourriez nous aider, dit Josie. Vous rappelez-vous une élève du nom de Colette Riggs ? Elle a été scolarisée à St. Agatha entre 1958 et 1966.

Tracy hocha la tête.

— Lettie. C'est comme ça qu'on l'appelait à l'époque. C'est

sous ce nom que je l'ai toujours connue... Et elle vient de mourir. Je n'ai pas pu me rendre aux obsèques. J'ai du mal à me déplacer. J'imagine qu'elle a été assassinée, alors. C'est ce que cela signifie quand on lit « décédée brutalement » dans un avis de décès ?

— C'est parfois le cas, oui, répondit Mettner.

— Quel rapport avec St. Agatha ?

— Nous ne savons pas encore exactement, intervint Josie. Mais nous tentons de retrouver une personne qui aurait été scolarisée à la même période qu'elle dans cette école. Un homme. Nous n'avons pas retrouvé son nom sur la liste des élèves, alors que celui de Colette y figurait. Elle avait dit à son mari qu'il s'appelait Ivan. De toute évidence, sa mère le connaissait également.

Deux cercles roses se dessinèrent sur les joues de Tracy. Elle cligna plusieurs fois des yeux.

— Je vois qui c'est.

Josie sentit son cœur s'emballer. À l'idée qu'enfin ils obtiennent des réponses à cette question fondamentale dans leur enquête, l'adrénaline pulsa dans ses veines.

— Est-ce qu'il était élève là-bas ? demanda Mettner.

— Oui. Il était dans la même classe que Lettie. Ils étaient très proches, tous les deux. Leurs mères respectives travaillaient au presbytère, vous savez. Ils n'ont intégré l'école que pour cette raison : ils n'avaient pas à payer de frais de scolarité.

— Mais s'il était élève là-bas, comment se fait-il que son nom n'apparaisse pas sur la liste ? demanda Josie. Celui de Colette y est, lui.

Tracy papillonna de nouveau des yeux. Elle tendit une main tremblante vers la boîte de mouchoirs et en utilisa un pour tamponner ses yeux chassieux.

— C'est à cause de ce qui s'est passé. Ces salauds ont supprimé son nom pour qu'il n'y ait aucune preuve.

Josie sentit un picotement dans sa nuque.

— Qu'est-ce qui s'est passé ?

— À votre avis ? cracha Tracy. Un des prêtres s'en est pris à ce pauvre garçon, s'est amusé avec lui. Il lui a fait... des choses.

— Et Ivan l'a dit ? l'interrogea Mettner.

— Non, bien sûr que non. À l'époque, les choses comme ça ne se disaient pas. Surtout quand on était un garçon. C'est Lettie qui en a parlé. Elle les a surpris, un jour. Sa mère lui avait demandé d'aller nettoyer la sacristie. C'est là qu'elle a vu le prêtre abuser d'Ivan, qui était enfant de chœur.

— À qui en a-t-elle parlé ? demanda Josie.

Elle savait qu'encore aujourd'hui, le sujet des agressions sexuelles au sein de l'Église catholique demeurait un grand tabou. De nombreuses victimes n'obtenaient jamais justice, même après avoir alerté leurs parents et les autorités.

— À moi, répondit Tracy. Elle est venue me voir, en pleurs, bouleversée. On était proches, Lettie et moi. Elle était si mignonne. Mignonne et fougueuse. Ivan lui avait demandé de n'en parler à personne. Ils allaient bientôt commencer le lycée, il était persuadé qu'une fois l'année terminée, il risquerait bien moins de croiser ce prêtre. Je pense qu'il ne voulait pas que ça se sache. Il avait honte.

— Quelle horreur, commenta Josie tandis que Mettner écrivait dans son téléphone. Qu'avez-vous fait ?

— Je suis allée voir la mère supérieure. Elle m'a dit que nous devions prier pour l'âme de ce prêtre.

— C'est tout ? s'écria Mettner.

Tracy secoua la tête.

— Ce n'était pas suffisant. Ni pour moi ni pour Lettie. Je lui ai dit que j'avais besoin d'un peu de temps pour déterminer comment agir, mais elle a décidé que ce n'était pas juste. Les adultes ne prenaient pas le problème suffisamment au sérieux à son goût. Ou peut-être qu'elle savait que rien ne changerait, que personne d'importance ne croirait jamais deux gamins et une nonne. Ou que même si on les croyait, personne n'en aurait rien à faire.

— Alors, qu'est-ce qu'elle a fait ? la pressa Josie.

— Sa mère s'occupait de cuisiner pour les prêtres. C'est elle qui préparait tous leurs repas. Lettie les leur apportait dans leur chambre. Le petit déjeuner et le dîner, en tout cas, quand elle n'était pas en cours. Ce prêtre en particulier a commencé à être très malade. Il passait son temps aux toilettes. Il n'avait plus la possibilité de faire son travail et encore moins de s'en prendre aux enfants de chœur. Il a perdu du poids. Puis Lettie a pris l'initiative d'écrire à l'évêque, et l'évêque et certains de ses auxiliaires – ses assistants, pour ainsi dire – ont débarqué à St. Agatha pour tenter de faire taire ces enfants. Ils n'ont rien reproché au prêtre, ce sont Lettie et Ivan qui en ont subi les conséquences. C'était si injuste. La mère de Colette a failli perdre son emploi, et Ivan et sa mère ont dû quitter la ville.

— Qu'est-ce que Colette avait donné au prêtre ? demanda Josie. Est-ce qu'il a fini par le découvrir ?

Tracy sourit pour la première fois depuis leur arrivée.

— De l'huile de ricin. Beaucoup, beaucoup d'huile de ricin. Je ne sais pas comment il a pu ne jamais s'en apercevoir. Je sais que j'aurais dû la réprimander, et j'ai effectivement prié pour elle, mais je comprenais... Je comprenais son sentiment d'impuissance. Je n'ai jamais eu son courage.

— Vous avez quand même quitté les ordres, nuança Mettner. C'était un acte courageux, d'autant plus à l'époque. J'imagine que l'avenir d'une nonne excommuniée ne s'annonce pas radieux.

— Voilà qui est bien vrai, mon cher, confirma Tracy avec un soupir. Je me demande parfois si tout cela en valait la peine. J'ai enchaîné les petits boulots toute ma vie jusqu'à ce que je n'en sois plus capable. Je m'en sors à peine, mais j'ai suffisamment travaillé pour pouvoir continuer à vivre ici. Je ne pouvais pas rester nonne en sachant ce que cet homme faisait, et en sachant que personne n'y mettrait jamais un terme.

— J'en suis désolé, dit Mettner. Je ne peux qu'imaginer à quel point ç'a été difficile.

— Savez-vous ce qu'est devenu Ivan ? demanda Josie.

Tracy secoua la tête.

— Est-ce qu'à tout hasard vous vous rappelez son nom de famille ?

— Hmm... Je ne suis pas certaine. C'était un nom allemand. Ça commençait par un U. Il faudrait que j'y réfléchisse.

Mettner lui tendit une carte de visite.

— Si jamais cela vous revient, vous voulez bien nous appeler immédiatement ? C'est important.

41

— Courageuse, répéta Josie pour la cinquième fois dans la voiture qui les ramenait au commissariat. Colette était courageuse.

— Oui, vraiment courageuse, confirma Mettner. Elle avait quoi... treize ans ?

— Elle avait un courage incroyable, poursuivit Josie. Ce qui est cohérent avec la femme qu'elle était aux yeux de Noah et aux miens. Une belle personne. Pas une tueuse en série. Pas une femme qui dissimulait de terribles secrets.

— C'est vrai, concéda Mettner.

— Vous pensez qu'une personne capable de se mouiller comme ça pour un ami – même un ami d'enfance – multiplie-rait les adultères ?

— Difficile à dire. Les gens changent.

— Pas tant que ça. On passe à côté de quelque chose. Elle a refusé de garder le secret quand Ivan a été abusé par un prêtre, même si elle se mettait en danger, et sa mère aussi.

— C'était une lanceuse d'alerte.

— Oui. Alors pourquoi ne pas avoir dévoilé les secrets des Pratt ? s'interrogea Josie. Je ne sais comment, mais elle avait en sa possession un objet que Samúel Pratt portait sur lui le jour de sa mort, et cette clé USB... Rien ne dit que Drew ne l'avait pas sur lui quand il a disparu.

— Donc vous pensez qu'elle savait ce qui leur était arrivé ? dit Mettner.

— Je n'en sais rien. Je ne fais que supposer. Ce que je pense, c'est qu'elle gardait des secrets. D'énormes secrets. Et pourquoi le faire alors qu'elle avait été la première à vouloir dénoncer les actes d'un prêtre catholique, à une époque où personne ne faisait ça ?

— Elle a grandi. On devient moins courageux en vieillissant.

Josie lâcha un éclat de rire amer.

— C'est vrai. Mais elle a fait en sorte qu'Ivan ait un travail. Elle se souciait suffisamment de lui pour aller voir son patron et oser lui demander d'embaucher ce type.

— Elle était donc très proche de lui. Concernant les Pratt... Vous pensez qu'elle cherchait à faire savoir quelque chose ? Ou juste qu'elle savait ce qui leur était arrivé ?

— Je ne sais pas, murmura Josie, au comble de la frustration.

La fatigue reprenait le dessus. Elle pressa les doigts sur ses paupières.

— Je n'arrête pas de penser à ce que nous a dit Mason Pratt au sujet de Beth, qu'elle considérait que l'explication la plus simple et la plus évidente était la bonne.

— On en revient donc aux relations extraconjugales, dit Mettner. Avec Samuel Pratt, et peut-être avec cet Ivan.

Josie se frappa les cuisses du plat de la main.

— Mais ça ne colle pas. Je ne peux pas imaginer Colette tromper son mari à répétition. Et je ne peux pas non plus l'imaginer comme une tueuse en série... ou la complice d'un tueur.

— Peut-être qu'Ivan saura nous éclairer.

— Si on parvient à le localiser.

Mettner se gara dans le parking municipal derrière le commissariat.

— Il ne doit pas y avoir tant de noms allemands qui commencent par un U dans notre État. On va forcément le retrouver, ne vous inquiétez pas pour ça.

À peine furent-ils assis à leur bureau pour échanger avec Gretchen que la porte de Chitwood s'ouvrit à la volée, et sa voix s'éleva dans la pièce :

— Mettner ! Palmer ! Quinn ! Dans mon bureau, immédiatement !

Josie et Gretchen poussèrent un long soupir à l'unisson et se traînèrent jusqu'au bureau de Chitwood, Mettner sur les talons. Le chef, déjà assis, attendit qu'ils s'installent. Josie et Gretchen s'assirent, tandis que Mettner préféra rester debout entre elles. Chitwood pointa le policier du doigt et lui dit :

— À vous.

Mettner fit défiler les notes sur l'écran de son téléphone tout en lui résumant leurs découvertes des derniers jours, ainsi que les pistes qu'ils devaient encore creuser. Chitwood l'écouta avec attention, se mordillant l'intérieur de la joue.

— Donc, Palmer et moi, on va se mettre à la recherche de cet Ivan, conclut-il, et Quinn va partir dans le comté de Sullivan pour voir ce Wolicki.

Ils hochèrent tous la tête. Chitwood posa les coudes sur son bureau et se pencha vers eux.

— Jusqu'ici, on a réussi à garder la presse à distance, même si j'ai eu droit à quelques coups de fil de chaînes de télé au sujet de l'incendie chez Beth Pratt. Je vais devoir leur donner quelque chose à se mettre sous la dent rapidement, alors passez à la vitesse supérieure et donnez-moi du concret. Oh, et on a eu des retours de l'équipe d'identification criminelle concernant Pratt.

— Beth ou Mason ? interrogea Josie.

— Mason.

— Ils ont trouvé quoi ? demanda Mettner.

— Une empreinte de chaussure. Taille 44. Dans le jardin. Il y avait aussi des rayures et de la terre sur la clôture. On pense que l'agresseur s'est enfui par là. Hummel a fait un moulage et l'a mesuré, et ça ne correspond ni à Mason ni à personne de chez nous. D'après la forme de l'empreinte, la chaussure pourrait être de la marque Coyote Run. Ils fabriquent différents types de bottes revendues dans tout le pays, essentiellement dans des magasins de chasse et de sport.

Mettner commença à parcourir ses notes, mais Josie le devança.

— Vous en êtes sûr ? L'empreinte retrouvée sur la scène de crime dans le jardin de Colette était de taille 43.

Mettner cessa de scroller et désigna l'écran de son téléphone.

— Absolument. Taille 43.

Chitwood adressa à Josie un regard sceptique.

— C'est votre équipe qui s'est chargée des relevés. Vous pensez qu'ils auraient pu se tromper ?

Josie se hérissa. Elle savait pertinemment que ses collègues ne commettraient jamais une telle erreur. Elle pensait plutôt que Chitwood avait pu mal comprendre l'agent de l'équipe d'identification criminelle ou son rapport, mais se garda bien de le dire.

— On aurait donc deux suspects différents.

— Merde, lâcha Gretchen. Ça change tout.

— Non, déclara Josie avec assurance. Pas vraiment. On continue à suivre les mêmes pistes. Ça a commencé avec Colette Fraley, donc on poursuit là-dessus… On retrouve cet Ivan, et on essaie de retrouver le propriétaire de cette boucle de ceinture. On recherche toujours les mêmes choses. Simplement, on sait désormais que ça peut nous mener à deux personnes différentes. Ce que chacune de ces personnes a réellement fait ou non, on le déterminera une fois qu'on les aura arrêtées. Ce serait bien d'envoyer quelqu'un faire le tour des magasins de sport du comté, leur demander une liste des clients ayant acheté ce type de bottes cette année, et partir de là. En général, ces magasins ont un programme de fidélité donc, même si notre gars a payé en liquide, on devrait pouvoir retrouver une trace de l'achat.

— Je vais rédiger une demande de mandat, déclara Mettner.

— Et moi, je vais retrouver cet Ivan, ajouta Gretchen.

42

Après le travail, Josie alla rendre visite à Noah à l'hôpital. Il dormait, et Laura veillait à côté de son lit. Elle ignora totalement Josie quand elle prit place de l'autre côté, même si elle y resta plus de trois heures, jusqu'à ce que les soignants leur demandent à toutes les deux de partir, les visites étant officiellement terminées. Josie erra au volant de sa voiture pendant une heure, passa deux fois devant le *liquor store* proche de chez elle, luttant désespérément contre l'envie d'y entrer pour acheter une bouteille de Wild Turkey. Au lieu de ça, elle retourna à l'hôpital et utilisa son badge de policière pour accéder à l'étage de la chambre de Noah. Les lumières étaient éteintes, mais la télévision était allumée, le son réglé très bas. Elle sentit une vague de soulagement à l'idée de pouvoir passer un peu de temps seule avec lui. Elle marcha vers le lit et lui ébouriffa les cheveux. Il ouvrit à demi les yeux.

— Salut, dit-il. Il est quelle heure ?

— Tard. Je suis passée en fin d'après-midi, mais tu dormais. Comment tu te sens ?

— J'ai toujours beaucoup de douleurs.

Il jeta un œil autour de lui.

— Laura n'est plus là ?

Josie tenta de ne pas montrer à quel point elle était blessée.

— Non, elle a dû partir. Noah, je...

— Je rentrerai avec elle demain.

— Je sais. Je voulais juste... Enfin... Ç'a été un peu compliqué entre nous...

— Josie, je pensais vraiment ce que j'ai dit ce matin. Avec tout ce qui s'est passé, je n'arrive plus à réfléchir. J'ai besoin d'une pause.

— Reste ici, lâcha-t-elle soudain. Je demanderai un congé sans solde. Tu peux rester avec moi. Je ne travaillerai pas. Chitwood a fini par autoriser Gretchen à retourner sur le terrain, au moins un petit peu. Elle et Mettner sont parfaitement capables de gérer en mon absence. Je prendrai soin de toi.

Il secoua la tête.

— Non, j'ai besoin de partir. De prendre mes distances. J'ai besoin de passer du temps en famille.

Son cœur se serra. Elle n'aurait peut-être pas dû, mais elle vivait cela comme un rejet.

— Laura et Grady s'occuperont bien de moi.

Josie ravala la boule dans sa gorge.

— Je n'en doute pas.

Il referma les yeux. Josie patienta un peu, mais il ne les rouvrit pas. À la place, il se mit à ronfler. Elle n'avait plus qu'à partir.

Sur le chemin du retour, elle s'arrêta pour acheter une bouteille de Wild Turkey. Elle se roula en boule sur le canapé, la bouteille entre les mains, mais s'endormit avant d'avoir eu l'occasion de l'ouvrir.

Brody Wolicki faisait partie de ces gens qui n'avaient pas de téléphone portable. Cela dit, d'après les renseignements de Josie, le réseau mobile dans le comté de Sullivan laissait à désirer, si bien qu'une ligne fixe était le meilleur moyen d'entrer en contact avec le monde extérieur. Josie tenta de joindre Wolicki six fois avant de prendre la route. Il ne répondit jamais, si bien que, pendant tout le trajet, elle redouta le pire, tout en essayant de raisonner la petite voix en panique dans sa tête : il pouvait très bien être hospitalisé ou parti en vacances, ou alors il était peut-être juste sorti déjeuner quand elle avait appelé. Et pourtant, elle ne parvenait pas à se départir de ce sentiment de peur qui avait pris racine au creux de son ventre tandis qu'elle quittait la Route 80 à la sortie Buckhorn pour rejoindre les montagnes via la Route 42. Quand elle franchit la frontière du comté, les routes se firent encore plus étroites et sinueuses. Elle voulut entrer l'adresse de Wolicki dans le GPS, mais il ne la reconnaissait pas. Elle fit donc halte dans un magasin de Laporte pour acheter une carte routière, mais ils n'en vendaient pas. Heureusement, le vendeur savait où habitait Wolicki et put lui donner quelques vagues indications pour s'y rendre.

Elle repartit vers le nord, en longeant le parc d'État de Worlds End, et traversa Dushore où elle croisa le seul feu tricolore du comté. Elle s'engagea sur la route sans nom que lui avait indiquée le vendeur et s'éleva dans les montagnes, où une poignée de maisons étaient disséminées tous les quelques kilomètres. Plusieurs fois, elle bifurqua en direction de ce qu'elle pensait être la propriété de Wolicki. Mais après trois essais infructueux, elle se retrouva sur l'une des routes principales et erra ainsi près d'une heure avant de se diriger à contrecœur vers la ferme de Carrieann Creighton, le seul endroit qu'elle était capable de situer dans le comté de Sullivan. Ça n'avait pas fonctionné avec Luke, mais il n'y avait jamais eu de ressentiment entre sa sœur et Josie. Carrieann s'était mise en danger pour aider Josie dans l'affaire des jeunes filles disparues, et Josie était certaine qu'elle l'aiderait de nouveau aujourd'hui. Elle espérait qu'elle serait en mesure de lui indiquer précisément le chemin de la maison de Brody Wolicki.

La bâtisse n'avait pas beaucoup changé depuis la dernière visite de Josie, quelques années auparavant. Alors qu'elle roulait sur le chemin cahoteux qui s'étendait sur plusieurs centaines de mètres entre la route et la maison, elle remarqua que les volets venaient d'être repeints. Ils brillaient sous le soleil. Un gros chien de Saint-Hubert aux oreilles tombantes et aux airs de Droopy était allongé sous le porche, la tête posée sur ses pattes avant. Il ne réagit pas quand Josie se gara et sortit de la voiture, mais il remua doucement la queue quand elle monta les marches.

— Salut, toi, chuchota-t-elle.

Elle s'accroupit et lui présenta le dos de sa main, que le chien renifla sans le moindre intérêt.

— C'est Blue, lança une voix d'homme depuis la porte d'entrée. Comme tu peux le voir, c'est un bon chien de garde.

La contre-porte s'ouvrit et Luke s'avança. Le cœur de Josie bondit dans sa poitrine. Il faisait plus d'un mètre quatre-vingts, et elle s'était toujours sentie toute petite à côté de lui. Il avait pris du poids, mais c'était du muscle, pas du gras. Il avait abandonné la coupe militaire qu'il avait été obligé d'arborer pendant ses années dans la police d'État et laissé pousser ses cheveux bruns ainsi que sa barbe. Il portait un jean sale et déchiré, un sous-pull blanc devenu gris à force d'être lavé, et des bottes.

— Je ne pensais pas te revoir un jour, lui dit-il en souriant.

Josie s'humecta les lèvres et se redressa.

— Je venais voir Carrieann.

Il fit un pas en avant.

— Elle est partie faire quelques livraisons. Elle sera de retour ce soir ou demain.

Le silence s'étira entre eux. Finalement, Josie ne tint plus.

— Tu... Tu habites ici, maintenant ?

— Oui. Ce n'est pas si mal. J'ai fait six mois de prison, et je suis en liberté conditionnelle, maintenant – j'avais un super avocat. Alors je donne un coup de main à Carrieann, et en échange elle m'héberge.

— Super. Enfin, je veux dire...

Elle s'interrompit. Que pouvait-elle lui dire ? Que c'était super qu'il ne soit pas resté plusieurs années en prison ? Que c'était super qu'il ne soit pas devenu SDF ? Que c'était super qu'il n'ait pas pu poursuivre une carrière qu'il aimait tant ?

— Josie, reprit Luke d'une voix ferme. Je vais bien. Vraiment. Je m'en sors.

— Je suis heureuse pour toi.

Il s'avança encore, si bien que moins d'un mètre les séparait, désormais.

— Pour toi aussi, ça roule, non ? J'ai vu les épisodes de *Dateline* sur toi et Trinity.

Josie sourit malgré elle.

— J'ai retrouvé ma famille, oui. C'est... chouette.

— Qu'est-ce que tu voulais demander à Carrieann ? Je peux peut-être t'aider ?

Elle sentit son cœur reprendre une cadence normale. Se concentrer sur le travail la rassurait. Elle lui expliqua qu'elle devait parler à Brody Wolicki au sujet d'une affaire en cours.

Luke se gratta la tête et, pour la première fois, Josie remarqua les cicatrices sur sa main. Au cours de l'affaire qui avait fait voler sa carrière en éclats, mis un terme à leur relation et l'avait envoyé en prison, il avait été torturé. Ses deux mains avaient été écrasées, et plusieurs opérations avaient été nécessaires pour les soigner. Elles étaient désormais couturées de cicatrices argentées, jusqu'au bout des doigts. L'index et le majeur de la main qu'il passait dans ses cheveux paraissaient toujours un peu aplatis et déformés. Josie avala sa salive, essayant de se concentrer sur ce qu'il disait.

— Je crois que c'est de l'autre côté de Dushore. Il a installé un terrain de tir dans son jardin. Si tu veux, je peux t'y conduire.

— Oui, répondit Josie. S'il te plaît.

43

Au cours des vingt minutes de trajet jusqu'à la propriété de Brody Wolicki, ils réussirent à échanger plus facilement. Luke lui posa essentiellement des questions sur sa famille et sur tout ce qui lui était arrivé depuis la dernière fois qu'ils s'étaient vus. Tout en lui répondant, Josie envoya un message à Noah pour lui demander comment il se sentait et s'il avait déjà quitté l'hôpital. Pas de réponse.

— Alors, toi et Noah ?

— Comment tu sais ça ?

Il éclata de rire et tourna le volant de son pick-up. Josie remarqua alors que le petit doigt de son autre main était lui aussi irrémédiablement déformé ; l'extrémité pointait légèrement vers le haut. Malgré tout, il paraissait se servir de ses deux mains sans difficulté.

— Simple déduction. Vous étiez toujours fourrés ensemble, tous les deux. Et puis ça sautait un peu aux yeux qu'il craquait pour toi.

Josie grogna et tourna la tête vers la vitre pour regarder la forêt défiler de l'autre côté. *Plus tant que ça*, songea-t-elle.

— Je suis heureux pour vous, continua Luke. Noah est un type bien. Et voilà, on y est.

L'allée d'accès à la maison de Brody Wolicki était quasiment invisible au milieu des broussailles qui bordaient la route, mais Luke s'y engouffra comme s'il venait ici tous les jours. Il dut remarquer qu'elle le dévisageait car il déclara :

— Je t'ai dit, il y a un terrain de tir chez lui. Il est utilisé par plein de gars du coin.

Le véhicule rebondit sur le chemin en terre entouré d'une végétation luxuriante. Un minuscule chalet d'un brun terne apparut. Son toit semblait avoir été plusieurs fois réparé avec divers matériaux. L'un des murs était couvert de mousse. Josie repéra un autre sentier qui, estima-t-elle, devait mener au terrain de tir dont Luke lui avait parlé. Ils descendirent du pick-up, et Luke suivit Josie sous le petit porche. Elle frappa à la porte et attendit. Ils gardèrent le silence, attentifs au moindre bruit provenant de l'intérieur. Elle frappa de nouveau, en vain. Avec un soupir, Josie tourna les talons et redescendit les marches, espérant que Wolicki se trouvait au terrain de tir.

— Personne ne ferme à clé, par ici, indiqua Luke. Brody ! Hé, Brody !

Il tourna la poignée, et la porte s'ouvrit. À l'instant où Josie se retourna, l'odeur la heurta de plein fouet, lui provoquant un haut-le-cœur immédiat. Elle posa la main sur son arme, même si la partie logique de son cerveau lui disait que quoi qu'on ait fait à Brody Wolicki, cela avait eu lieu bien avant qu'elle arrive avec Luke.

Avec précaution, elle avança en se couvrant la bouche avec son avant-bras, ce qui n'empêcha pas ses yeux de s'emplir de larmes à cause de l'odeur. Le chalet n'était pas grand : une pièce faisait office de cuisine et de salon. Elle repéra deux portes dans un petit couloir sur la droite et supposa qu'elles donnaient sur la chambre et la salle de bains. L'ameublement était spartiate, avec des meubles dépareillés qui semblaient avoir été achetés dans une brocante. Un immonde tapis à poils longs bleu formait un ovale sur le sol de la pièce principale, entre un petit canapé fatigué marron et un poêle à bois éteint depuis longtemps.

Sur le tapis gisait ce que Josie devina être le corps de Brody Wolicki. Elle n'en était pas totalement sûre ; elle n'avait vu que la photo de son permis de conduire dans la base de données de la police, tandis que le corps devant elle n'était qu'une imitation poisseuse, noircie et gonflée d'un être humain. Son cerveau tournait déjà à plein régime. Josie savait que, dans les premières vingt-quatre à soixante-douze heures suivant la mort, les bactéries aérobies présentes dans le corps se nourrissaient de tout l'oxygène à l'intérieur, ce qui ouvrait la voie aux bactéries anaérobies. Quand ces bactéries anaérobies commençaient à proliférer dans les intestins, elles produisaient des gaz à l'odeur infecte qui faisaient gonfler le corps. Ce ballonnement bactérien, comme l'appelait parfois la docteure Feist, survenait entre quatre et dix jours après le décès.

Brody Wolicki était mort depuis un moment.

Josie se retourna pour parler à Luke, mais il n'était pas là. Elle ressortit et le trouva appuyé contre son pick-up, pâle à faire peur. Il tenait son téléphone entre ses mains tremblantes et, en s'approchant, elle l'entendit marmonner :

— Faut partir d'ici... appeler... partir... peux pas rester.

Josie tendit la main pour lui toucher le bras. Il sursauta, et son téléphone tomba dans la terre à ses pieds. Il se pencha pour le récupérer.

— Il faut que j'appelle, dit-il. Les secours. Il faut que j'appelle les secours.

Son index tremblait tandis qu'il essayait de déverrouiller l'appareil. Josie ressentit une vague de compassion et de tristesse. Elle s'agenouilla à côté de lui et posa un bras sur ses larges épaules.

— Luke, murmura-t-elle. Tout va bien. Je vais appeler.

Sans la regarder, il répondit :

— Je peux pas rester ici.

Elle lui prit le téléphone des mains et le rangea dans la poche de sa veste, puis se pencha vers lui et lui leva le menton pour qu'il croise son regard.

— Tout va bien, Luke. Tout ce que tu as à faire, c'est attendre dans le pick-up, d'accord ? Je m'occupe d'appeler les secours.

Alors qu'il se redressait péniblement, Josie sortit son propre téléphone et composa le numéro d'urgence. Pendant ce temps, Luke grimpa tant bien que mal sur le siège du conducteur et appuya son front contre le volant.

— Bonjour, où vous trouvez-vous ? demanda le régulateur lorsqu'il décrocha.

Josie lui indiqua l'adresse.

— Quelle est la raison de votre appel, madame ?

— J'ai trouvé un cadavre. Il faut envoyer la police.

44

Moins d'une heure plus tard, le petit chalet de Brody Wolicki fourmillait de monde : adjoints du shérif, police d'État, et même une équipe de médecine légale. Josie et Luke étaient assis sur le hayon du pick-up de ce dernier, à attendre que la scène de crime soit analysée, et répondant aux questions qu'on leur posait au sujet de leur présence sur la propriété de Brody Wolicki. Ils observèrent des hommes et des femmes entrer et sortir du chalet, certains se précipitant pour vomir en dehors du périmètre sécurisé. Régulièrement, l'odeur pestilentielle parvenait jusqu'à leurs narines ; alors, Luke se levait et marchait en rond quelques minutes pendant que Josie vérifiait son téléphone et envoyait un nouveau message à Noah – auquel il ne répondait pas. Pour la quatrième fois, Luke revint s'asseoir à côté d'elle sur le hayon, se grattant la barbe d'une main. Ç'avait été long, mais son visage avait repris des couleurs, et il semblait avoir recouvré ses esprits, ce qui rassura Josie. Quelques années auparavant, lors de l'affaire qui lui avait coûté sa carrière et valu un séjour en prison, il avait découvert le corps de son meilleur ami, assassiné. Josie n'avait pas pris conscience de son traumatisme jusqu'à ce qu'elle assiste à sa réaction devant le corps de Brody Wolicki.

L'inspectrice Heather Loughlin, de la police d'État, émergea de l'arrière de la cabane, vêtue d'une combinaison blanche. Elle retira sa capuche en s'approchant d'eux, libérant sa longue chevelure blonde. Josie l'avait briefée à son arrivée. Elles avaient déjà travaillé ensemble par le passé, et même récemment, sur l'affaire qui avait concerné Gretchen.

— On dirait que ce type brûlait des documents dans son jardin, déclara Heather.

— Vous plaisantez... grommela Josie.

Heather secoua la tête.

— Venez, je vais vous donner une combinaison pour que vous puissiez jeter un œil.

Une fois équipée, Josie passa sous la Rubalise, surveillée par un adjoint du shérif, et laissa Heather la guider jusqu'à l'arrière du chalet, où deux gros tonneaux en métal rouillé avaient été placés à bonne distance de la porte. Des cartons vides étaient empilés juste à côté. Et un peu plus loin, à une quinzaine de mètres, on devinait une autre petite construction à la façade couverte de mousse et à la porte grande ouverte.

— Apparemment, Wolicki était un peu un accumulateur compulsif. Sa maison déborde de toutes sortes d'objets : des albums photos, de vieilles cassettes, une armoire à fusils... On a même retrouvé des animaux empaillés dans sa chambre.

Elle pointa le cabanon du doigt.

— Il y avait aussi un tas de choses là-dedans, qui ont a priori été brûlées dans ces tonneaux. Il vivait seul, comme vous devez vous en douter. La plupart des gens du coin le connaissaient, comme Luke, et il laissait pas mal de monde utiliser son terrain de tir. Il n'a pas de famille proche. Personne ne lui rendait de visites régulières. J'imagine qu'un des utilisateurs du terrain de tir aurait fini par le trouver.

Parvenue aux tonneaux, Heather glissa le bras à l'intérieur pour en sortir une poignée de cendres et de bouts de papier.

— Ce n'est pas chaud, dit-elle. Ça doit être là depuis un moment.

— Vu l'état du corps, il est probable que la mort remonte à près de dix jours, rebondit Josie. Est-ce qu'il a plu dernièrement ?

— La dernière averse a eu lieu il y a neuf jours.

— Donc la personne qui a fait ça l'a fait dans ces huit derniers jours.

Heather pencha la tête sur le côté.

— Vous pensez que quelqu'un d'autre aurait pu brûler ces documents ?

— Oui.

D'une main gantée, elle fouilla le contenu d'un des tonneaux. Il s'agissait essentiellement de notes manuscrites. Sur un morceau de papier, elle reconnut des noms de clubs de tir découverts lors de ses recherches à la bibliothèque, ainsi qu'une liste d'armes. Plus elle fouillait dans les débris et plus le désespoir l'envahissait. Le tueur, ou plus probablement les tueurs les avaient devancés. Ils connaissaient de toute évidence la signification de cette boucle de ceinture, et depuis bien plus long-temps que Josie, avant même qu'elle ait envoyé Mettner interroger les résidents de Rockview. Ils étaient venus ici pour se débarrasser de Wolicki et détruire tous les documents concer-nant son ancienne fédération de tir, rendant ainsi impossible la découverte du nom de la personne à qui avait appartenu la boucle de ceinture. L'espace d'un instant, elle se demanda s'il n'y avait pas une taupe dans le département de police de Denton, et douta même de l'implication de la sœur de Noah et de son mari. Mais cela n'avait aucun sens : Laura et Grady n'étaient pas au courant que Beth et Mason Pratt allaient être interrogés, et ils avaient tous les deux été agressés avant l'arrivée de Josie et Mettner. Wolicki avait été assassiné bien avant que la police de Denton ne s'intéresse à lui. En outre, les seuls agents au courant du déplacement de Josie dans le comté de Sullivan étaient Chitwood, Mettner et Gretchen.

Elle partit en direction du cabanon et jeta un œil à l'intérieur. Tous les murs étaient couverts d'étagères en bois. Celles de l'un des murs, sans doute celles où Wolicki conservait ses archives, avaient été complètement vidées. Sur les autres s'entassaient des outils, du désherbant, du terreau, des râteaux, des pelles, des sécateurs, des rallonges électriques et un compresseur d'air. Josie se retourna vers Heather.

— Vous avez une idée de la cause de la mort ?

— Difficile à dire, vu l'état du corps, mais il n'y a aucune blessure apparente. À vrai dire, on ne peut même pas garantir qu'il s'agisse d'un meurtre pour le moment.

Elles cheminèrent côte à côte jusqu'à l'entrée du chalet.

— Oh que si, c'est un meurtre. Sur le compte rendu du légiste, vous lirez qu'il a été asphyxié. Vous verrez.

45

Josie rentra à la ferme avec Luke. Il était toujours muré dans le silence, et ne sembla reprendre pied qu'une fois arrivé chez lui. Elle le suivit dans la cuisine, où il commença à fouiller dans le réfrigérateur et les placards.

— Tu as faim ? demanda-t-il, une casserole à la main.

C'était l'heure du dîner, et elle n'avait rien avalé de la journée. Rien qu'à le regarder, son estomac gargouilla. Elle s'installa à table, sortit son téléphone — toujours aucune nouvelle de Noah, elle lui envoya donc un énième message en le suppliant de lui répondre – et le déposa devant elle. Il fallait qu'elle appelle Gretchen, mais elle n'en avait pas la force dans l'immédiat.

— Je suis affamée, dit-elle à Luke.

Il cuisinait vite et bien, malgré ses mains mutilées, et concocta un repas à l'odeur délicieuse alors que le soleil disparaissait derrière l'horizon. Elle entendit la contre-porte s'ouvrir avec un craquement et, un instant plus tard, le chien débarqua dans la cuisine. Avec un soupir, il s'écroula devant ses gamelles d'eau et de nourriture.

— Il sait ouvrir la porte, expliqua Luke.

— C'est vrai ? s'étonna Josie. C'est bien la première fois que je vois ça.

Luke sourit et caressa le dessus de la tête de Blue sur le chemin du réfrigérateur, avant de retourner devant le four. Une fois les dernières touches apportées à son festin, il ramassa un bol et y déposa un peu de sa préparation. Le chien attendit patiemment le retour de sa gamelle, que Luke avait laissée à refroidir sur le plan de travail.

— J'espère que tu aimes les légumes sautés.

Josie saliva d'avance en attrapant la fourchette qu'il lui tendait.

— J'ai toujours adoré ta cuisine. Merci.

Il se servit lui aussi une assiette et prit place face à elle. Ils mangèrent en silence pendant quelques minutes. Josie essayait de se concentrer sur les délicieux arômes du plat, mais son esprit revenait toujours à Wolicki et au fait que leur ultime piste venait de s'évaporer. Elle espérait que Gretchen aurait eu plus de chance avec Ivan. Elle vérifia sa messagerie, mais elle n'avait pas reçu de mail de la part de Sutton Stone Enterprises. Elle ne comptait pas trop dessus, en même temps... Qui conservait des documents vieux de quarante ans ?

— Ça va ? demanda Luke.

— Oh, oui, oui.

— Tu voulais parler à Noah ? Je peux sortir pendant que tu l'appelles, si tu veux.

— Non... non. C'est un peu tendu entre nous en ce moment. En revanche, je dois appeler Gretchen.

— Ça marche. Il faut que j'aille chercher quelque chose. Je reviens.

L'estomac noué, Josie composa le numéro de sa collègue, qui répondit à la troisième sonnerie.

— Tu n'imagines pas combien d'Ivan avec un nom de famille qui commence par un U vivent dans le comté. Underwood, Ulster, Umstead... Mais je continue de chercher. Je pourrai ensuite les trier par âge. Et toi, ça avance ? J'espère que les nouvelles sont bonnes ! Tu es toujours à Sullivan ?

Josie lui raconta tout.

— Voilà qui soulève un paquet de questions, commenta Gretchen.

— On est d'accord…

Elles discutèrent encore quelques minutes. Gretchen partageait le sentiment de Josie au sujet des fuites, mais elles durent toutes deux admettre que ça ne collait pas. Le tueur s'était mis en quête des objets cachés par Colette et ne les avait de toute évidence pas trouvés le jour du meurtre : il avait donc décidé de faire disparaître tout ce à quoi ces objets, découverts par la police, pouvaient mener. Le plus gros problème de Josie, Mettner et Gretchen était que la personne derrière tout ça connaissait la signification de ces trois objets. Pas plus avancées que la veille, elles décidèrent de se tenir au courant le lendemain, et Gretchen promit de prévenir Mettner avant de raccrocher. Josie termina son assiette et alla la déposer dans l'évier. Alors Luke réapparut dans la pièce, une bouteille de vin rouge dans une main, une bouteille bien entamée de Wild Turkey dans l'autre.

Un sourire lui barrait le visage, et Josie le lui renvoya, mal à l'aise.

— Oh, euh… Je ne… J'ai arrêté de boire depuis un moment.

— Tu ne bois plus du tout d'alcool ? Même pas un verre de vin de temps en temps ?

Josie ne savait quoi répondre. Rien ne lui aurait fait plus plaisir en cet instant qu'un grand verre de vin rouge suivi de nombreux shots de Wild Turkey pour noyer sa frustration. Mais, depuis l'affaire qui avait fait éclater son monde et lui avait offert une famille, elle était devenue sobre.

— Je ne prends pas de bonnes décisions quand je bois, se justifia-t-elle.

Il déposa les bouteilles sur le plan de travail.

— Je ne te demande pas de prendre de décision. Enfin, ce n'est pas tout à fait vrai. Carrieann ne rentrera pas avant demain, ce qui ne serait normalement pas un problème, mais aujourd'hui...

Il la quitta des yeux et referma la main autour du goulot de la bouteille de vin.

— Luke, vraiment, je ne devrais pas...

Il la regarda de nouveau.

— Tu vas faire des heures de route pour rentrer chez toi, tout ça pour quoi ? Te retrouver toute seule dans ta maison ?

Josie faillit rétorquer que sa maison ne désemplissait pas ces derniers temps, mais elle devait admettre que, ce soir-là, il n'y aurait personne pour l'y accueillir.

— Josie, insista Luke. Je ne cherche pas à te reconquérir, si c'est ce que tu penses. Ça me fait juste très plaisir de te revoir.

Elle hocha la tête.

— Merci pour l'invitation. Mais je dois vraiment rentrer.

Ils se firent leurs adieux, et elle avait parcouru la moitié du chemin menant à la route quand son téléphone bipa. C'était un message de Noah. Mais ce n'était pas Noah qui l'avait écrit.

C'est Laura. Merci d'arrêter d'envoyer des messages à Noah. Il te contactera quand il se sentira prêt.

Josie freina brusquement et prit plusieurs inspirations, serrant les paupières pour combattre la douleur et le picotement de ses yeux. Elle asséna un coup de poing sur le volant, puis fit demi-tour. Cette fois, Blue l'accueillit à la porte en remuant la queue. Elle entra dans la maison et trouva Luke assis à la table de la cuisine devant un shot de Wild Turkey. Il la regarda sans comprendre. Elle s'assit sur l'autre chaise, se saisit de son verre et le vida d'une traite. Le liquide lui brûla la gorge, l'œsophage, l'estomac.

— Changement de plan, déclara-t-elle.

46

Josie avait l'impression d'avoir un marteau-piqueur dans le crâne. Elle ouvrit un œil, mais les rayons du soleil lui firent l'effet de milliers d'aiguilles transperçant sa cornée. Elle se protégea avec son bras. Cette pièce. Où se trouvait-elle ? Elle abaissa légèrement son bras, et ne reconnut rien de familier. Près d'elle, un soupir se fit entendre. Elle tourna la tête et se retrouva face à un torse d'homme nu. Elle sut immédiatement qu'il s'agissait de celui de Luke, bien qu'elle n'ait aucun souvenir de s'être couchée dans son lit.

Elle repoussa les couvertures, balança ses jambes hors du lit et s'assit, une main pressée contre sa tempe gauche. La pièce tourna, et le martèlement dans sa tête était si puissant qu'elle parvenait à peine à respirer. Elle essaya de se rappeler quand elle avait, pour la dernière fois, eu une vraie gueule de bois. *Il y a bien longtemps*, se rendit-elle compte. Elle baissa les yeux : elle avait toujours sur elle ses sous-vêtements et son débardeur.

Avec un petit grognement, elle se leva et fut prise de vertiges. Elle se rattrapa au lit pour se stabiliser, récupéra son jean et son t-shirt par terre et les enfila. Elle observa un instant Luke, endormi, tentant désespérément de se rappeler comment s'était déroulée la soirée de la veille. Elle se revoyait partir, revenir, et enchaîner les shots. Elle avait ensuite un vague souvenir d'une bouteille de vin ouverte pendant qu'ils regardaient la télévision dans le salon. Elle se rappela avoir ri. Rien de plus. Elle s'agenouilla et glissa une main sous le lit, espérant y trouver ses baskets. Est-ce qu'elle les avait retirées au rez-de-chaussée ?

Un bruit de pneus sur les graviers dehors lui donna la nausée. Elle ouvrit la porte de la chambre et manqua tomber la tête la première. Blue était couché sur le seuil de l'autre côté. Le chien leva son regard triste vers elle, mais ne bougea pas. Josie observa l'animal, puis la pièce qu'elle allait quitter. Un grand panier pour chien était posé contre le lit. Pourquoi Luke avait-il enfermé Blue dans le couloir ? Josie préférait ne pas y penser. Elle l'enjamba et dévala l'escalier juste au moment où des pas retentirent sous le porche. Ses chaussures étaient dans le salon. Elle y glissa ses pieds, s'empara de ses clés et de son téléphone qu'elle avait laissés sur la table de la cuisine et ouvrit la porte, s'attendant à voir Carrieann, mais tomba nez à nez avec sa sœur jumelle.

— Qu... Qu'est-ce que tu fiches ici ? lui demanda-t-elle.

Elle leva un bras pour protéger ses yeux des rayons du soleil qui lui transperçaient le crâne.

Trinity en jetait, avec son jean slim, ses bottes en cuir brun et son pull en cachemire moulant rehaussé d'une ceinture pour marquer la taille. Son expression, en revanche, était furieuse et contrariée.

— Jolie coiffure, fit remarquer Trinity.

Josie passa une main dans ses cheveux et sentit des nœuds sous ses doigts.

— Qu'est-ce que tu fais ici ? Et surtout, comment tu m'as retrouvée ?

Trinity balaya de la main l'air devant elle, le nez plissé.

— Mon Dieu, quelle haleine !

Elle se pencha pour renifler Josie.

— Encore du Wild Turkey, hein ?

Josie fixa sa sœur droit dans les yeux.

— Je t'ai posé une question.

Trinity tourna les talons et s'éloigna.

— Monte dans la voiture, Josie.

Cette dernière se figea en voyant une jeune femme émerger de la Lexus dans laquelle sa sœur était arrivée. Trinity lui adressa quelques mots, puis tourna la tête vers Josie.

— Tout de suite, insista-t-elle.

Josie descendit péniblement les marches du porche pour la rejoindre. Trinity lui arracha ses clés des mains et les tendit à l'autre femme.

— C'est mon assistante. Elle va ramener ta voiture à Denton. Toi, tu viens avec moi.

Josie n'avait pas la force de négocier. Les nids-de-poule sur le chemin lui donnèrent des sueurs froides. Trinity ouvrit un petit compartiment sur le dessus de la console centrale et en sortit un paquet de chewing-gums qu'elle lança sur ses genoux. Elle désigna ensuite la boîte à gants et dit :

— Il y a de l'ibuprofène dedans. Prends-en.

Elle s'y reprit à trois fois avant de parvenir à ouvrir le flacon, puis avala directement trois comprimés avant d'enfourner un chewing-gum. Ensuite, elle ferma les yeux et attendit les explications de Trinity, qui ne tardèrent pas à venir.

— Qu'est-ce qui ne tourne pas rond chez toi ? lança-t-elle. Tu as failli mourir dans un incendie, et j'ai appris la nouvelle par une de mes correspondantes locales. Ce n'est pas comme ça qu'on traite sa famille.

Sans ouvrir les yeux, Josie marmonna :

— Je n'ai pas « failli mourir ».

— Ah oui ? Tu peux me dire comment tu es sortie de la maison ?

— En sautant par la fenêtre, répondit-elle, penaude.

Trinity souffla, exaspérée.

— Tu n'étais pas censée être à New York pour le travail ?

— J'ai pris ma journée. Mon contact chez WYEP m'a appelée tard hier soir. Elle m'a raconté qu'il se passait des trucs bizarres à Denton en ce moment. La mort de Beth Pratt, l'incendie de sa maison. Et après, elle m'a sorti : « Oh, il y a aussi la maison de la mère d'un policier qui a brûlé. » J'ai fait quelques recherches, et qu'est-ce que j'ai découvert ? Que c'était la maison de la mère de Noah ! Je t'ai appelée, tu n'as pas répondu, alors j'ai appelé le commissariat. Le sergent Lamay m'a raconté toute l'histoire depuis le début. Je t'ai de nouveau appelée. Toujours pas de réponse. J'ai donc appelé Noah, et devine ce qu'il m'a dit ? Que vous faisiez un break et qu'il n'avait aucune idée d'où tu étais. Alors qu'est-ce que j'ai fait après ?

— Tu m'as appelée, soupira Josie. Comment tu m'as retrouvée ?

— Gretchen. Elle m'a dit que tu étais censée rentrer hier soir mais, quand elle a fait envoyer une patrouille chez toi, tu n'y étais pas.

Josie sentit un coup dans son épaule.

— Aïe... dit-elle en ouvrant finalement les yeux.

En découvrant les larmes qui brillaient dans les yeux de Trinity, la culpabilité l'assaillit.

— Je n'ai pas attendu ma sœur pendant trente ans pour la retrouver morte au milieu d'une putain de forêt.

— Je ne craignais rien.

— Je ne pouvais pas le deviner. Je pourrais te demander pourquoi tu ne répondais pas au téléphone, mais je pense que j'ai déjà ma réponse.

Josie s'apprêtait à riposter quand elle prit conscience qu'elle n'avait aucune excuse. Elle était rouge de honte. Elle avait agi de manière totalement irresponsable – à tel point qu'elle n'avait aucune idée de ce qui s'était passé la veille au soir. Elle sortit son téléphone pour regarder l'heure. Il était 9 heures du matin, elle avait encore une chance de sauver sa journée. Peut-être que

Chitwood ne la ferait pas passer par la fenêtre. Au moins, son nom n'apparaissait pas dans la liste des vingt appels manqués et messages reçus. Elle se figea en découvrant un appel de Noah, reçu dans la nuit. Sans doute après avoir parlé à Trinity.

Elle rempocha son téléphone et se prit la tête entre les mains. Au bout d'un moment, elle entendit sa sœur soupirer et sentit qu'une main lui pressait gentiment l'épaule.

— Ça va aller.

— Tu crois ? croassa Josie.

Elle avait l'impression d'avoir la bouche pleine de coton.

Trinity lui pressa de nouveau l'épaule puis, sans quitter la route des yeux, tendit le bras derrière le siège passager pour récupérer son sac à main. Elle le déposa sur les genoux de sa sœur.

— J'ai de quoi te remonter le moral.

Josie haussa un sourcil.

— Un sac Coach ? Pas trop mon style...

Trinity leva les yeux au ciel.

— Regarde à l'intérieur. Il y a une enveloppe. Ouvre-la.

Josie farfouilla dans le sac jusqu'à trouver une enveloppe blanche vierge. Elle glissa son index dans l'angle pour la décacheter. À l'intérieur, il y avait plusieurs petites photos. Elles étaient toutes pâles et jaunies, mais Josie reconnut immédiatement les visages sur la première : leurs parents, Christian et Shannon Payne. Ils avaient au moins trente ans de moins, étaient plus minces, avaient moins de cheveux blancs, et affichaient un grand sourire. Chacun d'eux portait un bébé emmailloté. Les autres clichés montraient les nouveau-nés, leurs joues roses émergeant des couvertures. Les larmes jaillirent des yeux de Josie tandis que sa gorge se serrait sous le coup de l'émotion.

— C'est nous, souffla-t-elle. Où tu as trouvé ça ? Je croyais que tout avait été détruit dans l'incendie.

— C'est le cas, répondit Trinity. Mais maman avait déposé

une pellicule à développer chez le photographe au moment de l'incendie, juste avant que l'on soit séparées. Elle les avait placées dans un coffre, parce que c'étaient ses seules photos de toi.

— De nous deux, ensemble, corrigea Josie.

— Oui. Elle me les a données le week-end dernier, quand j'étais à New York. Je les ai scannées, comme ça, on les aura en version numérique, mais je voulais te montrer les originaux. Tu peux les garder.

Josie les serra contre sa poitrine.

— Merci.

Cela lui réchauffa le cœur. À peine avait-elle perdu le contrôle que Trinity était venue à son secours pour lui remettre les pieds sur terre. Voilà ce que c'était que d'avoir une vraie famille. Peut-être que Trinity avait raison, et que ça irait. Peut-être même parviendrait-elle à résoudre cette terrible affaire avant qu'il y ait une nouvelle victime. Elle se concentra sur ce qu'elle devait faire : appeler Gretchen dès que sa migraine le lui permettrait pour lui demander où elle en était dans sa recherche d'Ivan, et vérifier auprès de Mettner si les magasins de sports de plein air avaient pu lui apprendre quoi que ce soit ou lui fournir une liste des clients ayant acheté des bottes Coyote Run en taille 44. Elle fit courir ses doigts le long de la tranche des photos et tenta de refouler sa déception d'avoir perdu la trace de la boucle de ceinture. Pauvre Brody Wolicki. Il vivait sa vie tranquillement dans sa petite maison en bois, à mille lieues d'imaginer qu'il possédait quelque chose qu'un tueur voulait garder secret.

Elle éloigna les photos de sa poitrine et les examina une nouvelle fois. Sa mère, pendant trente ans, n'avait rien eu d'autre que ces photos de sa fille pour apaiser son chagrin de l'avoir perdue.

— Oh, c'est pas vrai, lâcha soudain Josie.

Elle remit précipitamment les photos dans leur enveloppe et posa la main sur le bras de Trinity.

— Fais demi-tour. Fais demi-tour, maintenant.

— Qu'est-ce que tu racontes ? s'étonna sa sœur.

Josie sortit son téléphone et composa le numéro de Heather Loughlin. En attendant qu'elle décroche, elle précisa :

— Reprends la même route, je vais te guider. Il faut qu'on retourne chez Brody Wolicki.

47

Josie attendait l'inspectrice Heather Loughlin devant le chalet de Wolicki. La Rubalise qui entourait la scène de crime flottait entre les arbres, empêchant l'accès à la porte d'entrée. Trinity faisait les cent pas hors du périmètre, au téléphone avec divers collègues de travail. Celui de Josie sonna. Le nom de Gretchen apparut sur l'écran.

— Alors ? dit Josie de but en blanc.

— Ivan Ulrich. Je pense que c'est lui. L'âge correspond, et sa mère, morte en 1999, vivait à Denton à l'époque où il aurait été scolarisé à St. Agatha. J'ai retrouvé son avis de décès, et il est mentionné qu'elle a effectivement travaillé là-bas, donc je suis quasi certaine qu'il est l'homme qu'on recherche. Il vit à Bellewood. Je vais appeler le commissariat de Bellewood pour les prévenir que Mettner va aller l'interroger. J'irai avec lui.

— Est-ce qu'il a un casier ?

— Absolument pas, il est blanc comme neige, répondit Gretchen. J'essaie de trouver d'autres infos à son sujet. Est-ce qu'il a travaillé chez Sutton Stone Enterprises, ce genre de choses. Tu as eu des nouvelles de leur archiviste ?

— Non... Mais je vais lui passer un coup de fil pour voir si elle ne peut pas accélérer la recherche, et je lui donnerai le nom et la date de naissance d'Ivan Ulrich, en plus de ton adresse mail. J'ai peut-être une nouvelle piste pour la boucle de ceinture, donc je risque d'être retardée de quelques heures avant de prendre la route pour rentrer.

Elles raccrochèrent, et Josie composa le numéro de Zachary Sutton, qui répondit sans délai, écouta sa requête et lui promit de prendre contact avec le service des archives immédiatement, lui laissant même un nom et un numéro pour les joindre directement si elle n'était pas rappelée dans la journée. Juste après la fin de l'appel, Heather Loughlin arriva au volant d'une voiture de police banalisée. Elle se gara, sortit du véhicule et pâlit en apercevant Trinity.

— Qu'est-ce qui se passe ?

— Pas de panique, la rassura Josie. Elle n'est pas ici en tant que journaliste. C'est ma sœur. Elle ne sait rien de cette affaire. J'ai juste besoin d'entrer pour jeter un œil aux albums photos.

Heather observa longuement Trinity, comme indécise, puis ouvrit son coffre pour en sortir une combinaison qu'elle tendit à Josie.

— Elle reste derrière le ruban. Habillez-vous, je vais vous accompagner à l'intérieur.

Cinq minutes plus tard, Josie et Heather se trouvaient dans la chambre à coucher de Brody Wolicki, et Josie peinait à contenir des haut-le-cœur en raison de l'odeur qui persistait dans le petit chalet. Se rendre sur une scène de crime avec une gueule de bois n'était pas la plus brillante des idées, mais elle voulait tenter une dernière fois de découvrir l'identité de l'homme à qui avait appartenu la boucle de ceinture découverte dans la machine à coudre de Colette. Le lit de Wolicki était à peine visible entre l'équipement de chasse et les animaux empaillés qui s'entassaient dans la petite pièce.

— Quand vous disiez qu'il était « un peu » un accumulateur compulsif, je crois que c'était un euphémisme.

Heather laissa échapper un petit rire et souleva un trophée de cerf posé par terre pour le déplacer dans le couloir et leur laisser la place de travailler. Josie l'aida ensuite à faire de même avec un lapin, une famille d'écureuils et une énorme tête d'élan qu'elles durent manipuler à quatre mains.

— Pourquoi est-ce qu'il ne les accrochait pas aux murs ? râla Josie alors qu'elles bataillaient pour faire passer l'élan par la porte.

— Peut-être qu'il n'avait pas envie d'être observé pendant qu'il dormait, plaisanta Heather.

Quand elles eurent déplacé les animaux et quelques cartons de VHS, elles purent atteindre les albums photos, empilés sur le sol jusqu'à hauteur d'épaule.

— Vous pouvez me dire ce qu'on cherche ? demanda Heather en tendant un album à sa collègue.

Josie sentit la sueur dégouliner dans son dos tandis qu'elle se mettait au travail. Elle était certaine que Heather devait sentir l'odeur d'alcool qui suintait de ses pores, mais cette dernière n'en dit rien.

— On recherche une photo du champion de la Tri-County Target Practice League de 1973.

Elle sortit son téléphone pour lui montrer à quoi ressemblait la boucle de ceinture.

Deux heures plus tard, Josie commençait à se demander si elle n'avait pas eu tort d'imaginer que Brody Wolicki avait conservé les clichés de l'époque de sa fédération de tir. La plupart des albums contenaient des photos d'expéditions de chasse et de la faune locale. Il y en avait aussi beaucoup montrant des personnes dont Brody avait de toute évidence été très proche – des gens autour d'un sapin de Noël, dans un bar en train de fêter ce qui ressemblait à un départ en retraite, ou venus assister ensemble à un match de foot. Finalement, quand elles furent arrivées au bas de la pile, leur persévérance paya : il y avait là un vieil album dont la couverture se désintégra quasiment entre les mains de Josie, plein de clichés de la fédération de tir. Un frisson d'excitation parcourut son corps quand elle tomba sur le champion de 1972, exhibant fièrement son fusil, debout contre une cible couverte de trous. À côté de lui, un homme qui devait être Brody tenait une boucle de ceinture très semblable à celle que Colette avait cachée. Avec précaution, Josie récupéra la photo dans son encart plastifié et la retourna. Un nom était inscrit à côté de la mention « Champion de la fédération, 1972 ».

Elle passa fébrilement en revue les pages restantes, jusqu'à trouver une autre photo d'homme – petit, baraqué, vêtu d'un jean, d'une chemise à carreaux et d'un chapeau de cow-boy – avec une carabine à la main au côté d'une cible criblée de balles. Sous sa moustache broussailleuse, il souriait de toutes ses dents. Brody Wolicki était là lui aussi, la mystérieuse boucle de ceinture à la main. Au verso de la photo, on lisait : « Craig Bridges, champion de la fédération, 1973. »

— Je l'ai ! s'écria Josie. Je l'ai trouvé !

48

Josie prit une douche avant de retourner au commissariat pour se laver de l'alcool, de la transpiration et de la honte de la nuit passée. Elle devait rester concentrée sur la mission en cours : la nouvelle piste dans l'affaire Fraley-Pratt. Elle laissa Trinity chez elle où, comme promis, l'assistante de cette dernière avait ramené sa voiture. Sur le chemin du commissariat, elle téléphona à Noah, qui ne répondit pas. Elle ne laissa pas de message.

Gretchen, à son bureau, tapait sur le clavier de son ordinateur. Josie s'installa en face d'elle.

— Tu as déjà auditionné Ivan Ulrich ?

— Il n'était pas chez lui. La police de Bellewood a installé une patrouille devant l'immeuble pour nous. Dès qu'ils l'ont, ils nous appellent.

— Tu as fait des recherches sur Craig Bridges ?

Gretchen hocha la tête.

— Oui. Il est porté disparu depuis 1990.

— Comment ça ? Qu'est-ce qui lui est arrivé ?

Gretchen baissa les yeux vers son carnet de notes.

— J'ai fait le tour de toutes les bases de données possibles, et j'ai fouillé sur internet. J'ai trouvé qu'il a vécu à Hagerstown, dans le Maryland, avant de s'installer en Pennsylvanie, pas loin de Bellewood, d'ailleurs. Il semble avoir disparu de la surface de la terre en 1990, mais je n'ai trouvé aucune trace de son décès, alors j'ai vérifié sur NamUs.

NamUs était le registre national des personnes disparues et non identifiées.

— Qu'est-ce que tu as trouvé ?

Gretchen lui tendit une feuille imprimée.

— J'ai aussi téléphoné aux collègues de Hagerstown pour connaître les détails de l'affaire. Ils ont dû ressortir le dossier, c'est tellement vieux...

Tandis que Josie lisait les quelques infos distillées par le rapport de NamUs, son corps se glaça.

— C'est pas possible.

— Flippant, hein ? D'après nos collègues de Hagerstown, Craig Bridges se serait garé à proximité du fleuve Potomac et aurait laissé toutes ses affaires dans sa voiture fermée à clé avant de disparaître. Personne ne l'a revu depuis.

— Et ses amis ? Sa famille ? demanda Josie.

— A priori, il était très proche de son colocataire. Il contacte régulièrement le commissariat de là-bas pour savoir s'il y a du nouveau au sujet de la disparition de son ami.

— Rien qui laisserait penser à un crime ?

— Non, rien du tout. En plus, Bridges était un alcoolique notoire et un ancien dépressif. Même si son corps avait fini par être retrouvé, on aurait certainement conclu à un suicide.

— Les circonstances sont très similaires à celles du décès de Samuel Pratt, remarqua Josie. Comment s'appelle le colocataire ? Il est toujours en vie ? Tu as essayé de le contacter ?

Gretchen confirma d'un signe de tête.

— Il est toujours en vie. Il s'appelle Earl Butler. Il a déménagé dans le comté de Lenore après la disparition de Bridges.

— C'est à moins d'une heure d'ici, dit Josie.

— J'ai essayé d'appeler deux fois le numéro que j'ai trouvé, mais personne n'a répondu, alors j'ai contacté le commissariat le plus proche pour qu'ils aillent s'assurer que tout allait bien. Porte verrouillée, pas de réponse quand ils ont frappé, aucun signe du moindre souci.

Josie n'était pas rassurée pour autant.

— Je vais y aller.

— Pour quoi faire ?

— Les hommes que l'on recherche ont déjà tué Colette, Beth Pratt, Brody Wolicki et tenté de tuer Mason Pratt. On a eu deux maisons incendiées. Ils savent avant nous qui on va interroger. Je ne peux pas attendre ici sans savoir si Earl Butler va bien. Toi, tu restes ici : Mettner aura besoin de toi une fois qu'on aura mis la main sur Ivan Ulrich. Toujours rien reçu du service des archives de Sutton ?

— Non, toujours rien.

Josie sortit un bout de papier de la poche de son jean.

— C'est le nom et la ligne directe de la femme qui travaille au stockage de leurs archives. Sutton m'a dit de ne pas hésiter à la contacter directement pour accélérer les choses.

— OK, je vais l'appeler. Peut-être qu'on pourrait même y faire un saut avec Mettner, en attendant d'avoir des nouvelles de Bellewood au sujet de notre ami Ivan.

— Tiens-moi au courant.

49

Josie se rendit à Fairfield aussi vite que les limitations de vitesse l'y autorisaient. Dans le comté de Lenore, au sud de Denton, on trouvait essentiellement des fermes et des réserves naturelles sur des terrains vallonnés et boisés. Les routes étroites couraient comme des rubans noirs au milieu d'étendues désertes. Le domicile d'Earl Butler se trouvait en retrait d'une route de campagne, à plusieurs centaines de mètres du premier voisin. Il s'agissait d'une petite maison de plain-pied en préfabriqué avec des volets beiges et un toit brun. Trois marches en bois menaient à la porte d'entrée. Il n'y avait ni pots de fleurs ni jardin luxuriant, mais la pelouse était entretenue. Une vieille berline Ford était stationnée dans l'allée de gravier. Josie gara sa voiture juste derrière. Elle s'arrêta un instant devant l'autre véhicule et posa la main sur le capot : il était froid.

Elle se dirigea vers la porte et frappa, à l'affût du moindre bruit. Aucun son ne provenait de l'intérieur. Il n'y avait pas de sonnette. Elle frappa de nouveau et attendit quelques minutes avant de faire le tour de la maison pour jeter un œil par les fenêtres. La plupart étaient obturées par des rideaux épais ou des stores. Elle ne put voir que la cuisine, où se trouvaient deux chaises et une table sur laquelle elle apercevait un sandwich dans une assiette. D'où elle était, il lui sembla que quelqu'un avait mangé une bouchée du sandwich. À l'arrière de la maison, une seconde porte donnait sur une petite terrasse en béton. Josie y frappa également et tendit l'oreille. Elle crut entendre une voix étouffée, mais elle n'en était pas certaine.

Elle fit de nouveau le tour de la maison, en appelant cette fois :

— Monsieur Butler ? Vous êtes là ? Tout va bien, monsieur ?

Tous les deux ou trois pas, elle s'arrêtait pour écouter. Elle crut percevoir un nouveau bruit, sans pouvoir déterminer de quoi il s'agissait. Un sentiment de panique, écœurant, étouffant, s'abattit sur elle. Il se passait quelque chose d'anormal, elle le savait au plus profond d'elle-même. Mais son cerveau tenta de la convaincre qu'elle cédait juste à la paranoïa à cause de tout ce qui était arrivé ces deux dernières semaines. Elle se lança dans un troisième tour de la maison et tenta d'ouvrir la porte de devant et celle de derrière, toutes deux verrouillées. Aucune des fenêtres n'était entrouverte, même s'il ne serait sans doute pas difficile de casser un carreau. Mais qu'est-ce qu'elle ferait, ensuite, si la maison était vide et qu'Earl Butler rentrait du travail pour découvrir une drôle de bonne femme entrée chez lui par effraction ? Josie savait que son statut de policière ne pourrait l'empêcher d'être poursuivie pour cela. Si elle voulait pénétrer dans cette maison, il lui fallait un mandat et, sachant qu'elle n'était pas dans son propre comté, cela pouvait prendre une journée, voire plus, en admettant que le juge accède à sa requête. Sinon, elle pouvait essayer de retrouver des connaissances d'Earl Butler afin de savoir où il avait été vu récemment, et éventuellement récupérer un double des clés.

Un double des clés.

Josie regarda autour d'elle, mais elle ne voyait pas à quel endroit Earl aurait pu cacher une clé. Il n'y avait ni plantes ni meubles à l'extérieur. Elle refit un tour, à la recherche de pierres. Ensuite, elle vérifia les roues de sa Ford, au cas où il y aurait dissimulé un cache-clé magnétique, mais elle ne trouva rien. Elle était sur le point d'abandonner quand elle aperçut une tête d'arroseur automatique au milieu de la pelouse. Elle était verte et se fondait dans l'herbe environnante, c'est pourquoi elle ne l'avait pas remarquée tout de suite. Elle zigzagua dans le jardin, en quête d'autres gicleurs, mais il n'y en avait qu'un. C'était peu probable, mais elle avait déjà vu des cache-clés de toutes les tailles et de toutes les formes imaginables. Elle s'agenouilla et souleva doucement le gicleur avec ses deux mains. S'il était relié à un tuyau enterré, il ne pourrait pas quitter le sol, à moins qu'elle le casse. Mais celui-ci se détacha sans effort. Il n'était pas relié à quoi que ce soit. La partie basse de l'objet était creuse et en forme de pointe. Une minute plus tard, elle avait réussi à l'ouvrir, et une clé lui tomba dans la main.

Elle remit la tête d'arroseur en place et s'élança vers la porte pour l'ouvrir. Il lui fallut quelques instants pour que ses yeux s'habituent à l'obscurité qui régnait à l'intérieur, mais son cœur s'emballa devant ce qu'elle y découvrit. À droite de l'entrée se trouvait ce qui devait être un salon, et qui semblait avoir été traversé par une tornade. Les meubles étaient sens dessus dessous, les lampes cassées, les magazines et enveloppes déchirés et éparpillés, et un écran de télévision fendu avait atterri sur le tapis au milieu de la pièce. Celle-ci donnait ensuite sur une salle à manger, où la table était de travers, deux chaises étaient renversées, et ce qui ressemblait à un vaisselier était tombé face contre terre.

Le bruit étouffé que Josie pensait avoir entendu depuis l'extérieur retentit de nouveau, ce qui la fit sursauter. Son arme de service à la main, elle regarda partout autour d'elle.

— Monsieur Butler ?

Cette fois, elle reconnut qu'il s'agissait d'une voix d'homme, rauque, qui tentait d'attirer son attention. Elle avança dans le salon, et c'est alors qu'elle repéra une paire de pieds chaussés de mocassins bruns qui dépassait du vaisselier.

— Monsieur Butler ! cria-t-elle.

Elle rangea son arme et, à genoux, glissa les mains sous un bord du meuble. Il était lourd, bien plus lourd que ce qu'elle avait imaginé. Josie songea qu'elle ne pourrait jamais le soulever toute seule. La voix, à bout de souffle, la supplia de l'aider, et l'adrénaline se déversa soudain dans ses veines. Un cri lui échappa quand elle parvint à décoller le vaisselier du sol, un bruit de porcelaine écrasée brisant le silence qui régnait jusqu'alors dans la maison d'Earl. Une fois que Josie eut remis le meuble d'aplomb, elle baissa les yeux et le vit, allongé sur le dos, vêtu d'un pantalon kaki et d'un t-shirt en coton. Ses cheveux grisonnaient et des poils blancs parsemaient ses joues cireuses. Ses lèvres tiraient vers le bleu. Josie s'agenouilla à côté de lui et vérifia son pouls tout en appelant les secours.

— Je m'appelle Josie Quinn. Je suis policière à Denton. Je vais vous sortir de là, ne vous inquiétez pas.

50

Une heure plus tard, Josie était assise près du lit d'Earl Butler, aux urgences de l'hôpital. De l'autre côté était installé un adjoint du shérif du comté de Lenore. L'agression de Butler avait eu lieu là-bas, et non dans le secteur de Josie, mais on l'avait exceptionnellement autorisée à assister à l'interrogatoire de la victime car elle lui avait sauvé la vie et tentait de résoudre une grosse affaire de meurtres. Une bouteille d'oxygène ronronnait dans un coin de la pièce, et Earl peinait à se faire entendre par-dessus le bruit. Son visage avait repris des couleurs. Une multitude de rides se dessinaient quand il parlait, et sa canule nasale venait taper contre sa lèvre supérieure.

— Un homme est venu hier. Il voulait parler de mon vieil ami, Craig Bridges. Craig et moi, on a fait le Vietnam ensemble. Presque au même endroit. On était en colocation et, un jour, il a disparu. La police a pensé qu'il s'était suicidé, mais je n'y ai jamais cru. Et ce type débarque, trente ans plus tard. J'ai pensé... Je me suis dit : « Ça y est, je vais enfin savoir ce qui est arrivé à Craig. » Donc je l'ai laissé entrer.

Il prit plusieurs inspirations avant de poursuivre :

— Il était grand, musclé et chauve. Le crâne rasé, pas parce qu'il avait perdu ses cheveux. Je pense qu'il avait au moins soixante ans, mais il ne les faisait pas. Il m'a littéralement sauté dessus. Il m'a mis par terre, m'a grimpé dessus et a posé ses mains sur ma bouche et mon nez. J'ai bien vu qu'il avait l'intention de me tuer, alors j'ai arrêté de me débattre. Je n'ai plus bougé du tout. Je suis parti du principe qu'il ne vérifierait pas mon pouls, et j'avais raison.

— Mais il a renversé le vaisselier, dit Josie.

Earl hocha la tête.

— J'avais les jambes bloquées. Je ne pouvais pas m'échapper. Je l'ai entendu marcher dans la maison, on aurait dit qu'il cherchait quelque chose. Je n'osais pas bouger, au cas où il déciderait de finir le boulot. Et puis il est parti. J'ai entendu la police quand elle est passée ce matin, j'ai essayé de crier, mais je n'ai pas réussi à me faire entendre. Dieu merci, vous êtes venue. Je ne suis plus de première jeunesse. Je ne me déplace plus aussi facilement qu'avant.

Josie lui sourit. Elle jeta un œil à l'adjoint du shérif, qui d'un signe du menton lui donna la permission de poser ses questions.

— Monsieur Butler, je voudrais vous montrer une photo.

Elle sortit son téléphone et lui montra la boucle de ceinture.

— Reconnaissez-vous cet objet ?

Il tira un peu sur sa canule nasale, se mordilla les lèvres pendant quelques secondes avant de répondre d'une voix rauque :

— Ça appartenait à Craig. Vous l'avez trouvée où ? Il adorait ce truc. Vous savez, ça a été compliqué pour lui, quand il est rentré du Vietnam. Comme pour nous tous. Mais il m'a dit que cette fédération de tir l'avait aidé à se remettre. Il était vraiment bon, et il préférait tirer sur des cibles que sur l'ennemi.

— Est-ce qu'il la portait souvent ? demanda Josie.

Earl acquiesça.

— Il l'avait sur lui, le jour de sa disparition ?

— Oui.

— Monsieur Butler, j'ai lu le dossier de l'enquête au sujet de sa disparition. Selon vous, qu'aurait-il pu se passer ?

Il détourna les yeux et regarda droit devant lui, comme s'il contemplait directement le passé.

— Je pense qu'ils l'ont eu. Il a toujours dit que ça finirait par arriver.

Josie se raidit.

— Qui ça, « ils » ?

— Quand on est revenus de la guerre, je suis retourné dans le Maryland, et Craig est rentré en Pennsylvanie. Il était vraiment déprimé, il ne faisait pas grand-chose de sa vie. Et puis il a intégré cette fédération de tir, où il s'est fait quelques amis. L'un d'eux lui a trouvé du boulot dans une carrière. Bien payé.

— Attendez, l'interrompit Josie. Une carrière ? La carrière Sutton ?

— Oui, c'est ça. Il aimait travailler là-bas. Il n'était qu'ouvrier, mais ça l'occupait. Il reprenait le contrôle de sa vie. Et puis il est arrivé quelque chose. Comme tous les journaux en parlaient à l'époque, je lui ai demandé s'il était sur place quand il y avait eu cet énorme accident.

Josie se serait giflée : pourquoi n'avait-elle pas fait plus de recherches sur Sutton Stone Enterprises ? En même temps, pourquoi l'aurait-elle fait ? Jusque-là, rien ne les avait menés vers cette piste, hormis cet Ivan insaisissable. Elle avait entendu parler d'Ivan avant de découvrir quoi que ce soit à propos de cette boucle de ceinture, et Bridges avait été employé chez Sutton avant que Colette y soit embauchée.

— Quel accident ? demanda-t-elle.

— Une grue est tombée sur une caravane. Il y a eu quatre morts. Craig était sur place. Il n'y a plus jamais remis les pieds par la suite. Il s'était blessé à la jambe. L'entreprise lui a donné une très grosse prime, en échange de son silence, j'imagine. Du coup, il a pris l'argent et est venu dans le Maryland. Il s'est pointé chez moi un matin, il était dans un état... Encore pire qu'après la guerre.

Josie fronça les sourcils.

— Pourtant, j'imagine que ce que vous avez vécu au Vietnam était bien pire que ce à quoi il aurait pu assister dans la vie civile, non ?

Earl haussa les épaules.

— C'est aussi ce que je pensais, mais c'était cet accident qui l'empêchait de dormir la nuit. Il ne s'en est jamais remis. À mon avis, il ne m'avait pas tout dit. J'ai essayé de lui tirer les vers du nez un paquet de fois, en vain. Et puis un soir, on était soûls, et j'ai remis le sujet sur la table. Il m'a dit qu'il ne pouvait pas me raconter ce qui s'était réellement passé, que ça me mettrait en danger. Il a ajouté que, même s'il avait accepté l'argent, il n'était pas en sécurité pour autant, qu'un jour ils s'en prendraient à lui, parce qu'il en savait trop. Il n'était jamais serein.

Josie calculait dans sa tête. Elle retrouverait la date exacte de l'accident à la bibliothèque de Denton s'il avait été relayé dans les journaux, mais il devait avoir eu lieu entre le milieu et la fin des années 1970, soit avant que Colette ne commence à travailler pour Sutton Stone, et même avant que Zachary Sutton ne reprenne l'entreprise de son père. Ce qui signifiait que, quoi qu'il soit arrivé, cela avait été géré par le père de Zachary Sutton, aujourd'hui décédé depuis plusieurs années. Qu'avait-il pu se passer de si dramatique pour que l'entreprise soit prête à tuer, encore maintenant, afin que ça ne s'ébruite pas ? Est-ce que Sutton Stone était derrière tout ça ? Josie était prête à parier qu'Ivan Ulrich était l'homme qui avait mis le feu à la maison de Colette et tenté de tuer Earl Butler. Mais à en croire Zachary Sutton, il n'avait pas fait partie du personnel très longtemps. Pourquoi Ivan s'en prenait-il à ces gens ? Il ne travaillait même pas à la carrière à l'époque de cet accident ou de la disparition de Bridges. À moins que Sutton ait menti.

— Vous voulez bien m'excuser une minute ? demanda Josie.

Earl hocha la tête. Josie s'éclipsa pour appeler Mettner et Gretchen et les tenir informés de ce qu'elle venait d'apprendre. Puis elle pria sa collègue de contacter le département des archives de Sutton Stone Enterprises pour leur demander de rechercher la trace d'Ivan Ulrich sur ces trente-cinq dernières années, et pas seulement sur la période dont Josie et Sutton avaient discuté. Elle promit d'être de retour dans une heure, puis raccrocha. Quand elle se fut assurée qu'Earl Butler était définitivement tiré d'affaire, elle donna sa carte de visite à l'adjoint du shérif et reprit la route pour Denton, l'esprit embué.

Ça ne collait pas. Il n'y avait pas suffisamment de liens entre les différentes victimes. Quel rapport entre Colette Fraley et toutes les autres ? Selon toute vraisemblance, elle n'avait pas fréquenté les frères Pratt ni Craig Bridges. Elle avait travaillé dans la même carrière que Bridges quelques années après lui, mais ça s'arrêtait là. Et Ivan, que faisait-il au milieu de tout ça ? La théorie de l'amourette ne semblait plus d'actualité depuis que Bridges avait intégré l'équation. Cela dit, elle se demandait si Ivan travaillait seul. Non, certainement pas, puisqu'ils avaient découvert deux empreintes de chaussures de tailles différentes sur deux scènes de crime. Était-il lié à Sutton ? Ça semblait évident. Mais si Sutton était impliqué d'une manière ou d'une autre, quel rapport avec Drew et Samuel Pratt ? N'y avait-il pas de lien entre les affaires des frères Pratt et celle de Bridges ? Alors pourquoi Colette avait-elle en sa possession des objets appartenant à Bridges et à chacun des frères, lesquels n'avaient aucun lien avec la carrière ?

Elle se sentit soulagée de voir enfin réapparaître devant elle le commissariat de Denton. Mais son soulagement s'évanouit quand elle remarqua les véhicules de plusieurs médias étaient stationnés devant.

— Oh non, murmura-t-elle.

Elle se gara sur le parking et appela Trinity, en essayant de ne pas paraître agressive.

— Il y a une tonne de journalistes agglutinés devant le commissariat, dit-elle à sa sœur. Tu sais pourquoi ?

— Non, répondit sèchement Trinity. Aucune idée. Tu aurais pu me prévenir qu'il y avait du nouveau dans l'affaire Drew Pratt. Encore une fois, j'ai dû trouver mes infos auprès d'un collègue de WYEP.

— Et qu'est-ce qu'il t'a raconté, ce collègue ? demanda Josie.

— Que la fille de Drew Pratt avait été assassinée et que sa maison avait été incendiée quelques jours plus tard.

— Ça n'a aucun rapport avec l'affaire Drew Pratt, argumenta Josie.

— Peut-être pas mais, étant donné que son père a disparu dans des circonstances particulièrement suspectes, tu te doutes bien que cette affaire va revenir sur le devant de la scène. Les journalistes vont vouloir faire le lien entre les deux.

Josie ne put réprimer un éclat de rire.

— Eh bien je leur souhaite bonne chance !

— Qu'est-ce qu'il y a de drôle ? demanda Trinity, une pointe d'irritation dans la voix.

— Je dois y aller. On en reparle plus tard, promis.

Elle traversa tant bien que mal la foule de journalistes qui l'assaillaient de questions et lui balançaient leurs micros et leurs caméras sous le nez, et gagna la porte d'entrée sans en détourner le regard ni ouvrir la bouche. On entendait Chitwood hurler jusque dans le hall d'entrée. Josie monta l'escalier et passa la tête dans la grande salle, où elle le vit qui tournait en rond comme un lion en cage, braillant au sujet de « ces putains de médias » et de « ce cirque à la con » dont il allait devoir s'occuper à cause de l'agent « incapable de fermer sa grande gueule », promettant de « s'occuper de son cas » dès qu'il aurait découvert qui avait laissé fuiter des infos. N'importe quel journaliste un minimum entreprenant n'avait pourtant qu'à interroger les voisins et collègues de Beth Pratt pour découvrir qu'elle avait été assassinée. Il n'avait jamais été question de garder secrets son meurtre et l'incendie de sa maison, juste d'éviter de trop attirer l'attention dessus.

Gretchen et Mettner étaient debout dans un angle de la pièce, une tasse de café à la main, et observaient les va-et-vient de Chitwood. Quand le regard de Gretchen croisa celui de Josie, elle s'avança tranquillement vers son bureau, y ramassa une feuille de papier et se dirigea vers la cage d'escalier pour rejoindre sa collègue. Elles refermèrent la porte pour étouffer les cris enragés de leur chef.

Gretchen tendit à Josie la copie d'un article du *Bellewood Record* de mai 1974, qu'elle survola rapidement. Cela confirmait ce qu'Earl Butler lui avait dit sur cet accident survenu à la carrière, dans lequel quatre personnes avaient péri. Mais ce n'était pas arrivé sur leur lieu de travail. L'article évoquait un campement installé sur un terrain pour héberger temporairement certains ouvriers. Ce n'étaient rien de plus que quelques caravanes. Le site était encore en construction quand une grue s'était effondrée sur une caravane, tuant ses quatre occupants. L'entreprise avait endossé la totale responsabilité de l'accident et offert une compensation financière généreuse aux familles des victimes. Fin de l'histoire.

Alors que Josie terminait de lire, elle déclara :

— Alors pourquoi ils ont acheté le silence de Craig Bridges ? Apparemment, ça n'avait rien d'un secret, et l'entreprise a géré le problème.

— Oui, c'est exactement ce qu'on s'est dit avec Mett.

— Il y a autre chose, dit Josie. Il y a forcément autre chose.

— On est d'accord. On va continuer à chercher mais, pour le moment, Ivan Ulrich est chez lui. Je viens d'avoir un appel de Bellewood. Tu devrais peut-être aller le voir avec Mettner.

— Non, dit Josie. Pas pour le moment. On a besoin de plus d'infos, avant.

— Comme quoi ?

— Je ne sais pas. Je pense toujours qu'on a manqué un truc. Tu as eu des nouvelles du service des archives de Sutton ?

— On y est allés. On a parlé avec la fille.

Gretchen tendit sa tasse de café à Josie et sortit une paire de lunettes d'une poche, son téléphone d'une autre. Elle chaussa ses lunettes et fit glisser son index sur l'écran de son téléphone.

— J'ai peut-être déjà reçu un mail. Oui, le voilà.

Josie patienta le temps que Gretchen prenne connaissance du message. Puis sa collègue émit un sifflement.

— Voilà qui est intéressant. Ivan Ulrich est travailleur indépendant pour Sutton Stone Enterprises depuis 1983.

— Travailleur indépendant ? Ça veut dire quoi ?

— En 1981, il avait été embauché comme salarié à temps plein, explicita Gretchen.

— Oui, c'est ce que Sutton m'a dit.

— En 1983, il a été retiré de la masse salariale, mais a continué de travailler pour eux en tant que « conseiller à la sécurité ». Il a été rémunéré à la mission à partir de ce moment-là, on dirait.

— Un conseiller à la sécurité ?

Elles échangèrent un regard. Elles savaient toutes les deux ce que cela signifiait.

— C'est l'homme de main de Sutton.

Debout derrière son bureau, les bras croisés sur son torse étroit, Bob Chitwood dévisageait Josie, Mettner et Gretchen avec un optimisme prudent. Sa voix avait fini par retrouver un volume sonore normal.

— Donc, si j'ai bien compris, cet Ivan Ulrich travaille comme « conseiller à la sécurité » de Zachary Sutton depuis plus de trente ans, et ce dernier nous a menti à ce sujet.

— Oui, confirma Josie. Il prétend qu'il n'a plus très bonne mémoire, mais je ne crois pas à cette excuse. Ivan aurait été son homme de main quand Craig Bridges s'est évanoui dans la nature, quand Samuel Pratt est mort et quand Drew Pratt a été porté disparu.

— Ce qui signifie qu'Ivan – qui connaissait bien Colette – est sans doute responsable de ce qui est arrivé à Bridges et aux frères Pratt, ajouta Mettner.

— Et ? Vous pensez qu'il a récupéré ces objets et les a donnés à Colette ? demanda Chitwood. Laura Fraley-Hall travaille pour Sutton, non ? Elle a un poste haut placé. Et vous me dites qu'elle n'a jamais entendu parler de cet Ivan ?

— Elle est vice-présidente de l'entreprise et dirige la carrière de Bethléem. Il est possible qu'elle n'ait jamais rencontré Ivan ou eu de raison de le croiser. Il est travailleur indépendant, dit Josie. Ce qui signifie qu'il ne dépend pas de la carrière ni d'aucun des services de la boîte. Il ne travaille que quand Sutton le sollicite. D'après le registre du personnel qu'on nous a fourni, en tout cas.

— On devrait quand même l'interroger, insista Chitwood.

Josie savait déjà exactement comment ça allait se passer. Elle aussi s'était posé des questions sur ce que Laura savait et s'était demandé dans quelle mesure son comportement envers elle et Noah pouvait s'expliquer par le fait qu'elle leur cachait quelque chose. Josie ne pouvait imaginer que Laura ait assassiné sa propre mère, d'autant moins qu'elle était enceinte de huit mois. De plus, elle avait un alibi solide. Mais elle ne serait pas surprise d'apprendre que Laura était au courant d'un élément essentiel, qu'elle leur dissimulait pour se protéger elle-même.

— Oui, on va devoir l'interroger, confirma Josie. Il est possible qu'Ivan ait récupéré la boucle de ceinture, la pointe de flèche et la clé USB et les ait données à Colette, même si on pense qu'elle a peut-être rencontré les frères Pratt dans les quelques jours qui ont précédé leur disparition. Elle aurait donc pu récupérer cette pointe de flèche et cette clé USB elle-même.

— Vous pensez que Colette Fraley aurait pu tuer les frères Pratt ? demanda Chitwood.

— C'est une possibilité, répondit Gretchen.

— Non, répondit Josie.

Chitwood les observa l'une après l'autre, curieux. Puis il se tourna vers Mettner.

— Vous souhaitez les départager ?

Mettner secoua la tête.

— Je préfère d'abord entendre les arguments de ces deux excellentes enquêtrices.

Chitwood haussa un sourcil.

— Vous êtes malin, Mett.

Josie reprit :

— Je ne pense simplement pas que Colette Fraley aurait été physiquement capable de maîtriser l'un ou l'autre des frères Pratt. Ça me semble bien plus plausible qu'Ivan Ulrich ait été au courant qu'elle les avait rencontrés, qu'il les ait tués, puis qu'il lui ait rapporté un objet leur appartenant en guise d'avertissement. Il voulait sans doute la prévenir de ce qui l'attendait si elle continuait d'essayer de dévoiler le secret de Sutton : il y aurait des victimes. Des victimes innocentes. Il lui a remis ces objets afin qu'elle ne l'oublie jamais.

— Et vous, vous pensez qu'elle a eu des aventures avec ces hommes ? demanda Chitwood en regardant Gretchen.

— C'est ce qui paraît le plus logique, répondit cette dernière. Sauf pour Bridges, qui ne vivait pas par ici quand il a disparu. Mais nos avis divergent aussi sur ce point avec l'inspectrice Quinn.

Chitwood se tourna vers Josie.

— Quinn. Ce n'est pas parce que Colette était la mère de Noah qu'elle était une sainte.

Josie remua sur sa chaise.

— Bien sûr, je le sais bien. Ce n'est pas parce que c'était la mère de Noah que je pense que Colette était innocente, mais parce qu'elle était bel et bien une sorte de sainte, monsieur. Ce que l'on connaît d'elle va totalement à l'encontre de l'existence de multiples aventures extraconjugales. Et de la possibilité qu'elle ait soutenu passivement les meurtres perpétrés par Ivan en n'en parlant à personne.

— Tout le monde a ses secrets. De gros secrets affreusement dégoûtants.

— Avec tout le respect que je vous dois, monsieur, je suis particulièrement bien placée pour le savoir.

Elle attendit les représailles, la réplique acerbe qu'il ne manquerait pas de lui hurler au visage, voire la menace de la mettre à la porte, mais il se contenta de rire. Elle prit conscience que c'était peut-être la première fois qu'elle entendait ce son sortir de sa bouche. Il s'esclaffa pendant une bonne dizaine de secondes tout en tirant sa chaise de bureau avant de s'y laisser tomber. Finalement, il déclara :

— Oui, vous êtes toutes les deux bien plus au courant de ça que tous les criminels que j'ai pu rencontrer.

Josie se redressa, prête à se défendre, mais Chitwood balaya l'air d'une main.

— Laissez tomber, Quinn. Je disais juste que j'étais d'accord avec vous. Alors, à votre avis, qu'est-ce qui s'est passé ?

— Colette était l'assistante du propriétaire et gérant de l'entreprise – d'abord Sutton père, puis Sutton fils. Elle a forcément vu des choses que personne d'autre dans l'entreprise n'aura remarquées.

— Comme quoi ?

Josie haussa les épaules.

— Je ne sais pas trop. Tout. Elle était potentiellement au courant de tout : coups de téléphone, réunions, mémos internes, archives... À mon avis, elle a découvert quelque chose – ce même quelque chose qu'avait découvert Craig Bridges et qui lui a valu de mourir.

— Mais quoi ? s'agaça Chitwood.

— C'est la question à laquelle on doit encore répondre, chef, dit Gretchen.

— Donc vous pensez qu'elle ne peut pas avoir eu une aventure avec l'un ou l'autre des frères Pratt ?

— Non, je ne pense pas.

— Très bien, admettons que vous ayez vu juste. Colette est la secrétaire en chef. Elle découvre un truc que l'entreprise souhaite dissimuler au grand public. Elle en parle avec Bridges, car il y a assisté.

— Et donc Sutton demande à Ivan de se débarrasser de Bridges, compléta Josie.

— Je peux comprendre qu'elle se soit adressée à Drew Pratt, il était avocat général, continua Chitwood. Mais pourquoi Samuel Pratt ? Il était prof !

— Peut-être parce qu'il était le frère de Drew Pratt ? intervint Mettner.

— Mais Drew Pratt n'a jamais compris à qui « C. F. » faisait référence, donc ça n'a pas de sens, contra Josie. À moins qu'Ivan ait tué Samuel Pratt avant qu'il ait pu la mettre en contact avec son frère.

— Pourquoi ne pas solliciter directement Drew Pratt ? argua Chitwood. Je connaissais Drew. C'était un homme très accessible.

— Il nous manque un élément, insista Josie.

— Si cet élément figure dans les archives de Sutton, jamais il ne nous laissera y accéder, conclut Gretchen. On peut évidemment demander un mandat mais, franchement, si vous aviez quelque chose à cacher, quitte à tuer pour ça, est-ce que vous prendriez le risque que quelqu'un tombe dessus ?

— Et pourquoi Sutton n'aurait-il pas fait éliminer Colette, s'il savait qu'elle était au courant d'une chose susceptible de mettre en péril l'entreprise ? demanda Chitwood.

— Je ne sais pas, répondit Josie. Je n'ai pas encore toutes les pièces du puzzle, mais on pourrait commencer par aller chercher cet Ivan. On peut le garder ici en attendant son extradition du comté de Lenore. Earl Butler pourra confirmer qu'il s'agit bien de son agresseur. On fait aussi venir Laura Fraley-Hall et Zachary Sutton. On demande un mandat pour fouiller les archives de Sutton Stone Enterprises et trouver tout ce qui traite de l'accident de grue. On profitera du fait que Sutton et Laura seront dans nos locaux pour s'en occuper.

— Et le deuxième homme, c'est qui ? demanda Chitwood. À qui appartient la deuxième empreinte de chaussure ?

— Ça reste encore à définir.

— J'ai demandé à tous les magasins de sports de plein air du comté de me fournir leurs fichiers clients, mais ça pourrait prendre un jour ou deux, précisa Mettner.

— Pour le moment, c'est tout ce qu'on a, mais c'est déjà pas mal. On finira bien par découvrir l'identité de la seconde personne.

Chitwood frappa dans ses mains.

— Alors au boulot ! Ces vautours de journalistes nous attendent. Je veux que cette merde soit réglée hier !

52

La journée touchant à sa fin, ils rédigèrent leur demande de mandat et la firent signer par un juge. Ils décidèrent de réunir tous les protagonistes le lendemain matin, et d'envoyer Mettner et Hummel fouiller les archives armés de leur mandat pendant que Josie et Gretchen interrogeraient Ivan Ulrich, Laura Fraley et Zachary Sutton. Mettner préférait s'en remettre à ses deux collègues, plus expérimentées pour mener des interrogatoires. Josie rentra chez elle, mi-nerveuse, mi-épuisée. Son corps lui réclamait un verre, alors même que sa migraine causée par la gueule de bois persistait légèrement. Elle fut soulagée de voir la Lexus de location de Trinity devant la maison. Sa sœur jumelle l'accueillit à la porte en sautillant. Josie devina à son excitation apparente et au ton qu'elle utilisa pour la saluer qu'il se tramait quelque chose.

— Tu as de la visite ! lui annonça-t-elle avec enthousiasme.

Josie se figea dans le vestibule, comme une biche prise dans les phares d'une voiture. Sans savoir pourquoi, elle crut que c'était Luke. Elle était partie sans dire au revoir. Elle n'avait aucun souvenir de ce qui s'était passé entre eux, mais lui se rappelait certainement chaque seconde. Qu'allait-elle lui dire ?

Est-ce qu'il avait vraiment fait la route jusqu'à Denton pour la voir ? Il ne pouvait pas s'attendre à ce qu'ils se remettent en couple, même dans l'éventualité où ils avaient couché ensemble, ce qui n'avait pas pu arriver, Josie en était certaine, peu importe son alcoolémie, puisqu'elle aimait Noah. Elle n'avait pas vu sa voiture dans l'allée, ni aucune autre, d'ailleurs. Et il y avait vraiment peu de chances que Trinity soit exaltée à ce point à l'idée de voir Luke.

Josie jeta un œil au-dessus de l'épaule de sa sœur pour apercevoir Noah assis sur le canapé, sa jambe plâtrée sur la table basse, une paire de béquilles posée près de lui contre le canapé. Elle se sentit immédiatement submergée par une vague de soulagement et d'impatience. Trinity lui fit un clin d'œil et dit :

— Je monte. Il faut que je prenne une douche avant de repartir pour New York.

— Coucou, fit Noah, tout sourire, en tapotant la place à côté de lui. Assieds-toi.

Josie s'installa au bord de l'assise.

— Comment tu es venu ?

— Grady m'a conduit. Laura va sûrement le tuer, mais il fallait que je revienne.

— Comment tu te sens ?

— J'ai vu mieux. Et toi, ça va ? Trinity était inquiète pour toi. Moi aussi.

— Euh, oui, ça va. Désolée. J'étais juste sur une nouvelle piste. Qu'est-ce que... Pourquoi tu es revenu ?

Il tendit la main pour saisir la sienne, et Josie se sentit à la fois coupable et comblée.

— Je devais m'excuser auprès de toi. Laura m'avait pris mon téléphone, et... J'avais vraiment besoin de quitter Denton, mais j'ai eu tort de te repousser comme ça. Je suis désolé. J'ai du mal à tout gérer...

— Je sais, le rassura Josie.

— Je ne suis toujours pas ravi que tu aies parlé à mon père.

Josie soupira.

— Alors tu ne vas certainement pas être ravi de la suite. On va devoir convoquer Laura pour un interrogatoire en bonne et due forme. Chitwood va la contacter lui-même demain.

Noah se tendit.

— Laura ? Pourquoi ?

— On ne la suspecte de rien, mais on pense qu'il est arrivé des choses au sein de Sutton Stone Enterprises que ta mère aurait découvertes et que Sutton a voulu étouffer. On a besoin de savoir dans quelle mesure Laura était au courant.

— Elle n'est au courant de rien, la défendit Noah. C'est impossible. S'il était arrivé quelque chose de vraiment grave, elle n'aurait pas pu le garder pour elle. Elle ne ferait jamais ça, je le sais.

— Dans ce cas, ça ne devrait pas poser de problème de lui demander de venir répondre à quelques questions, argua Josie.

Noah se passa une main sur le visage. Josie devinait ses pensées ; il était revenu pour se réconcilier avec elle, et elle lui en était reconnaissante, mais ils devaient résoudre le meurtre de sa mère et tout ce qui avait suivi, et déterminer l'implication ou non des membres de sa famille dans cette abomination.

— Je ne suis pas ton ennemie, Noah. Si tu étais de l'autre côté de la barrière, tu t'en rendrais compte. J'essaie de résoudre une enquête. Le meurtre de ta mère. Je ne peux pas détourner le regard juste parce que certaines choses vont déplaire à Laura, Theo ou toi.

Le silence s'installa un moment entre eux. Puis Noah dit finalement :

— Je sais. Tu as raison. J'ai un jour été de l'autre côté de la barrière, tu t'en souviens ?

Un coup sur la porte les fit tous deux sursauter avant que Josie ait eu le temps de lui répondre. C'était Gretchen, un dossier dans une main, une pizza dans l'autre. Mettner se tenait derrière elle, pas très à l'aise.

— Je me disais qu'on pourrait refaire un point sur l'enquête, dit-elle en pénétrant dans le vestibule.

En apercevant Noah sur le canapé, elle s'arrêta net.

— Oh, je suis désolée. Je n'avais pas... Salut, Fraley. Comment vous vous sentez ?

Il la salua de la main.

— J'ai connu mieux !

Mettner lui adressa un petit salut militaire, que Noah lui rendit. Gretchen se retourna vers la porte et poussa Mettner pour le faire reculer.

— On va y aller, dit-elle.

Noah les rappela :

— Ne partez pas à cause de moi. Je suis crevé, de toute façon, j'allais monter me coucher. Les médicaments m'assomment.

Gretchen regarda Josie, qui acquiesça en silence, puis se dirigea vers la cuisine, suivie d'un Mettner de toute évidence dans ses petits souliers. Josie aida Noah à monter l'escalier pour rejoindre sa chambre, où il s'endormit en quelques secondes. Elle dit au revoir à Trinity puis s'installa à la table de la cuisine devant la pizza et les dossiers des affaires Fraley et Pratt.

— Vous pensez que c'est là-dedans ? demanda Mettner.

— Comment ça ? dit Josie en rabattant une pile de rapports concernant la maison de Colette juste après son meurtre.

— Le truc qui nous manque ?

— Aucune idée, mais c'est un bon point de départ.

Pendant une heure, ils passèrent en revue les documents, sans beaucoup parler, chacun prenant des notes individuellement dans un carnet – ou sur son téléphone, dans le cas de Mettner.

— Vous savez ce que je ne comprends pas ? dit finalement Josie. Colette avait en sa possession trois objets on ne peut plus basiques, qui n'auraient pas eu la moindre signification pour la personne qui serait tombée dessus. Alors pourquoi est-ce qu'Ivan, son complice ou je ne sais qui s'est donné tant de mal pour réduire au silence tous ces gens – Colette, Beth et Mason Pratt, Wolicki, Earl Butler – et détruire les maisons de Colette et de Beth ?

— Peut-être qu'il s'est dit que quelqu'un commencerait à poser des questions à cause de la clé USB ? suggéra Gretchen. C'est ça qui nous a mis sur la piste, après tout.

Alors que Josie feuilletait encore et encore le rapport de la scène de crime chez Colette, elle tomba sur les photos des différentes pièces de la maison, du jardin, et du cadavre.

— Non, dit-elle. Je ne pense pas que ce soit la raison. Tout à l'heure, on a évoqué la possibilité que ce soit Ivan qui lui ait remis ces objets. Si c'est le cas, il était le seul, avec Colette, à en connaître la signification.

Mettner reposa la part de pizza qu'il venait d'entamer et se pencha en avant.

— Et quelle est leur signification ?

— Lui montrer ce qui risquait de lui arriver si elle se montrait trop bavarde. C'étaient des avertissements, pas des preuves. On ne prend pas les choses dans le bon sens. Il faut qu'on sache ce que Colette avait découvert – et qu'elle avait toujours en sa possession – que cet homme recherchait. Il y avait forcément autre chose. Une chose vraiment compromettante.

— Et Ivan ignorait ce qu'elle en avait fait, poursuivit Gretchen, devinant les pensées de Josie.

— Absolument. Il a peut-être cru qu'elle avait fait parvenir quelque chose à l'un des enfants Pratt. C'est peut-être pour cette raison qu'il a dû la tuer. Elle était sur le point de tout balancer.

— Mais pourquoi maintenant ? questionna Mettner. Si elle était au courant de cette chose compromettante depuis 1990, au moment de la disparition de Craig Bridges, pourquoi aurait-elle décidé de tout révéler aujourd'hui ?

Josie continua à fouiller dans le dossier, jusqu'à trouver la photo de la salle à manger déserte où Noah et elle étaient censés dîner en compagnie de Colette ce soir-là, puis une autre de la cuisine, où les tiroirs avaient été vidés de leur contenu mais où personne n'avait préparé le repas. Josie sentit soudain qu'une pièce majeure de ce puzzle inextricable se mettait en place.

— Peut-être parce qu'elle savait qu'elle était atteinte de démence, dit-elle. La maladie n'en était qu'au début. Elle ne savait pas combien de temps encore elle garderait sa lucidité.

— Alors elle a décidé de se libérer de tout ce qu'elle avait sur la conscience. Mais elle n'en a pas eu le temps, dit Mettner. Ni Beth Pratt ni Mason Pratt n'avaient rien reçu de la part de Colette ou n'avaient même jamais entendu parler d'elle, quand nous sommes allés les interroger.

— Ce qui signifie qu'elle possédait toujours cette chose pour laquelle elle a été assassinée, conclut Josie.

Le cliché suivant montrait l'agente Chan, un rosaire incrusté de terre à la main. Puis c'était la petite pelle que Colette avait utilisée pour creuser dans le jardin.

— Nom de Dieu, lâcha Josie en se relevant brusquement de sa chaise.

— Qu'est-ce qui se passe ? demanda Gretchen.

— Je vais aller réveiller Noah. J'ai besoin de l'adresse de la maison où il a grandi.

53

À 7 heures le lendemain matin, Josie, Noah, Gretchen, Chitwood, Mettner et Hummel étaient attroupés devant la maison d'enfance de Noah. Cette petite bâtisse d'un étage, située à quelques rues du parc de Denton, était dans le style Cape Cod, avec des volets gris et des encadrements bleu vif. Elle était plus grande que la maison dans laquelle Colette vivait au moment de sa mort, mais Noah avait expliqué à Josie qu'après le départ de son mari, elle avait dû déménager dans un logement plus petit.

Alors que le reste du groupe discutait sur le trottoir, Noah était installé sur le siège passager dans la voiture de Josie, son plâtre pendant par la portière ouverte.

— Tu es vraiment sûre de toi ? lui demanda-t-il.

Non, elle ne l'était pas, mais ça valait la peine d'essayer. Ils pouvaient toujours cuisiner Ivan et Zachary Sutton mais, sans preuve ou connaissance réelle de ce que Colette avait caché, ils n'avanceraient pas. Les deux hommes pouvaient exiger un avocat et, s'ils n'avaient rien de concret à leur reprocher, ils ne pourraient pas les mettre en garde à vue. Même si Earl Butler identifiait formellement Ivan Ulrich comme étant son agresseur,

Josie doutait que cela suffirait pour lui faire avouer tous ses crimes.

— Oui, dit Josie. Je suis sûre.

Chitwood se tourna vers elle, les yeux plissés dans la lumière du soleil levant.

— Vous êtes certaine que ça ne se trouve pas dans l'autre maison ? C'est là-bas qu'elle creusait.

— Non, répondit Josie avec assurance. C'est ici. D'après Laura, elle enterrait déjà ses chapelets quand ils étaient enfants. Et quoi qu'ait découvert Colette, elle l'a découvert quand ses enfants étaient encore jeunes. C'est ici qu'ils vivaient à l'époque. Quel meilleur moyen de protéger son secret que de le laisser enterré dans le jardin quand elle a déménagé ?

— Dans ce cas, pourquoi était-elle en train de creuser dans le jardin de l'autre maison quand elle a été assassinée ? demanda Noah.

Josie grimaça.

— Je pense qu'elle a pu se tromper, à cause de sa maladie.

Chitwood soupira.

— Vous avez intérêt à avoir vu juste, Quinn. Je m'apprête à aller frapper à la porte de cette famille pour leur demander si je peux faire des trous dans leur jardin, alors qu'on ne sait même pas ce que l'on cherche ! Je vous rappelle que je dois convoquer Laura Fraley-Hall, que vous et Gretchen allez récupérer Ivan Ulrich, et que Mettner et Hummel se chargent d'intercepter Zachary Sutton avant qu'il ait connaissance de l'existence du mandat. Je n'ai absolument pas le personnel pour tout ça.

Comme si elle attendait justement ce moment pour apparaître, une vieille Toyota Camry descendit la rue et s'arrêta derrière la voiture de Josie.

— Ne vous en faites pas pour ça, dit cette dernière alors que le sergent Dan Lamay sortait du véhicule. Vous l'avez ramené, Lamay ?

— Bien sûr, patronne.

Lamay boitilla jusqu'au coffre, qu'il ouvrit pour en sortir un détecteur de métaux.

Gretchen offrit à Josie un sourire admiratif.

— Et si la chose qu'elle a cachée – peu importe ce que c'est – n'est pas dans un contenant en métal ? demanda Chitwood. Vous y avez pensé, à ça, Quinn ?

— Alors il faudra creuser l'intégralité du jardin, tandis que si elle l'a caché dans une boîte en métal, nous n'aurons qu'un seul trou à faire.

Chitwood secoua la tête mais remonta le trottoir d'un pas vif.

— En espérant qu'ils nous y autorisent, marmonna-t-il. Parce que j'ai comme un doute sur le fait de pouvoir obtenir un mandat pour un truc aussi vague.

Durant les quinze minutes que Bob Chitwood passa à l'intérieur de la maison, Josie regretta amèrement de l'avoir envoyé demander au propriétaire l'autorisation de fouiller son jardin. Chitwood était la personne la moins sympathique de toute l'équipe. Il irritait même Noah, d'ordinaire si facile à vivre. Mais il ressortit avec un grand sourire aux lèvres, fit signe à Lamay de le rejoindre et lui ordonna de « se bouger les fesses ». Au reste de ses collègues, il déclara :

— Allez, on s'active, on a du pain sur la planche aujourd'hui.

54

Deux heures et demie plus tard, Ivan avait été installé dans une salle d'interrogatoire, et Zachary Sutton dans une autre. Aucun des deux n'était au courant que l'autre allait lui aussi être interrogé. Contre toute attente, c'était Sutton qui leur avait donné le plus de fil à retordre, exigeant qu'on appelle son avocat avant même d'avoir quitté son bureau, tandis qu'Ivan Ulrich avait accepté de monter dans la voiture de Josie et Gretchen pour se rendre au commissariat de Denton sans discuter. À vrai dire, sa seule requête avait été : « Est-ce que je peux prendre mon portefeuille ? » Il était désormais calmement assis à table, sirotant le café que Josie lui avait apporté. Il était bel et bien musclé, tel que l'avaient décrit le voisin de Colette et Earl Butler. Son crâne chauve luisait sous les néons. Sous son regard insondable, son nez semblait irrémédiablement écrasé. Une barbe poivre et sel recouvrait son menton. Il avait un visage dur, et semblait ne ressentir aucune émotion. Josie comprenait que Sutton l'ait choisi pour devenir son homme de main. Même s'il s'était montré agréable et conciliant avec elle et Gretchen, elle ne doutait pas qu'il pouvait être intimidant et effrayant.

Une voix de femme s'éleva dans le couloir. Josie sut qu'il

s'agissait de Laura Fraley-Hall avant même qu'elle apparaisse devant elle, Chitwood sur les talons.

— C'est une plaisanterie, j'espère ? s'indigna-t-elle. Non mais sérieusement, c'est une blague ? Vous ne pouvez pas réellement envisager de m'interroger dans le cadre du meurtre de ma propre mère. C'est quoi, ce commissariat ? Un genre de cirque ?

Chitwood secoua la tête.

— Du calme. L'inspectrice Palmer ici présente a juste quelques questions à vous poser.

Laura posa les mains sur son énorme ventre.

— Vous n'avez pas le droit de me traiter comme ça. Je suis sur le point d'accoucher.

— Oh, s'agaça Chitwood, je fais bien ce que j...

Gretchen l'interrompit.

— Bonjour, Laura. Merci d'être venue. Il ne s'agit pas d'un interrogatoire. D'ailleurs, on pourrait s'installer en bas ? On a une salle de conférences plutôt confortable. Il y a aussi un distributeur au fond du couloir. Je peux vous apporter à manger et à boire, ou envoyer le chef vous chercher ce dont vous avez envie. Vous devez avoir faim ?

Laura était manifestement toujours irritée, mais sembla se détendre un peu. Chitwood observa Gretchen, sans ouvrir la bouche.

— Merci. Je veux bien un thé sans théine et quelques biscuits.

Gretchen lança un regard appuyé à Chitwood, qui avait viré rouge tomate. Malgré tout, il tourna les talons et s'éloigna pour accéder à la demande de Laura.

— Je ne comprends pas ce qui se passe ici, reprit cette dernière.

— Je suis vraiment désolée, Laura, dit Josie. C'est simplement qu'il y a eu du nouveau dans l'enquête. Nous avons vraiment besoin de ton aide, rien de plus.

— Oui, et désolée aussi pour le chef, ajouta Gretchen. Il peut parfois être un peu agressif.

Laura éclata d'un rire sarcastique.

— Oh, c'est une jolie manière de dire que c'est un connard.

Josie ne put se retenir de pouffer à son tour. Elle espérait du fond du cœur qu'une fois tout ça terminé Laura serait mise hors de cause, et qu'elles pourraient entretenir une vraie relation entre belles-sœurs. Une relation dans laquelle Laura n'essaierait pas de la séparer de son frère. Mais pour le moment, Chitwood était leur faire-valoir : lui, c'était le méchant flic, et elles, les gentilles.

Dans la salle de conférences, elles attendirent que Laura se soit installée dans l'un des fauteuils en cuir confortables à sa disposition, devant son thé et ses biscuits, avant de commencer à lui poser des questions.

Gretchen se lança la première.

— Vous avez dit à l'inspectrice Quinn que vous n'aviez jamais entendu parler d'un homme du nom d'Ivan, c'est bien vrai ?

— Oui, c'est vrai. Pourquoi cette question ?

— Alors le nom d'Ivan Ulrich ne vous évoque absolument rien ?

Laura écarquilla les yeux.

— Non, pourquoi, ça devrait ? Est-ce que c'est lui, l'ami d'enfance de ma mère ?

— Oui, confirma Josie. C'est aussi le nom d'un conseiller à la sécurité embauché par Sutton Stone Enterprises depuis 1983.

L'incompréhension se lisait sur le visage de Laura.

— Un conseiller à la sécurité ? Ça veut dire quoi, exactement ? On fait appel à une société externe pour assurer la sécurité des sites. Je peux vous donner son contact.

— Alors Sutton Stone Enterprises n'a pas de conseiller à la sécurité ? demanda Gretchen.

— Pas à ma connaissance, non. En tout cas, je n'ai jamais

entendu parler de ça. Peut-être que M. Sutton a fait appel à cette personne pour l'aider à choisir l'équipe qui gérerait la sécurité des sites ?

— Non, ce n'est pas ce genre de conseiller, dit Gretchen.

— On pense que M. Sutton faisait appel à M. Ulrich pour... ses muscles.

Laura éclata de rire.

— Pour ses muscles ? Comment ça ? Vous voulez dire que c'est un genre de garde du corps ? Je ne vois pas pourquoi M. Sutton aurait besoin d'un garde du corps. On travaille dans des carrières, ça n'a rien de très dangereux.

— Non, pas un garde du corps, corrigea Josie. Plutôt un genre de... Quelqu'un qui règle les problèmes, si tu veux.

— Quoi ? s'exclama Laura en dévisageant tour à tour les deux policières, comme si elle attendait la chute de la blague qu'elles lui faisaient. Mais... pourquoi voulez-vous que M. Sutton ait besoin de quelqu'un pour régler ses problèmes ?

Ignorant sa question, Gretchen demanda :

— Donc vous n'avez jamais entendu parler d'Ivan Ulrich ou collaboré avec lui dans le cadre de votre travail ?

— Hein ? Non. Je n'avais jamais entendu ce nom avant l'autre jour, quand Josie m'a dit que mon père avait parlé de cet homme.

— Votre mère avait-elle déjà évoqué d'éventuels soucis au travail ?

— Non. Mais elle travaillait au bureau de M. Sutton. Moi, j'étais souvent en déplacement, en tout cas avant que je prenne les rênes du site de Bethléem.

— Elle n'a jamais évoqué avoir trouvé quelque chose, ou juste être tombée dessus par hasard, pendant qu'elle travaillait pour Sutton qui aurait pu être source de problèmes ? insista Josie.

Une étincelle passa dans les yeux de Laura. Elle baissa le regard vers son thé.

— Elle m'a dit un truc bizarre, un jour, mais c'était pendant une de ses... crises. Vous savez, quand elle a commencé à montrer les premiers signes de démence. Je ne l'ai pas prise au sérieux. Ça n'avait aucun sens.

— C'était il y a combien de temps ? Qu'est-ce qu'elle a dit ? demanda Gretchen.

Laura posa ses mains sur son ventre.

— C'était l'année dernière. Elle a dit : « Je sais ce qu'ils ont fait. C'était une énorme dissimulation. » Je lui ai demandé qui avait fait quoi, et elle a répondu que c'étaient les Sutton. J'ai voulu savoir si elle parlait de M. Sutton, son ancien patron, et elle a dit : « Ce n'était pas juste lui. » Alors je lui ai demandé de quoi elle parlait, mais elle a seulement rétorqué : « Si je parle, ils me tueront, et peut-être toi, aussi. » J'ai insisté, mais elle était passée à autre chose. Elle avait tendance à raconter des choses bizarres et à tomber dans la paranoïa quand elle n'était pas lucide. C'est pour ça que je ne l'ai pas prise au sérieux.

— Est-ce que tu lui en as reparlé quand elle était lucide ? demanda Josie.

— Bien sûr. Elle a rigolé et m'a dit qu'elle avait dû regarder trop de séries policières à la télévision.

— Est-ce que c'est la seule fois où elle a raconté quelque chose du genre ? demanda Gretchen.

Laura se caressa le ventre, le front plissé.

— Eh bien... Elle a encore dit un truc bizarre après ça mais, honnêtement, je n'ai même pas pris la peine de lui poser de questions, tellement ça semblait irrationnel.

— Qu'est-ce qu'elle a dit ?

— Elle a dit : « Je sais où sont les corps. Tous les corps. »

55

Josie et Gretchen laissèrent Laura dans la salle de conférences et montèrent à l'étage pour rejoindre les salles d'interrogatoire. Elles virent sur les écrans de surveillance qu'Ivan n'avait pas beaucoup bougé pendant son attente. Son gobelet de café était vide mais, en dehors de ça, il semblait se satisfaire de patienter, assis bien droit sur sa chaise. Josie en déduisit qu'il avait l'habitude d'obéir aux ordres.

— Tu la crois ? demanda Gretchen.

Josie soupira.

— Je ne sais pas. C'est quand même difficile d'imaginer qu'elle n'était pas au courant que Sutton gardait sous la main quelqu'un pour faire son sale boulot. Mais je la crois quand elle dit qu'elle n'a aucune idée de ce que Colette pouvait cacher. Je me mets à la place de Laura ; si Colette était ma mère et qu'elle commençait à perdre la tête et à raconter des trucs bizarres, la connaissant, je n'y aurais jamais cru si elle avait parlé de corps dissimulés. J'aurais pris l'excuse d'avoir trop regardé la télé parfaitement au sérieux.

— Pourtant, Colette disait la vérité, reprit Gretchen. Elle

savait bel et bien quelque chose. Elle était au courant de ce qui est arrivé à Bridges et aux frères Pratt, c'est sûr.

— Oui, en convint Josie.

Elle sortit son téléphone et appela Lamay, qui n'avait pour le moment rien découvert d'autre qu'une vieille clé enterrée dans le jardin.

— Continuez à chercher, le pressa-t-elle. C'est vraiment important.

Elle raccrocha et rangea son téléphone.

— Allons voir cet Ivan Ulrich.

— Attends, l'arrêta Gretchen, dont le téléphone venait de biper. C'est Mettner. Il a reçu un mail du service juridique de *Landon's Sporting Goods*, à côté de Bellewood. Le nom d'Ivan Ulrich apparaît sur la liste des clients ayant acheté des bottes Coyote Run en taille 44 dans le magasin ces six derniers mois. Ils l'ont retrouvé grâce à sa carte de fidélité.

— Parfait, dit Josie. Allons-y.

Elles lurent d'abord ses droits à Ivan, à la suite de quoi Josie s'attendait à ce qu'il demande la présence d'un avocat, mais il n'en fit rien. Peut-être n'avait-il pas conscience de la gravité de sa situation.

Gretchen commença par lui demander où il se trouvait aux dates et heures de cette récente série de crimes : le meurtre de Colette, le meurtre de Beth Pratt, l'incendie de la maison de Beth Pratt, l'agression de Mason Pratt, l'incendie de la maison de Colette, le meurtre de Wolicki et l'agression d'Earl Butler. Il leur opposa le même alibi à chaque fois : il se trouvait avec une amie qui pourrait leur confirmer sa présence à ses côtés à chacune de ces dates. Il leur écrivit son nom, son adresse et son numéro de téléphone, mais Josie mit le papier de côté : il avait de toute évidence demandé à cette femme de mentir pour le couvrir, elle en était certaine.

Elles lui demandèrent ensuite s'il avait connu Colette, et il leur confirma qu'ils avaient fréquenté la même école catholique, où leurs mères respectives travaillaient. Il confirma également qu'un des prêtres lui avait « fait des choses pas bien » et que Colette avait donné l'alerte, ce qui avait forcé sa mère à partir et à s'installer ailleurs avec son fils.

— Quand avez-vous revu Colette par la suite ? lui demanda Josie.

— Il y a un paquet d'années. On avait tous les deux fini le lycée. Ma mère venait de mourir. J'allais être expulsé de notre appartement. Je suis revenu à Denton pour la voir. Je lui ai demandé de m'aider. Elle m'a trouvé un boulot à la carrière.

— Quel genre de boulot ? demanda Gretchen.

Il pouffa.

— Je déplaçais des pierres d'un endroit à un autre. Une fois que les carriers avaient fait leur travail, on était plusieurs à venir ramasser les morceaux et les débris pour les stocker ailleurs.

— Vous avez fait ça combien de temps ?

— Un an, peut-être.

— Qu'est-ce qui s'est passé ensuite ? le relança Gretchen.

— M. Sutton – le fils – m'a dit qu'il avait un boulot plus facile à me proposer. Dans la sécurité.

— Quel genre ? demanda Josie.

— Il faisait appel à une société extérieure pour gérer la sécurisation des différents sites d'extraction, mais il ne leur faisait pas confiance. Il me demandait régulièrement d'aller faire des vérifications sur place.

— C'est tout ? dit Gretchen.

— Eh bien, parfois, il y avait des accrochages entre les ouvriers, et je me rendais sur le site pour jouer les médiateurs. J'essayais de leur faire trouver un terrain d'entente avant d'en venir aux mains.

Josie n'y croyait pas une seule seconde. Ce dont elle était sûre, c'était qu'Ivan et Sutton savaient depuis longtemps qu'on finirait par leur poser des questions de ce type, et avaient donc préparé des réponses appropriées. Des réponses inoffensives.

— Avez-vous déjà fourni des services nécessitant de recourir à la violence à M. Sutton ? questionna Josie.

Le sourire sur le visage d'Ivan se figea.

— À la violence ? Comment ça ?

— M. Sutton vous a-t-il déjà demandé d'intimider quelqu'un ? D'agresser quelqu'un ? compléta Gretchen.

— Ce serait illégal, dit-il.

Josie nota intérieurement qu'il n'avait pas répondu par la négative. Elle sortit son téléphone et y afficha un portrait de Drew Pratt.

— Avez-vous déjà vu cet homme ?

Il regarda longuement l'écran avant de répondre :

— Non, jamais.

Elle obtint la même réponse après lui avoir montré les portraits de Samuel Pratt et de Craig Bridges. Josie décida de changer de sujet pour le moment.

— Après être devenu conseiller à la sécurité pour M. Sutton, à quelle fréquence voyiez-vous Colette ?

— Pas très souvent. Il m'arrivait de la croiser, mais je n'avais pas vraiment de raison de me rendre dans les bureaux de la direction.

— Monsieur Ulrich, continua Josie. Avez-vous eu une relation amoureuse ou sexuelle avec Colette Fraley ?

Il sembla pris de court, mais se reprit rapidement.

— Non.

— L'auriez-vous souhaité ? insista Gretchen.

Il ne leva pas les yeux de son gobelet vide.

— Oui. J'aimais beaucoup Colette. Mais elle n'a jamais eu ce genre de sentiments pour moi. Et puis elle était mariée. Elle avait une famille.

— Ça n'arrête pas forcément les gens, fit remarquer Josie.

Il croisa son regard, un éclair de colère traversant ses iris sombres.

— Colette n'aurait jamais fait ça. Elle était honnête. C'était une belle personne. Une bonne mère, et une bonne épouse.

— A-t-elle eu une aventure avec Zachary Sutton ? insista Josie.

Il secoua la tête.

— Non, bien sûr que non. Leur relation était strictement professionnelle.

— Et avec d'autres hommes ? Savez-vous si Colette avait un ou des amants ?

— Je ne suis pas au courant. Mais j'en doute. Je vous l'ai dit, elle n'était pas comme ça. Ce n'était pas son genre.

— Beaucoup de gens ne sont pas de ce genre-là, modéra Gretchen. Jusqu'à ce qu'ils le deviennent.

Il claqua brusquement la main sur la table. Josie et Gretchen réussirent à rester immobiles au lieu de sursauter.

— Pas Colette, cracha-t-il.

— D'accord, très bien, céda Gretchen.

Elle tourna sur sa chaise et attrapa un sac de scellés posé sur la table le long du mur. Après avoir enfilé une paire de gants qu'elle sortit de sa poche, elle vida le contenu du sac sur la table et étala les trois objets devant Ivan. La clé USB. La pointe de flèche. La boucle de ceinture.

— Reconnaissez-vous ces objets ? demanda Gretchen.

De nouveau, Josie repéra une étincelle dans ses yeux.

— Non, dit-il. Je ne les ai jamais vus.

— Vous chaussez du combien ? lança Josie.

Surpris, il croisa le regard de la policière.

— Pardon, vous avez dit ?

— Votre pointure. Vous chaussez du combien ?

— Du 44. Quel rapport avec le reste ?

— Possédez-vous une paire de bottes de marque Coyote Run ?

— C'est possible. J'ai plusieurs paires de bottes.

— Avez-vous acheté une paire de bottes chez *Landon's Sporting Goods* ces derniers mois ?

— Quoi ?

Pour la première fois, il montra des signes d'agacement.

— Je n'en sais rien. Oui, je crois.

— Et si je vous montrais un ticket de caisse à votre nom pour l'achat d'une paire dans ce magasin il y a quatre mois, des bottes beige Coyote Run en taille 44, me contrediriez-vous ?

— Non. Je ne vous contredirais pas. J'ai déjà acheté plusieurs paires de bottes là-bas.

Il avait déjà utilisé son amie comme alibi pour la nuit où Mason Pratt avait été agressé. Pour prouver sans l'ombre d'un doute que c'était bien l'empreinte de sa chaussure qui avait été relevée sur place, il restait du boulot. Elles allaient devoir obtenir un mandat pour fouiller son appartement et récupérer ses bottes, afin de faire faire des prélèvements de terre sur les semelles. Ou elles pouvaient faire appel à un expert pour qu'il compare la chaussure d'Ivan et la trace retrouvée chez Mason Pratt, mais il devrait au préalable donner son accord. En attendant, Josie ne voulait pas risquer de rendre Ivan suspicieux au point de réclamer un avocat.

— Avez-vous un associé ? demanda Josie. Quelqu'un avec qui vous travaillez dans le cadre de votre travail de conseiller à la sécurité ?

— Non, répondit Ivan. Je travaille seul.

— Savez-vous si M. Sutton fait parfois appel à d'autres conseillers à la sécurité ?

— Je n'en sais rien. Il faudrait lui poser la question.

Gretchen sourit.

— Nous le ferons. Dites-moi, où étiez-vous hier après-midi ?

Sans détourner le regard, il répondit :

— J'étais avec mon amie. On est allés se promener en voiture.

— Je pense qu'on a fait le tour, conclut Josie, mais nous avons une autre personne qui souhaiterait échanger avec vous. Ça ne vous dérange pas de patienter encore un peu ?

Un muscle se contracta au niveau de sa mâchoire, mais il dit simplement :

— Pas de problème.

56

Une fois qu'elles furent sorties de la salle d'interrogatoire, Josie dit à Gretchen :

— Il nous faut un mandat pour les chaussures, pour pouvoir faire une comparaison. Ça risque de prendre un moment, on ne pourra peut-être pas le garder ici en attendant. Appelle le shérif du comté de Lenore et demande-lui de venir lui parler. On aura besoin d'un portrait, aussi. Ils pourraient peut-être demander à Earl Butler de confirmer son identité.

— Il ment comme il respire, fit remarquer Gretchen en tirant son téléphone de sa poche pour passer son coup de fil.

Josie se dirigea vers les écrans montrant les différentes salles d'interrogatoire afin de jeter un œil à Zachary Sutton. Son avocat était arrivé et s'entretenait avec lui, la vidéo avait donc été coupée.

— Il ne dira pas un mot, annonça Chitwood en entrant derrière elle dans la salle de télésurveillance. J'ai libéré Laura. Elle a dit qu'elle et son mari resteraient chez Noah cette nuit.

Josie avait déposé Noah à son domicile sur le chemin du commissariat, après s'être assurée qu'il saurait s'en sortir avec ses béquilles. Au moins, Grady et Laura seraient là pour l'aider s'il en avait besoin.

Ils retournèrent dans la grande salle. Josie s'assit à son bureau et rappela Lamay, qui n'avait toujours rien trouvé. Elle commençait à se sentir comme la pire des idiotes. Encore une fois, elle n'avait fait que supposer que Colette aurait pu enterrer sa trouvaille dans un contenant métallique.

— Continuez à chercher, dit-elle. Quelle taille fait le jardin, au fait ? Il ne me semblait pas que les terrains étaient particulièrement grands dans cette rue.

— Non, ce n'est pas très grand, mais si je dois tout faire seul avec ma pelle, ça risque quand même de prendre un moment. Je vérifie tout plusieurs fois pour être sûr de ne pas passer à côté de quelque chose, patronne, lui assura-t-il.

Elle venait de raccrocher quand Gretchen s'assit à son propre bureau.

— L'adjoint du shérif du comté de Lenore est en route. Il en a à peu près pour quarante-cinq minutes mais, comme tu le sais, on ne peut pas forcer Ivan Ulrich à rester ici en attendant s'il demande à partir.

— Je sais bien. Il nous faut plus de matière.

— On pourrait aller droit au but, suggéra Gretchen. Tout mettre sur la table devant lui. Lui dire qu'on sait ce qu'il a fait.

— Je ne veux pas qu'on joue nos cartes trop tôt. Il ne va pas tout avouer aussi facilement. Sutton non plus. Dès qu'il va s'apercevoir qu'on n'a pas de quoi justifier une garde à vue, il va se barrer. Et je doute qu'on ait assez d'éléments pour y aller au bluff en espérant qu'il déballe tout. Tu as eu des nouvelles de Mettner et de Hummel concernant les archives de Sutton Stone liées à l'accident ?

Gretchen regarda son téléphone.

— Il y a quinze minutes, ils étaient encore en train de chercher. Qu'est-ce que tu espères qu'ils trouvent, exactement ?

Josie ouvrit l'un des cartons sur son bureau et fouilla son

contenu. Il s'agissait des effets personnels que Drew Pratt avait récupérés à l'université après le décès de son frère. Elle feuilleta le carnet de Drew Pratt et relut ses notes au sujet de ce « C. F. » mystérieux. Avec un soupir, elle le mit de côté et s'empara du document placé juste en dessous : le curriculum vitæ de Samuel Pratt. La liste de ses accomplissements était impressionnante.

— Je ne sais pas, répondit Josie. Je doute que Zachary Sutton ait conservé des preuves d'une activité criminelle dans les archives de son entreprise. Tout ce que je sais, c'est qu'il nous faut autre chose avant de retourner voir ces deux-là pour leur mettre un coup de pression.

Elle reprit sa lecture, parcourant ses nombreuses publications parues en quelques dizaines d'années :« La poterie rurale dans l'Italie médiévale », « Archéologie forensique et analyse de fosses communes du XXe siècle », « Les outils de pierre taillée dans la Rome antique : classification, fonction et utilisation », « Les dernières avancées en termes de méthodes de recherches archéologiques dans la région des Balkans entre 6500 et 4200 avant J.-C », « Datation au carbone 14 et réflexions forensiques autour de fosses communes de Macédoine du Nord. Réévaluation de l'émergence d'une vie de village dans la culture de Jiroft, en Iran ».

La voix de Laura se fit entendre dans sa tête : « *Elle a dit : "Je sais où sont les corps. Tous les corps."* »

— Mon Dieu, souffla Josie.

— Qu'est-ce qu'il y a ? demanda Gretchen.

— Je crois que je sais ce qui s'est passé, dit-elle en bondissant de sa chaise. On y retourne.

57

Ivan leva la tête en voyant réapparaître les policières. Josie se pencha au-dessus de la table et le regarda droit dans les yeux.

— Ça suffit, les conneries, maintenant, Ivan. Je suis au courant pour le charnier.

Son visage demeura impassible tandis qu'il devenait livide. Il ouvrit la bouche, mais aucun son n'en sortit. Cela encouragea Josie à poursuivre.

— En 1974, il y a eu un accident sur le terrain où logeaient certains employés de la carrière. D'après les journaux, il y a eu quatre morts. Leurs familles ont été dédommagées. Mais il y a eu plus de quatre victimes, n'est-ce pas ? Beaucoup plus, même. Craig Bridges savait combien de personnes étaient décédées cette nuit-là. Il a tout vu. Et c'était pire que ce qu'il avait vu au Vietnam. C'est pour ça qu'il en a fait des cauchemars pendant le reste de sa vie.

Ivan baissa les yeux.

Josie haussa le ton.

— Colette Fraley a découvert des preuves de ce qui était réellement arrivé la nuit de l'accident. Elle a découvert des documents internes sur cette dissimulation. Elle savait où se trouvaient les corps – tous les corps –, et Colette ne pouvait pas se taire. Elle devait faire quelque chose, c'était dans son ADN. Je me trompe ?

Ivan ne répondit pas.

Josie frappa la table du plat de la main, et il sursauta.

— Colette Fraley vous a sauvé d'un prêtre pédophile. Elle a pris le risque que sa mère et la vôtre se retrouvent sans emploi, elle a pris le risque d'être exclue de cette Église si chère à ses yeux. Quand elle a découvert qu'un charnier dont les patrons avaient dissimulé l'existence se trouvait sur un des terrains de Sutton Stone Enterprises, elle se devait d'agir. Est-ce que je me trompe ?

L'atmosphère était lourde, et la température de la pièce semblait avoir grimpé d'au moins cinq degrés depuis l'entrée en trombe de Josie. Une fine pellicule de sueur couvrait le crâne brillant d'Ivan. Lentement, il tourna la tête vers la gauche, puis vers la droite.

— Dites-le, ordonna Josie.

Ses mots étaient à peine audibles quand il s'exécuta.

— Vous ne vous trompez pas.

— Elle a pris contact avec Craig Bridges. Il était le seul survivant. Je ne sais pas ce qui lui a valu d'avoir la vie sauve, mais les Sutton lui ont donné de l'argent, et il a pris le large. Jusqu'à ce que Colette trouve les documents. Quelqu'un s'en est aperçu. Sutton s'en est aperçu. Il vous a demandé de vous en occuper, et c'est ce que vous avez fait. Est-ce que je me trompe ?

Il secoua de nouveau la tête, plus vite cette fois.

— Qu'avez-vous fait ?

Pas de réponse.

— Ivan, insista Josie. Si Colette a eu une place importante dans votre vie, si vous l'avez vraiment aimée, avec sincérité, vous direz la vérité. Vous savez que c'est ce qu'elle aurait voulu. C'était son unique souhait. Que la vérité éclate. Cette vérité, vous la connaissez. J'ai besoin que vous parliez. Qu'avez-vous fait ?

— Bien sûr que je l'aimais, marmonna-t-il.

— Alors dites la vérité. En l'état actuel des choses, Colette passe pour une tueuse en série. Elle cachait à son domicile des objets appartenant à trois hommes morts ou disparus. Nous savons qu'elle a rencontré Samuel Pratt au moins deux fois, et nous savons qu'elle a rencontré Drew Pratt le jour de sa disparition. C'est ça, que vous voulez ? Qu'on se souvienne de Colette comme d'une tueuse ? Vous voulez que sa mémoire soit salie de cette manière ?

— Non, asséna Ivan.

— Alors dites-moi : comment Sutton a-t-il découvert que Colette était en contact avec Bridges, et que vous a-t-il demandé de faire ?

— Elle était si imprudente... dit Ivan doucement. Elle avait inscrit le nom et le numéro de téléphone de Bridges sur un bout de papier. Un jour qu'elle cherchait quelque chose dans son sac à main au travail, il est tombé. Sutton l'a trouvé. Quand il lui a posé des questions, elle a menti et prétendu qu'il s'agissait d'un membre de sa paroisse à qui elle devait livrer des repas, mais il ne l'a pas crue. Il m'a demandé de vérifier le numéro de téléphone. Et après, de faire disparaître Bridges.

— Il vous a dit de le tuer ? demanda Josie.

— Il n'a jamais employé le mot « tuer ». Mais c'était clair. Il a dit que Bridges était au courant d'informations susceptibles de mettre en danger toute l'entreprise, et que je devais me charger de le mettre hors d'état de nuire.

— Et vous l'avez fait ?

— Non, j'ai refusé. Je ne... Ce n'était pas ce qui était convenu entre nous. Il m'avait déjà demandé d'intimider quelques personnes, mais ce n'était jamais allé plus loin. La plupart du temps, je devais plutôt espionner des concurrents ou des gens avec qui il voulait faire affaire. Mon rôle, c'était de fouiner et de trouver leurs secrets inavouables. Alors j'ai répondu que je ne pouvais pas faire disparaître Bridges. Je ne voyais pas pourquoi c'était nécessaire puisque, de toute évidence, Bridges n'avait jamais parlé jusque-là.

— Mais Colette était désormais au courant. Ça changeait tout.

— Il voulait aussi que je fasse disparaître Colette. Il a dit que, si je refusais, il trouverait quelqu'un d'autre pour s'en charger.

Gretchen fit un pas vers lui et le regarda fixement.

— Vous avez conclu un marché avec Sutton.

Il jeta un œil dans sa direction, comme s'il remarquait seulement sa présence.

— Oui. Je lui ai dit que je pouvais garantir que Colette ne serait plus un souci. J'ai réussi à le convaincre que ça semblerait vraiment louche, si un ancien employé et sa secrétaire disparaissaient ou décédaient quasi simultanément, même si Bridges ne vivait plus en Pennsylvanie. J'ai fait valoir que Colette avait de jeunes enfants, et qu'elle avait toujours donné satisfaction dans son travail. Elle était bénévole dans sa paroisse et très appréciée par son entourage. Si elle avait disparu, cela aurait forcément attiré l'attention sur l'entreprise. Une attention dont il ne voulait pas. Alors il a dit que si je m'occupais de Bridges, il continuerait de me donner du boulot, et qu'il n'arriverait rien à Colette.

— Vous vous êtes donc rendu dans le Maryland, dit Josie.

— Un matin, j'ai attendu Bridges sur la banquette arrière de sa voiture. Quand il s'est installé au volant, j'ai pointé une arme sur sa tempe et lui ai ordonné de conduire jusqu'à un fleuve pas très loin. Ensuite, je l'ai fait sortir du véhicule et entrer dans le fleuve. J'ai... Je l'ai maintenu sous l'eau jusqu'à ce qu'il meure, et j'ai laissé son corps dériver.

— Mais vous avez conservé sa boucle de ceinture, dit Josie.

Et vous l'avez ramenée avec vous pour la donner à Colette. Que lui avez-vous dit ?

— Je lui ai dit qu'elle appartenait à Bridges et qu'elle devait arrêter tout de suite ce qu'elle essayait de faire. Que Sutton avait fait assassiner Bridges, et qu'elle était la prochaine sur la liste si elle ne laissait pas tomber. C'est là qu'elle m'a raconté ce qu'elle avait découvert – le massacre au campement, comme elle disait. Je n'avais jamais entendu parler de cet événement avant ça.

— Vous l'avez convaincue de garder le silence, poursuivit Josie. Comment ?

Il baissa le menton contre sa poitrine.

— Ses enfants étaient petits. Elle avait très peur pour eux. Je lui ai promis de faire mon possible pour la protéger tout en précisant qu'au moindre doute, Sutton se débarrasserait de moi sans hésitation et me remplacerait par un autre. Je lui ai démontré que la meilleure solution pour sa famille était qu'elle se taise.

— Et elle a obéi, sans discuter ?

Il acquiesça.

— Ç'a été difficile pour elle, mais elle devait protéger sa famille.

— Mais en 1999, elle a réessayé de démasquer Sutton. Elle a pris contact avec Samuel Pratt, un professeur d'archéologie de l'université de Denton. Il avait étudié des fosses communes dans le monde entier. Elle voulait voir s'il pourrait organiser une fouille à proximité de la carrière. Dévoiler la tombe sans se dévoiler, elle. Ç'aurait été une découverte fortuite. Comment Sutton s'en est-il aperçu ?

— Il ne s'est aperçu de rien, répondit doucement Ivan. Il ne savait pas, pour Samuel Pratt... et pour son frère.

Josie jeta un œil à Gretchen, qui lui répondit d'un hausse-ment d'épaules quasi imperceptible, puis se retourna vers Ivan.

— Mais vous, vous saviez. Pourquoi ?

Ses yeux brillaient de larmes.

— J'étais amoureux d'elle. J'ai... Je la surveillais.

— Vous l'espionniez.

— Non, je gardais un œil sur elle.

Josie décida de ne pas débattre.

— Vous l'avez vue avec Samuel Pratt. Elle l'avait rencontré avant qu'il meure.

— Je me suis renseigné sur lui. Je ne voyais qu'une seule raison qui pouvait expliquer qu'elle ait cherché à le rencontrer. Lors de leur deuxième rendez-vous, j'ai saisi des bribes de leur conversation : tout était clair. Alors j'ai attendu le départ de Colette, j'ai rejoint M. Pratt à sa voiture, je l'ai forcé à monter et à conduire jusqu'à Bellewood. Je connaissais un endroit discret par là-bas, où passait le fleuve.

— Et ensuite ? le relança Josie.

— Il m'a supplié de le laisser partir. Il disait qu'il ne dirait rien, qu'il ne parlerait plus jamais à Colette. Mais c'était trop tard. Je savais déjà qu'il était impossible pour quelqu'un de fermer les yeux sur un truc comme ça. Je savais ce qui arriverait, si Sutton était démasqué. On me tuerait. Colette, et peut-être même sa famille, serait éliminée. Alors, je l'ai guidé jusqu'au fleuve, et j'ai maintenu sa tête sous l'eau jusqu'à ce que ce soit terminé.

La manière dont Ivan décrivait ses crimes, si froide et terre à terre, donna des frissons à Josie. Les seuls moments où il semblait ressentir quelque chose, c'était quand il évoquait Colette. Était-il seulement capable d'éprouver l'amour qu'il disait avoir pour elle, ou n'était-ce qu'une sorte d'obsession malsaine ? Comment une personne en mesure de tuer si facile-ment pouvait dans le même temps se donner corps et âme pour protéger une femme qui ne l'aimait pas en retour ? Ivan Ulrich était-il un sociopathe, ou souffrait-il juste de profondes blessures ? *Peut-être un peu des deux*, songea Josie. Ça n'avait pas d'importance. L'important, c'était d'obtenir des aveux complets pour mettre Ivan derrière les barreaux et clore cette affaire.

— Vous lui avez pris quelque chose, dit Josie. Que vous avez rapporté à Colette comme avertissement.

— Il portait cette pointe de flèche sur lui. Je la lui ai donnée, et je lui ai redit d'arrêter. Elle était... Elle était très en colère. Très contrariée. Elle m'a demandé de la laisser tranquille, et elle m'a dit...

Il s'interrompit, avala sa salive, puis réessaya de finir sa phrase.

— Elle m'a dit qu'elle ne voulait plus jamais me revoir.

— Ce qui ne vous a pas empêché de continuer à « garder un œil sur elle », n'est-ce pas ? supposa Josie.

Il hocha la tête.

— Et malgré vos avertissements, elle a fait une ultime tentative pour mettre au jour le grand secret de Sutton Stone.

— Oui. Avec Drew Pratt. Il était avocat général. Ce n'était pas possible : si M. Sutton avait découvert qu'elle était en contact avec un magistrat, nous aurions tous été en danger.

— Et M. Sutton l'a-t-il découvert ? demanda Gretchen.

— Non... Je... m'en suis occupé.

— Qu'avez-vous fait ? insista Josie.

— Je l'ai suivie le jour où ils avaient rendez-vous au marché couvert. Je savais qu'elle mijotait quelque chose, parce qu'elle portait une perruque. Je l'ai vue sur le parking, à faire les cent pas tout en enchaînant les cigarettes. Et puis Drew Pratt est arrivé. Elle s'est penchée par la vitre de la portière pendant quelques secondes. Et puis il est sorti, et ils sont entrés dans le bâtiment. Je les ai pistés comme je pouvais sans me faire remarquer. Je l'ai entendue lui dire qu'elle avait des documents. Un dossier, elle a dit. Je ne savais pas si c'était sur papier ou dans son ordinateur. Quand elle est partie, j'ai fait marcher Drew Pratt jusqu'au fleuve avec son ordinateur portable. Il avait une clé USB. Je l'ai récupérée. Et puis je l'ai noyé.

Josie sentit une nouvelle vague de tristesse la traverser. Ces hommes avaient été arrachés à leur famille et à leurs proches pour une seule raison : quelqu'un leur avait confié un terrible secret. Ils étaient innocents. Ils n'avaient rien à voir avec le crime originel. Mason Pratt, dernier rescapé de la famille, souffrirait jusqu'à la fin de sa vie à cause de cet homme.

— Vous saviez ce que contenait cette clé USB ? lui demanda Josie.

— Non. J'ai pensé que c'était peut-être elle qui la lui avait remise. Je voulais qu'elle sache que j'étais la dernière personne qu'il avait vue. Donc je lui ai rendu la clé. Elle m'a dit que ce n'était pas à elle. Je lui ai dit que je savais qu'elle l'avait donnée à Pratt. Elle a dit qu'elle ne lui avait rien donné du tout, mais a admis qu'elle possédait des documents. Des documents internes à l'entreprise, d'après elle. Elle les avait trouvés dans le bureau de Sutton père après son décès, cachés dans le double-fond d'un tiroir de son bureau. Elle m'a dit que personne ne saurait jamais où elle les avait cachés, et que ça n'avait aucune importance puisqu'elle n'essaierait plus de faire tomber Sutton.

— Vous n'aviez pas peur qu'elle recommence malgré tout ? dit Gretchen. Elle avait déjà fait trois tentatives.

— Je savais qu'elle ne recommencerait pas, déclara Ivan d'une voix teintée de tristesse. Elle ne voulait pas avoir plus de morts sur la conscience.

Josie faillit lui rétorquer que ces morts pesaient sur sa conscience à lui, et pas celle de Colette, mais elle garda le silence.

— Je l'ai suppliée de ne pas m'obliger à tuer de nouveau, poursuivit-il. Je l'ai suppliée de prier pour mon âme. Ensuite, Laura a été embauchée par Sutton, et Colette m'a une nouvelle fois promis d'emporter ce secret dans la tombe.

— Que s'est-il passé, alors ? demanda Gretchen. Pourquoi l'avez-vous tuée ?

Le choc se lut sur son visage.

— Je ne l'ai pas tuée. Jamais je n'aurais fait de mal à Colette. Personne n'aurait fait ça. C'était une belle personne.

— Ivan, insista Josie. Vous venez d'avouer trois meurtres. Pourquoi mentir au sujet de Colette ?

Il posa une main sur la table et se pencha vers elle, la regardant dans les yeux sans ciller.

— Je ne l'ai pas tuée.

— Mais vous avez tué Beth Pratt, incendié sa maison, agressé Mason Pratt, tué Brody Wolicki et tenté de tuer Earl Butler. Et vous avez mis le feu à la maison de Colette alors que moi-même et Noah étions à l'intérieur.

Il laissa retomber sa tête.

— Je ne voulais pas faire tout ça.

— Dans ce cas, pourquoi l'avoir fait ?

Pour la première fois, Ivan regarda derrière les policières, en direction du miroir sans tain.

— Je ne dirai rien de plus. Je veux un arrangement.

— Quel genre d'arrangement ?

— Le genre où je vous raconte le reste et je vous aide à coincer M. Sutton. Vous ne comprenez pas. Il reste un danger pour Laura et tous les enfants de Colette.

Josie haussa un sourcil.

— C'est vous qui vous chargez du sale boulot. Qu'est-ce qui devrait nous convaincre qu'il est dangereux ? C'est un vieil homme, aujourd'hui.

— N'importe quel homme peut être dangereux. Je vous assure. Il est imprévisible. Froid. J'ai fait les choses que j'ai faites parce que je n'avais pas le choix. Lui, c'est différent. Il... Il aime ça.

Josie échangea un regard avec Gretchen.

— Laissez-nous le temps d'y réfléchir.

À l'extérieur de la salle d'interrogatoire, Gretchen demanda :

— Qu'est-ce que tu en penses ?

Josie soupira.

— Ça ne dépend pas de nous. Il faut appeler le bureau de la procureure. Mais si elle apprend qu'on peut obtenir des informations par cet homme au sujet de Drew Pratt, elle acceptera certainement de conclure un marché.

— En même temps, il a déjà avoué le meurtre de Drew Pratt. Il n'a plus rien à nous offrir en échange.

— Si. Il en sait bien plus que ce qu'il nous a dit. S'il y a vraiment un charnier quelque part et qu'il peut nous en indiquer l'emplacement, alors la procureure acceptera de négocier. En plus, Sutton est un gros poisson avec une armée d'avocats. Un témoignage direct le mettant en cause sera peut-être le seul moyen de le faire tomber. Et puis il y avait une deuxième personne, tu te souviens ? L'empreinte en taille 43 retrouvée chez Colette. On a besoin de déterminer s'il sait de qui il s'agit.

— Je vais contacter le bureau de la procureure, décida Gretchen. Toi, vois où en est Lamay.

58

— Toujours rien, patronne, dit Lamay quand Josie l'appela sur son téléphone portable. Je vais devoir creuser tout le jardin.

— Merde. Bon, je vais en parler avec Chitwood.

Ils n'avaient pas de plan B.

Lamay continuait à parler :

— Je me disais qu'on devrait peut-être commencer par le fond, là où il y a la niche...

— La quoi ? l'interrompit Josie. Une niche ?

— Il y a un genre de petite niche décorative dans le jardin. Avec une statue de la Vierge à l'intérieur. Les propriétaires m'ont dit que les Fraley l'avaient laissée lorsqu'ils avaient vendu la maison. C'est assez joli. Ils ne l'ont jamais retirée, même s'ils sont athées. Ça les aurait gênés de le faire.

Josie se pinça l'arête du nez.

— Dan, souffla-t-elle. C'est sous la statue.

— Vous êtes sûre ?

— Oui. J'en suis sûre. Pouvez-vous la déplacer ? Est-ce qu'elle est suffisamment petite pour que vous puissiez la déplacer seul et regarder ce qu'il y a en dessous ?

Un long silence suivit, ponctué de halètements, puis :

— Je crois que je vais avoir besoin d'aide, patronne.

Josie regarda autour d'elle : Gretchen était en pleine conversation avec Mettner et Hummel. À en croire leur expression, leur expédition du matin n'avait rien donné.

— Mett et Hummel vont vous donner un coup de main. Ne bougez pas.

Elle envoya les deux policiers prêter main-forte à Lamay. Ils n'avaient rien trouvé de plus dans les archives de Sutton Stone que ce que Gretchen avait déjà appris dans les journaux.

La procureure en personne arriva une demi-heure plus tard avec un de ses assistants. Après avoir échangé avec Josie, Gretchen et Chitwood et entendu les dernières découvertes de l'équipe, elle les autorisa à marchander : Ivan ne serait pas condamné à mort s'il acceptait de témoigner contre Sutton concernant son implication dans les meurtres de Beth Pratt et de Brody Wolicki, dans les agressions de Mason Pratt et d'Earl Butler, et dans les incendies des domiciles de Beth Pratt et de Colette. Il leur fallut encore une heure pour convaincre Ivan qu'étant donné tout ce qu'il avait déjà avoué, échapper à la peine de mort était loin d'être négligeable.

— Ivan, dit Josie. M. Sutton est dans ce bâtiment, à quelques mètres, avec son avocat. Pas de panique, il ne sait pas que vous êtes ici. Si vous voulez qu'il paie pour ce qu'il a fait, c'est le moment ou jamais. On peut le coincer. Mais pour ça, on a besoin de vous. Racontez-nous ce qui s'est passé après la mort de Colette.

Après un long et douloureux soupir, Ivan se résigna à parler.

— Laura a pris contact avec M. Sutton après le meurtre de Colette. Elle lui a raconté que la police avait découvert certains objets cachés chez elle.

— La clé USB, la pointe de flèche et la boucle de ceinture, compléta Josie.

— Oui. Il m'a demandé comment ça se faisait qu'elle possédait ces objets, et je le lui ai dit. J'estimais que ça n'avait plus d'importance, puisque Colette était morte. Personne ne pourrait vraiment savoir ce que ces objets signifiaient. Peut-être que la clé USB pouvait poser un problème parce qu'il était possible de deviner qu'elle avait appartenu à Drew Pratt, mais puisqu'elle m'avait dit que ce n'était pas à elle… Les deux autres objets étaient si ordinaires, je ne pensais pas qu'ils attireraient l'attention. Mais il m'a dit que je devais en être certain.

— Certain de quoi ? l'arrêta Gretchen.

— Certain que rien de ce qu'elle possédait et de ce qu'elle aurait pu confier à quelqu'un d'autre – l'un des Pratt, ou une connaissance de Craig Bridges – ne permette de remonter jusqu'à lui. Je lui ai garanti que c'était le cas. Même si quelqu'un retrouvait ces trois objets, personne n'aurait pu deviner en quoi ils étaient liés. Personne de vivant ne savait ce que Colette savait.

— Sauf vous.

Il haussa les épaules.

— Même moi, je ne sais pas précisément ce qui est arrivé. Je n'ai jamais vu les documents. Je ne sais pas où ils sont. J'avais peur que la personne qui l'avait tuée s'en soit emparée. Laura a parlé du meurtre à M. Sutton. Du fait que la personne qui l'avait tuée cherchait quelque chose et avait fouillé toute la maison. Qu'elle était en train de creuser dans son jardin quand c'était arrivé. Il était sûr qu'on allait le retrouver. Il y avait trop d'inconnues. Il voulait ce que Colette possédait – ce qu'elle avait récupéré dans le bureau de son père. Je lui ai dit que je ne savais pas où elle l'avait caché. Il m'a répondu de brûler la maison, même si je ne l'ai pas fait dès le départ. J'avais espéré me rendre sur place pour fouiller, comme ça, je n'aurais pas à tout brûler, mais le fils de Colette était là tous les jours. Je n'ai pas eu le choix. Je n'ai jamais voulu faire de mal à ses enfants.

— Et pourtant, vous avez failli tuer Noah, contra Josie. Et moi.

— Je suis sincèrement désolé. Je n'ai pas eu le choix.

— Vous ne pouviez pas refuser de faire ce que vous demandait Sutton ? s'étonna Gretchen. Quel était son moyen de pression ?

Il leva des yeux tristes vers l'inspectrice.

— Laura. Il disait qu'il la tuerait. De ses propres mains. Il a affirmé qu'il avait déjà camouflé des crimes plus gros que ça, qu'il ferait le nécessaire pour ne pas se faire prendre. Je ne craignais pas pour ma propre vie mais, comme je l'ai dit, je ne voulais pas qu'il arrive quoi que ce soit aux enfants de Colette. En plus, Laura était enceinte.

— Donc vous avez fait tout ce que Sutton vous demandait, résuma Josie. Et il vous a payé pour ça.

— Oui.

— Et quand vous n'avez pas trouvé les documents espérés dans la maison, que s'est-il passé ? le relança-t-elle.

— Il m'a demandé d'éliminer les deux enfants Pratt encore vivants.

— De les tuer, explicita Josie.

Il acquiesça.

— Oui, de les tuer. J'ai essayé de lui dire que ça ne ferait qu'attirer l'attention, et c'est ce qui s'est passé. Alors il m'a dit d'incendier la maison de Beth Pratt. Il m'a aussi ordonné de retrouver quiconque pourrait faire le lien entre Craig Bridges et la boucle de ceinture retrouvée chez Colette, et de les éliminer.

— De les tuer.

— Oui. Il voulait aussi que je détruise le chalet de Brody Wolicki, mais ça aurait provoqué un feu de forêt. Et donc attiré l'attention. À la place, j'ai brûlé tous ses documents.

— Et Earl Butler ? demanda Josie.

— Lui aussi, j'étais censé réduire sa maison en cendres, mais il n'y avait rien chez lui qui permettait de remonter jusqu'à M. Sutton. Alors je l'ai... étranglé.

Ivan n'était pas encore au courant que l'homme avait survécu. Josie décida de le laisser le découvrir plus tard.

— Avez-vous déjà rencontré Laura Fraley-Hall ? questionna Josie.

— Non. Je l'ai aperçue de loin. Colette parlait beaucoup d'elle. Mais je ne l'ai jamais rencontrée.

— Pensez-vous qu'elle soit au courant de toute cette histoire ?

— Non.

— Vous savez que M. Sutton la formait pour qu'elle prenne la direction de l'entreprise ?

— Oui. C'était une des raisons pour lesquelles il voulait d'autant moins que l'affaire s'ébruite. Les documents que Colette possédait étaient les seules preuves de la présence de corps à proximité du campement où la grue était tombée. Une fois qu'ils auraient été détruits, personne n'en aurait jamais rien su.

Quelqu'un frappa à la porte, et Josie s'excusa pour aller ouvrir. Hummel se tenait de l'autre côté, son uniforme couvert de terre, mais avec un sourire jusqu'aux oreilles. Il tenait à la main une petite glacière en plastique.

— Une glacière ? s'étonna-t-elle. Vraiment ?

Hummel souleva le couvercle.

— Tout avait été scotché. Ne vous inquiétez pas, on a pris des clichés avant de retirer l'adhésif. Ça a tenu. Regardez.

À l'intérieur se trouvait un dossier emballé dans ce qui ressemblait à une dizaine de sachets de congélation.

— Vous avez déjà regardé ? demanda Josie.

— Non, on s'est dit que vous auriez envie d'être la première, patronne.

— Emmenez ça dans la salle de conférences. Appelez aussi Chitwood et la procureure, ils sont dans le bureau du chef. J'aurai besoin de gants, et aussi de quoi filmer et photographier.

Je vais aller chercher Gretchen. Rédigez une demande de mandat et faites-la signer à un juge avant qu'on ouvre ça.

— C'est comme si c'était fait.

Il fallut environ une heure pour que tout soit en place. Ivan avait été arrêté et déplacé dans la zone de détention. Le shérif du comté viendrait le récupérer le lendemain pour l'emmener dans leurs locaux de Bellewood, plus grands et adaptés, en attendant son jugement. Zachary Sutton et son avocat s'impatientaient dans l'une des salles d'interrogatoire. Chitwood s'était chargé de poser les premières questions, essentiellement pour éviter que l'avocat ne prenne son client sous le bras et mette les voiles. Ces questions concernaient les mensonges de Sutton au sujet d'Ivan et de son statut professionnel. Le patron s'était défendu en invoquant son grand âge et sa mémoire défaillante ; son avocat ne l'avait pas autorisé à ajouter quoi que ce soit d'autre.

— Sutton va se barrer, si on ne se dépêche pas d'entrer là-dedans, la prévint Chitwood tandis que tout le monde prenait place dans la salle de conférences.

— Le bureau de la procureure travaille en ce moment même sur les chefs d'accusation, après ce qu'a avoué Ivan Ulrich, répondit Josie. On touche au but. Dès que j'aurai pris connaissance de ces documents, je file voir Sutton. Même si son avocat lui ordonne de garder le silence, on pourra l'arrêter.

— Alors c'est parti, annonça Gretchen.

De ses doigts gantés, elle entreprit de retirer les couches de plastique une par une. Quand elle déposa les pages du document sur la table, tout le monde se pencha pour essayer de lire.

— Il s'agit d'une note interne, dit Josie.

— Je n'ai pas pris mes lunettes, pesta Chitwood. Qui l'a écrite ?

Josie se déplaça vers l'extrémité de la table tandis que Gretchen y plaçait la dernière page.

— Le chef de la sécurité de Sutton Stone Enterprises, en 1974, à l'attention de Zachary Sutton père.

Elle repassa à la première page, barrée d'un « CONFI-DENTIEL » en lettres majuscules rouges décolorées. Elle parcourut les différentes pages en diagonale, lisant à haute voix les passages dignes d'intérêt.

— « Le 14 mai 1974, un accident est survenu au campe-ment des ouvriers, au nord de la carrière... » Il y a des coordon-nées précises et une carte dessinée à la main. « M. Sutton père m'a chargé de me rendre sur place pour inspecter les lieux. Une caravane avait été totalement écrasée sous un engin de chantier. Ses occupants étaient apparemment décédés des suites des bles-sures occasionnées par la chute de la grue. Seize ouvriers se trouvaient dans le campement, dont trois dans la caravane accidentée... »

Sa poitrine se serra, et sa voix faiblit quand elle résuma la suite du texte.

— Onze ouvriers ont été retrouvés dans les autres caravanes, chacun portant des marques de blessure par balle au niveau de la tête, du cou, du visage et du dos. Une femme a été retrouvée à un peu plus d'un kilomètre du campement avec une balle dans la tête. Un ouvrier, Craig Bridges, sorti faire un tour à l'extérieur du site, n'a pas été blessé. À son retour, Bridges a déclaré avoir vu Zachary Sutton fils s'extraire de la cabine de la grue puis passer d'une caravane à l'autre avec un fusil. Bridges a égale-ment déclaré avoir entendu des cris et des coups de feu. Il a ensuite vu M. Sutton s'enfoncer dans les bois, avant d'entendre un ultime coup de feu. Sur les quinze victimes recensées en annexe de ce rapport, onze étaient sans-papiers. La personne ayant écrit ces lignes a dû aider Zachary Sutton fils à manœu-vrer une grosse machine pour creuser un trou...

Josie désigna la troisième page.

— Les dimensions sont indiquées, et il y a une carte avec les coordonnées exactes. Il explique ensuite qu'ils ont « déposé » les corps des onze ouvriers clandestins dans ce trou avant de le refermer. Les morts de la femme et des trois ouvriers en règle ont été annoncées publiquement comme résultant d'un accident de grue. Leurs familles ont été dédommagées, ainsi que Craig Bridges, qui a signé un accord de non-divulgation. Mon Dieu.

Un lourd silence s'abattit sur la pièce alors que chacun prenait la mesure de ce qu'ils venaient d'entendre. Ces gens n'étaient pas morts dans un accident survenu sur le chantier. Zachary Sutton avait délibérément et froidement assassiné quinze personnes avant de s'arranger pour tout dissimuler.

— Pourquoi avoir demandé un rapport aussi précis ? se demanda Chitwood à voix haute. Le père de Sutton était stupide ou quoi ?

— Je ne sais pas, dit Josie. Mais sur la dernière page, il est écrit que le terrain où ont été enterrés les corps ne doit pas être utilisé ni vendu. Ils voulaient s'assurer que ce ne serait jamais découvert.

59

Ils firent plusieurs copies du rapport et de la liste des personnes assassinées afin que la procureure puisse s'en servir pour mettre Sutton en examen. Josie rapporta ces documents dans la salle d'interrogatoire où ce dernier les attendait avec son avocat. Chitwood, Mettner et Gretchen restèrent debout derrière elle tandis qu'elle lui annonçait qu'elle l'arrêtait pour le meurtre de quinze personnes en 1974 et pour avoir participé indirectement aux crimes et agressions plus récents commis par Ivan Ulrich à sa demande. À chaque chef d'accusation énoncé, Josie sentait le poids sur ses épaules s'alléger alors que l'avocat de Sutton semblait sur le point d'exploser. Mais quand il lut les déclarations sous serment placées au dossier qui mettaient son client en cause, il pâlit et pinça les lèvres.

— Je vais avoir besoin de quelques minutes seul avec M. Sutton, dit-il.

Celui-ci leva une main en l'air, comme pour lui ordonner de se taire. Un étrange sourire étirait ses lèvres. Il planta son regard dans celui de Josie.

— Vous êtes une fille intelligente, dit-il. Vous avez trouvé ça toute seule ?

— Non. C'était un travail d'équipe. Et je suis une femme adulte et une inspectrice, je vous demanderai de vous adresser à moi comme telle.

Elle s'attendait à ce que Sutton réplique, mais il se contenta de hocher la tête.

Son avocat reprit la parole :

— Monsieur Sutton, vous devriez garder le silence en présence de ces policiers.

— Vous, gardez le silence, rétorqua Sutton.

Il jeta de nouveau un œil à Josie, sans se départir de son sourire.

— Inspectrice, j'ai un jour connu une jeune fille qui vous ressemblait beaucoup.

Il souleva un pan de sa veste et fit mine de récupérer quelque chose à l'intérieur.

— Je peux ?

Josie l'y autorisa silencieusement.

Il sortit son portefeuille et fouilla dedans jusqu'à retrouver une vieille photo en couleur. Il la retourna pour que chacun puisse observer le visage de la jeune femme. Elle avait effectivement une petite ressemblance avec Josie : cheveux noirs, peau claire, lèvres rouges et yeux bleus.

— Personne ne pourrait vous confondre, précisa Sutton en récupérant le cliché pour le regarder. Ce n'est pas tant le physique qu'une qualité qu'elle partageait avec vous... Une sorte d'esprit indomptable. Ça paraît ridicule de dire ça, je sais. Elle était aussi extrêmement vive. Si fine. Si intelligente.

— Comment s'appelait-elle ? demanda Josie, allant dans son sens, même si elle voyait que ses collègues et l'avocat de Sutton ne voyaient pas vraiment où il voulait en venir.

— Ellie Grace.

Elle ressentit une pointe de tristesse.

— La femme retrouvée dans les bois avec une balle dans la

tête. Elle ne travaillait pas dans l'entreprise. Que faisait-elle là-bas ?

L'avocat se fit de nouveau entendre.

— Zachary, sérieusement. S'il vous plaît, ne dites pas un mot de plus.

Mais Sutton n'en fit rien.

— Elle se prostituait dans le coin auprès des ouvriers.

Brusquement, son attitude changea du tout au tout : Josie était désormais face à l'homme amer et perfide auquel Ivan avait parfois eu affaire. C'était même peut-être l'unique aspect de sa personnalité qu'il avait jamais connu.

— J'ai demandé deux fois à Ellie de m'épouser, vous savez, poursuivit Sutton. Les deux fois, elle a décliné. J'ai cru que c'était une sorte de jeu pour elle. Qu'elle me testait. Ou qu'elle attendait une bague plus grosse. Qu'elle voulait me voir lui courir après pour obtenir son affection. Et puis un jour, je l'ai croisée en ville au bras d'un des ouvriers, et de nouveau un vendredi soir dans un bar, toujours avec lui. J'ai commencé à la suivre. Le soir, elle se rendait au campement et disparaissait dans une des caravanes. Un autre jour, je l'ai aperçue au bord du fleuve en train de pique-niquer avec un autre ouvrier. Elle n'avait aucune honte. C'était... écœurant.

— Lui avez-vous demandé si elle entretenait des relations avec certains de vos ouvriers ?

Son visage vira au rouge.

— Elle m'a dit que ces hommes valaient tous mieux que moi, et qu'elle préférait s'amuser avec chacun d'eux plutôt que de s'installer avec moi pour de bon. Elle préférait mener une vie de misère, à écarter les cuisses pour le premier type qui la regardait, que devenir ma femme et vivre dans le luxe.

Ses yeux se firent vitreux, sans émotion, comme s'il voyait à travers Josie et regardait un film sur le mur derrière elle.

— Je l'ai détestée. J'ai tenté de lui faire entendre raison, mais elle jouait les provocatrices. Je voulais juste lui donner une bonne leçon. Rien de plus. Je l'ai traînée hors de la caravane, et je... je l'ai frappée. Un de ces connards est sorti et m'a arrêté. J'étais hors de moi. Je voulais qu'ils paient, tous, pour leur manque de respect envers moi.

— Envers vous ? s'étonna Josie.

— Ces ouvriers étaient parfaitement au courant qu'Ellie était ma petite amie. Ils n'auraient pas dû poser leurs sales pattes sur elle.

— Elle était vraiment votre petite amie ? Vous avez dit qu'elle avait refusé deux fois votre demande en mariage.

Il sembla reprendre pied.

— Elle était à moi, et ils l'ont souillée.

— Vous êtes donc monté dans la grue, reprit Josie pour relancer sa confession.

— Elle était juste à côté. On n'avait pas fini d'installer toutes les caravanes de ce côté. Il y avait encore du matériel un peu partout. Elle était dans la position idéale, je n'ai eu qu'à abaisser le chariot pour qu'il écrase la caravane. Évidemment, ensuite, il fallait s'occuper du reste du campement, au cas où quelqu'un aurait vu quelque chose. Ellie m'a supplié d'arrêter. La peur dans ses yeux... Enfin, elle me respectait. Ça n'avait pas de prix ! Je me sentais plus vivant que jamais. Elle s'est agenouillée, m'a encore supplié. Je lui ai expliqué que tout était sa faute. Qu'elle aurait dû réfléchir avant de dire ce qu'elle avait dit et fait ce qu'elle avait fait.

— Où avez-vous trouvé le fusil ? demanda doucement Josie.

L'avocat de Sutton se prit la tête entre les mains.

Son client répondit :

— Il était dans mon pick-up. J'en avais toujours un avec des munitions, au cas où je croiserais un coyote ou un ours sur l'un de nos terrains.

— Vous avez laissé la vie sauve à Bridges. Vous saviez qu'il avait tout vu ?

— Bien sûr que non. Je ne l'ai su qu'après. Le responsable

de la sécurité de mon père l'a trouvé. C'est lui qui a insisté pour qu'on lui donne de l'argent. Il n'avait pas assisté aux coups de feu ni à l'écrasement de la caravane. Il m'avait juste vu descendre de la grue et marcher entre les caravanes armé d'un fusil. Ce n'est pas ce que j'aurais voulu mais, à l'époque, quand mon père et son responsable de la sécurité disaient quelque chose, on s'exécutait sans discuter. J'avais hâte de reprendre les rênes de l'entreprise pour me débarrasser de cet abruti et embaucher un autre mec qui ferait tout ce que je lui ordonnais. C'est vraiment triste que ce monsieur ait fait une chute dans une carrière, un jour. Il s'est écrasé dans le fond comme une crêpe. Il a fallu deux semaines pour tout nettoyer.

Derrière elle, Josie pouvait sentir le choc de ses collègues, mais elle ne laissa rien paraître, ni dans sa posture ni dans son expression. Elle avait déjà eu affaire à pire monstre dans sa vie. Il était hors d'état de nuire, désormais. Ses agents allaient lui passer les menottes et le placer en cellule ; il ne remettrait plus jamais un pied dehors. Elle n'avait plus que quelques questions à lui poser.

— Avez-vous tué Colette Fraley ?

— Non.

— Avez-vous commandité le meurtre de Colette Fraley ?

— Non.

— Savez-vous qui l'a tuée ?

Il la regarda une dernière fois dans les yeux.

— Non, ma chère... inspectrice, je l'ignore. Mais comme je l'ai dit, vous êtes une fi... une femme intelligente. Je suis certain que vous le découvrirez.

60

Josie avait l'impression d'avoir couru un marathon. Elle se tenait devant son bureau, entourée de son équipe, et regardait sans la voir cette note interne que Colette avait découverte. Elle savait qu'elle devait faire quelque chose, qu'on l'attendait pour pouvoir boucler l'enquête, mais elle était à bout de forces. Une main se posa doucement sur son épaule. Elle tourna la tête pour découvrir Mettner, souriant.

— Patronne ?

Elle ouvrit la bouche pour le reprendre une énième fois, mais lui adressa finalement un grand sourire.

— Mett. Vous avez fait du très bon boulot sur cette enquête.

Il haussa les épaules.

— Elle n'est pas encore terminée.

— Je sais bien. On va trouver qui a tué Colette, mais vous pouvez déjà être fier de ce que vous avez accompli.

Il baissa la tête pour regarder ses pieds, mais elle vit son sourire grandir alors que le soulagement l'envahissait.

— Merci, patronne.

Il s'éclaircit la gorge.

— Pourquoi vous ne feriez pas une petite pause ? Allez prendre l'air, je peux m'occuper de la paperasse.

Josie éclata de rire.

— Vous êtes sûr ? Vous en avez pour la nuit !

Nouveau haussement d'épaules.

— Ça fait partie du boulot, non ?

Elle lui tapota le dos avant de se diriger vers la sortie.

Alors que Mettner et les autres rédigeaient leurs rapports et que la procureure et Chitwood s'enfermaient dans son bureau pour préparer la conférence de presse à venir, Josie quitta le commissariat par la porte de derrière, au niveau de la benne à ordures, échappant à l'attention des journalistes qui faisaient le pied de grue de l'autre côté du bâtiment. Elle appela Noah. Elle voulait être la première à lui annoncer que sa mère n'était pas une tueuse en série. Que Colette s'était retrouvée piégée dans une situation inextricable, essayant de garder son emploi et de protéger sa famille tout en faisant son possible pour lever le voile sur l'existence de ce charnier. Josie ne comprendrait jamais pourquoi elle n'avait pas contacté les médias. Elle possédait les documents internes. Déjà, à l'âge de treize ans, elle avait joué les lanceuses d'alerte. Que s'était-il passé ?

Les mots de Noah, prononcés lors d'une autre affaire, lui revinrent en mémoire. « Parfois, les gens se plantent. » C'était vrai. C'était tellement facile, après coup, de savoir ce qu'untel aurait dû faire. Colette était une jeune mère, avec des informations explosives entre les mains, qu'elle ne pouvait partager avec personne. Même Ivan, son ami d'enfance, n'était pas digne de confiance. Il était allé jusqu'à tuer pour l'empêcher de dénoncer son patron. Ils ne sauraient jamais ce que Colette cachait au fond de son cœur, mais elle avait tenté de faire ce qu'il fallait, jusqu'à ce que le risque devienne trop grand pour ses propres enfants.

Noah ne répondit pas. Josie lui envoya un message pour qu'il la rappelle. Elle envisagea de contacter Laura, mais elle poserait des tas de questions, et Josie voulait vraiment laisser la primeur à Noah. Et au-delà de ça, ils ne connaissaient toujours pas l'identité du meurtrier de Colette. Il valait mieux qu'il l'entende de sa bouche à elle, avec la promesse qu'elle ne s'arrêterait pas tant qu'ils n'avaient pas la réponse à cette question.

Elle entendit la porte claquer derrière elle et vit Gretchen s'approcher. Cette dernière désigna la sortie du parking.

— Allons prendre un café. On l'a bien mérité.

Elles firent quelques détours pour éviter les journalistes et, pendant que Gretchen commandait des cafés et leurs pâtisseries préférées, Josie choisit une table dans le fond de la petite salle. Les différents éléments de l'enquête tourbillonnaient dans sa tête. Elle tentait de faire le point sur ce qui avait pu lui échapper.

— Le meurtre de Colette n'était pas fortuit, lança Josie dès que Gretchen se fut assise.

— Je sais. Bon, reprenons tout depuis le début.

— L'alibi d'Ivan n'a aucune valeur, dit Josie. Qui que soit cette amie qu'il dit avoir, elle mentira pour le couvrir. Donc si on lui demande si elle était avec Ivan le soir du meurtre de Colette, elle confirmera.

— Absolument. Mais Ivan chausse du 44. L'empreinte relevée chez Colette était du 43. C'est la raison pour laquelle j'aurais tendance à croire Ivan quand il dit qu'il n'a pas tué Colette. Il était clairement amoureux d'elle.

— Mais les crimes sont tous très similaires, contra Josie. Mort par asphyxie. Même quand il a tué Craig Bridges et les frères Pratt, Ivan les a noyés. Il n'a jamais utilisé d'arme. Quelles sont les chances que deux assassins différents dans une même affaire tuent de la même manière ?

Gretchen, la bouche pleine, ne pouvait répondre, mais elle secoua vigoureusement la tête.

— Ce n'est pas pareil ? devina Josie.

Gretchen acquiesça.

— Parce que, dans le cas de Colette, on lui a rempli la bouche de terre.

Gretchen avala sa bouchée.

— Oui. Réfléchis-y un moment.

— Ce n'était pas utile. Si on se base sur les traces de genoux, la grande empreinte de chaussure d'homme et le creux laissé par le crâne de Colette dans la terre, on sait qu'elle a été écrasée très fortement contre le sol.

— Donc son agresseur avait de la force, ajouta Gretchen.

— La terre dans la bouche, c'était sa touche personnelle.

Josie essaya d'imaginer comment cela avait pu se dérouler : se mettre à califourchon sur quelqu'un, lui maintenir la tête et lui remplir la bouche de terre, si profondément qu'il y en avait jusque dans la gorge.

— Il était en colère. Il ne voulait pas juste la réduire au silence. Il voulait qu'elle la ferme. Il voulait lui faire mal.

— Qui ? demanda Gretchen. Qui aurait pu être à ce point en colère contre elle ? Qui aurait pu vouloir la faire taire ? Qui était suffisamment proche ?

Josie se remémora tous les protagonistes. Puis elle déclara :

— Il faut qu'on retourne au commissariat. Je dois revérifier les alibis.

61

De retour au commissariat, il ne fallut que quinze minutes à Josie pour trouver ce qu'elle cherchait dans le dossier de Colette. Elle passa un coup de fil, qui confirma son intuition, puis elle appela immédiatement Noah qui ne répondit toujours pas.

— On doit y aller, dit-elle à Gretchen.

Josie réessaya de joindre Noah tandis qu'elle et Gretchen se rendaient chez lui aussi vite que possible. Pas de réponse. Elle tenta le téléphone de Laura, qui ne répondit pas non plus. Alors que les rues de Denton défilaient autour d'elles, Gretchen ordonna :

— Appelle des renforts.

— On veut juste lui demander de venir au commissariat, dit Josie. Le but n'est pas de lui faire peur.

— Personne n'est joignable, insista Gretchen.

Josie contacta le central et demanda qu'une unité soit envoyée au domicile de Noah.

La porte d'entrée était fermée, mais Josie avait la clé. Elle la glissa dans la serrure et actionna timidement la poignée. Elle perçut le bruit de la télévision dans le salon et la lueur de la lampe sur la petite table près du canapé. La pièce était vide. Suivie de Gretchen, elle avança dans le couloir jusqu'à la cuisine. En approchant, elles reconnurent les voix de Laura et de Grady.

— Grady, s'il te plaît, disait Laura, une pointe de désespoir inhabituelle dans la voix.

Josie pressa le pas, et Grady répondit :

— Je ne veux pas parler de ça devant lui. C'est un flic, je te rappelle !

— Mais tu n'as rien fait d'illégal ! C'est juste immoral. Tu n'es vraiment qu'un crétin. Comment tu as pu faire ça ? Juste avant l'arrivée du bébé, en plus ?

— J'ai voulu aider, c'est tout...

Sa voix s'éteignit quand Josie et Gretchen passèrent la porte. Noah était assis à table, sa jambe plâtrée posée sur une chaise, une tasse de café devant lui. Grady se tenait près du réfrigérateur, une main sur la poignée. Laura n'était pas très loin de lui, son ventre occupant tout l'espace entre eux. Noah sembla soulagé de les voir apparaître, mais Laura lança :

— Comment êtes-vous rentrées ici ?

— J'ai la clé, répondit Josie.

Laura ne trouva rien à répondre à ça. Josie se tourna vers Noah.

— Ça va ?

— Oui, répondit-il, mais son expression disait le contraire.

Il avait l'air agacé. Il allait bien, mais il commençait à saturer de sa sœur et son mari.

— Pourquoi vous vous disputez ? interrogea Gretchen.

La voix de Laura grimpa d'une octave.

— Je ne vois pas en quoi ça vous regarde.

— Grady croule sous les dettes de jeu, l'informa Noah.

— Noah ! cria sa sœur.

— Quoi ? Josie est ma petite amie... Enfin, si elle le veut toujours, après ce que je lui ai fait endurer ces deux dernières semaines. Alors je vais forcément lui en parler. J'imagine que vous aurez besoin de votre part d'héritage rapidement, vu votre situation, non ?

Soudain, il sembla se rendre réellement compte de la présence de Gretchen, et du fait qu'elle et Josie s'étaient donc déplacées dans le cadre du travail.

— Qu'est-ce qui se passe ?

— Il faudrait que Grady vienne avec nous au commissariat pour répondre à quelques questions.

Laura éclata d'un rire creux qui faiblit rapidement.

— C'est ridicule, dit-elle. Je pense qu'il va nous falloir un avocat. Sérieusement, tu vas nous emmerder encore longtemps ? Qu'est-ce que tu lui veux, cette fois, à Grady ?

Noah souleva son plâtre pour le reposer au sol et attrapa ses béquilles. Il s'apprêtait à se lever quand Grady lui ordonna :

— Reste assis, petit frère.

Le ton froid de sa voix, détonnant avec sa sympathie habituelle, figea Noah sur place.

— Pardon ?

Grady retira sa main de la porte du réfrigérateur.

— Je t'ai dit de t'asseoir. Je n'irai nulle part.

Il se tourna vers Josie et Gretchen.

— Vous voulez parler ? Eh bien on va parler ici.

— Très bien, dit Josie. Le jour où Colette a été assassinée, tu étais en télétravail, c'est bien ça ?

— Oui, c'est bien ça. Notre femme de ménage était à la maison. Elle m'a vu, et mon pick-up n'a pas bougé de la journée.

— Contrairement à la voiture de Laura, non ? intervint Gretchen.

— Laura était en déplacement pour le travail, expliqua Grady.

Le regard de Laura passa de Grady à Josie, puis revint sur son mari.

— Grady, articula-t-elle d'une voix tremblante. J'utilisais

une voiture de fonction ce jour-là. Tu le sais bien. Tu as utilisé ma Jeep ?

Il ne répondit pas.

— Nous avons contacté votre femme de ménage avant de venir. Elle nous a dit t'avoir vu à son arrivée. Ensuite, tu t'es enfermé dans ton bureau. Elle t'a dit au revoir depuis le couloir en partant, mais tu n'as pas répondu. Elle était pressée de rentrer chez elle pour dîner, alors elle est partie.

— Et ? s'agaça Grady. Où tu veux en venir ?

— Elle ne t'a pas vu pendant les trois heures qui ont précédé et suivi l'assassinat de Colette. Elle ne t'a pas vu de la journée, en fait, à part le matin en arrivant.

— Je travaillais dans mon bureau.

— Alors qui a utilisé ma voiture, Grady ? insista Laura.

Josie décida de changer de tactique.

— Tu chausses du combien, Grady ?

Il plissa le front.

— Quoi ?

— Tu fais du 43, non ?

Il hésita une seconde puis pouffa.

— Oui, et alors ?

Dans une tentative pour le déstabiliser un peu plus, elle continua :

— Laura m'a expliqué que Colette tenait des propos assez incohérents pendant ses crises de démence.

Grady, Laura et Noah la dévisageaient. Josie enfonça le clou.

— Un jour, elle lui a parlé de corps enterrés quelque part. Elle n'a jamais parlé de ça devant toi, Grady ?

Ce dernier était si immobile que Josie se demanda s'il respirait encore.

— Est-ce que Colette t'avait parlé d'un charnier creusé sur l'un des terrains de Sutton Stone ?

Laura prit une petite inspiration et porta la main à sa poitrine.

Josie ne quittait pas Grady des yeux.

— Est-ce qu'elle t'avait parlé du patron de Laura qui avait tué plein de gens avant de les enterrer discrètement dans un terrain de son entreprise ? Est-ce qu'elle avait évoqué le fait qu'elle était en possession de la seule preuve existante ?

— Mais de quoi tu parles, nom de Dieu ? hurla Laura.

— Laura, la coupa Noah en lui adressant un regard qui signifiait : « Tais-toi. »

— Mais elle ne t'a pas dit exactement de quoi il s'agissait, hein ? C'est pour ça que tu n'as pas réussi à la trouver. En plein délire, elle t'a dit qu'elle l'avait enterrée, donc tu l'as fait sortir dans le jardin avec une pelle. Qu'est-ce que tu aurais fait de cette preuve, une fois que tu l'aurais eue entre les mains ?

— La ferme, cracha Grady.

— C'est vrai ? geignit Laura.

— À mon avis, ton idée était de faire chanter M. Sutton pour rembourser tes dettes. Je me trompe ?

— Grady, souffla Laura d'une toute petite voix.

Grady finit par répondre :

— Laura allait reprendre l'entreprise. Je cherchais juste à la protéger. Si ce truc venait à se savoir, c'était la ruine assurée pour Sutton Stone.

— Mon Dieu, Grady...

Les joues de Laura étaient couvertes de larmes.

— L'état de santé de Colette empirait. Elle aurait fini par en parler à la mauvaise personne. Je devais l'en empêcher.

— Espèce de salopard, lâcha Noah.

— Vous êtes allé la voir avec l'intention de la tuer ? demanda Gretchen. Ou juste pour récupérer la preuve ?

— Je n'ai jamais voulu la tuer.

Josie n'y croyait pas une seconde. Tout comme elle ne

croyait pas qu'il avait voulu protéger la place de Laura chez Sutton Stone.

— Grady, déclara-t-elle, tu es en état d'arrestation pour le meurtre de Colette Fraley.

Avant qu'elle ait eu le temps de lui réciter ses droits, il plongea pour saisir sa femme par le bras et la coller contre son torse, un bras autour de son cou. De sa main libre, il tâtonna sur le plan de travail jusqu'à effleurer le bloc de couteaux de cuisine. Derrière Josie, Gretchen dégaina son arme et lui hurla de ne plus bouger. Mais ses doigts s'étaient déjà refermés sur le manche du plus gros. Des hurlements s'élevèrent de partout quand il le sortit de son support et pressa la pointe de la lame contre le ventre de Laura.

— Grady, arrête ! hurla Noah.

Il se leva en s'appuyant sur sa jambe valide et sur le dossier de sa chaise.

— Ne fais pas ça, lui intima Josie. Repose ce couteau.

Laura sanglotait dans ses bras.

— Mais qu'est-ce que tu fabriques ? Arrête. Tu vas faire mal au bébé. S'il te plaît, arrête ça. Ne fais pas de mal au bébé.

Gretchen gardait son arme pointée sur lui.

— Reposez ce couteau et éloignez-vous d'elle.

Les mains en l'air, Josie tendit le bras sur le côté pour abaisser le canon du revolver de Gretchen vers le sol. C'était de toute façon beaucoup trop risqué de tirer, même d'aussi près. Ça pouvait déraper de mille façons, et Josie ne voulait pas mettre en danger Laura, le bébé, ou les deux.

— Noah, assieds-toi, ordonna-t-elle.

À la périphérie de son champ de vision, elle le vit serrer et desserrer les poings.

— S'il te plaît. Assieds-toi.

Il observa longuement Grady avant de reprendre place sur sa chaise. Josie ressentait toujours la tension qui l'animait par vagues. Elle s'avança d'un pas vers son beau-frère, mais il appuya plus fort la pointe du couteau contre le ventre de Laura, qui poussa un cri. Une goutte de sang apparut sur sa chemise.

— Regarde-moi, Grady, dit Josie.

— La ferme, cria-t-il en retour.

— Regarde-moi. Je ne suis pas armée. Gretchen ne pointe plus son arme sur toi. Personne ici n'est une menace.

— Tu es venue ici pour m'arrêter.

— C'est vrai, confirma-t-elle en s'attachant à paraître calme et raisonnable. C'est mon travail. Tu le sais. Écoute, la situation est compliquée, mais je peux t'aider.

— Va te faire foutre, cracha-t-il. C'est ce que disent tous les flics avant de te la faire à l'envers.

— Oui, dans un sens, ce n'est pas faux. Et si tu ne menaçais pas ta femme et votre bébé en ce moment même, je ne serais sans doute pas disposée à t'aider, mais ça fait aussi partie de mon travail de faire en sorte que des innocents ne deviennent pas des victimes collatérales, tu comprends ?

Ses yeux fous les regardèrent tous un à un, mais il hocha la tête.

— Je ne veux pas qu'il y ait de blessé, ajouta Josie. Tu me comprends, pas vrai ? Exactement comme toi. Hein, Grady ? Tu n'as jamais eu l'intention de blesser qui que ce soit.

Elle pointa du doigt Laura qui commençait à s'affaisser entre ses bras.

— Et surtout pas Laura ou le bébé.

Elle n'était pas sûre qu'il avait conscience de ce qu'il était en train de faire, mais sa tête continuait à osciller de haut en bas tandis qu'elle parlait.

— Tout le monde ici sait que tu n'as jamais voulu blesser personne. Et encore moins Colette. Elle était ta belle-mère. Elle t'aimait bien, je crois ? Le ragoût de patate douce qu'on a mangé à Noël dernier, elle l'a cuisiné parce qu'elle savait que c'était ton plat préféré, hein ?

— Arrête, dit-il, les yeux emplis de larmes.

— Tu savais que si Colette possédait quelque chose qui pouvait incriminer Zachary Sutton – quelque chose d'aussi grave que ce qu'elle prétendait –, aucun de vous ne serait plus en sécurité, une fois que la maladie aurait gagné du terrain. Tu t'es dit que le meilleur moyen de protéger tout le monde, c'était de récupérer cette preuve afin de décider toi-même ce qu'il fallait en faire, non ?

— Je ne voulais pas lui faire de mal. Je le jure. Mais quand elle partait en crise, elle délirait complètement. Je suis allé la voir pour récupérer cette chose qu'elle cachait, c'est tout. Personne n'en aurait jamais rien su. J'aurais mis la main dessus, et c'est tout. Comme ça, même si elle recommençait à raconter des trucs dingues, les gens se seraient dit que c'était la maladie, rien de plus. J'aurais remis ces preuves à la police, je le promets.

Des mensonges, rien que des mensonges, songea Josie, mais l'urgence à présent était de le convaincre qu'ils étaient dans la même équipe, qu'elle le croyait et le comprenait, afin qu'il pose ce couteau et libère Laura.

— Je sais bien, poursuivit Josie. Tout le monde dans cette pièce le sait, Grady. Laura, Noah, moi... Nous sommes ta famille.

— Je ne voulais pas lui faire de mal, répéta-t-il. Mais elle me rendait fou.

Il regarda Noah.

— Tu sais bien, toi, comment elle était quand elle était en crise. Elle racontait n'importe quoi ! Elle n'était pas foutue de faire un seul truc que tu lui disais ou que tu lui demandais. C'était comme parler à une gamine de deux ans.

Josie remarqua que le muscle de la mâchoire de Noah tressauta deux fois. Il peinait à garder son sang-froid, mais il savait ce que Josie essayait de faire, alors il hocha la tête et articula entre ses dents :

— Oui.

Josie continua :

— On sait tous à quel point la situation devenait compliquée pour toi, Grady. On comprend parfaitement. Tu n'as pas besoin de faire ça. Tu n'as pas besoin de blesser Laura ou votre bébé. Repose ce couteau, on va discuter.

Il relâcha légèrement la pression sur la pointe de la lame et souffla :

— Mais tu vas quand même m'arrêter.

Josie pinça les lèvres et baissa les yeux, comme si elle réfléchissait. Puis elle déclara :

— Eh bien... oui. Je dois faire mon travail, mais on peut discuter de la meilleure façon de procéder. On a du renfort qui arrive. S'ils te trouvent en train de menacer ta femme enceinte avec un couteau, personne ne pourra grand-chose pour toi. Ils vont te descendre immédiatement. Mais si, quand ils entrent, ils nous voient tous assis en train de discuter et que tu acceptes de nous accompagner, Gretchen et moi, au commissariat sans faire d'histoires, l'issue sera bien plus favorable pour toi.

Gretchen sortit son téléphone pour vérifier quelque chose.

— Ils seront là d'une minute à l'autre.

Il hésita un instant. Puis, lentement, il déposa son arme sur le plan de travail. Laura se laissa tomber au sol, prise de sanglots incontrôlables. Dans la seconde, Josie vint s'interposer entre elle et son mari ; Gretchen bondit, l'attrapa par le bras, le retourna et l'écrasa contre le réfrigérateur.

— Hé ! Vous aviez dit qu'on discuterait ! hurla-t-il.

Josie aida Gretchen à lui attacher les mains dans le dos avec des liens de serrage. Noah rampait par terre en direction de sa sœur et la prit dans ses bras.

— Appelez une ambulance, dit-il. Tout ce stress, ce n'est pas bon pour le bébé.

Josie et Gretchen obligèrent Grady à s'allonger sur le ventre, et Gretchen lui récita ses droits pendant que Josie appelait les secours. Dehors, une sirène de police résonna longuement.

62

UNE SEMAINE PLUS TARD

Josie était assise sur son canapé avec Noah. Son plâtre reposait sur la table basse. Ils regardaient l'émission matinale coprésentée par Trinity. Après la météo et les dernières actualités politiques, les mots « Scandale en Pennsylvanie centrale » s'affichèrent à l'écran. Le visage de Trinity apparut en gros plan. Comme toujours, elle était très maquillée, et ses cheveux étaient si brillants qu'on pouvait voir les lumières du studio se refléter dessus.

— Elle ne te ressemble pas tant que ça quand on la voit à la télé, fit remarquer Noah.

— Je sais. C'est pour ça que notre ressemblance est passée inaperçue pendant si longtemps.

Noah tendit le bras pour récupérer la télécommande et monter le son. Le regard de la journaliste brûlait d'intensité.

— Aujourd'hui, nous vous offrons en exclusivité une interview avec Laura Fraley-Hall, vice-présidente de Sutton Stone Enterprises, qui s'est récemment retrouvée au cœur d'un scandale d'une telle ampleur que l'onde de choc continue à traverser non seulement la région, mais tout le pays. Notre interlocutrice du jour, qui a subi les conséquences de cette affaire de plein fouet, a récemment perdu sa mère, assassinée par son mari, ce qui fut l'élément déclencheur d'une série de crimes ayant ramené cette ancienne affaire sur le devant de la scène. Bienvenue, madame Fraley-Hall, et merci de nous avoir rejoints en duplex depuis votre lit d'hôpital où, si j'ai bien compris, vous venez de passer une semaine de convalescence.

L'écran se divisa en deux parties, avec Trinity à gauche et Laura à droite. Même si elle portait une blouse d'hôpital et ne pouvait quitter son lit, Laura avait pris la peine de se faire coiffer et maquiller. En dépit des circonstances, elle était très jolie.

— Bonjour, salua-t-elle. Oui, c'est vrai. Je dois rester alitée.

— Avant d'entrer dans le vif du sujet, Laura, dites-nous : comment vous sentez-vous ? demanda Trinity en surjouant l'inquiétude.

Laura lui adressa un petit sourire.

— Je suis heureuse que mon bébé se porte bien. J'ai quelques douleurs et des contractions mais, en dehors de ça, tout va bien.

— Je suis ravie de l'entendre. Bien, madame Fraley, j'ai cru comprendre que vous étiez désormais présidente intérimaire de Sutton Stone Enterprises depuis l'arrestation de M. Zachary Sutton pour divers chefs d'accusation, dont l'assassinat de quinze personnes.

— Absolument. J'ai pris la tête de l'entreprise. C'était ce qui était prévu, même avant les récents événements. M. Sutton avait fait le nécessaire pour que je puisse le remplacer quand il prendrait sa retraite ou s'il devait lui arriver quelque chose.

— Je pense que l'on peut dire qu'il n'est plus en mesure de diriger une entreprise aujourd'hui. Étant donné le cauchemar qui s'annonce pour Sutton Stone en termes de communication et d'image, il est pour le moins étonnant que la nouvelle dirigeante de l'entreprise accepte de passer en direct à la télévision pour aborder des questions si sensibles. Qu'est-ce qui vous a convaincue qu'il était important de venir nous parler aujourd'hui ?

Laura offrit un regard pénétrant à la caméra.

— La tragédie qui s'est jouée sur le terrain de notre carrière principale en 1974 n'est l'œuvre que d'un seul homme : M. Sutton. Son père et son chef de la sécurité de l'époque ont œuvré pour dissimuler ses actes. Ces deux personnes sont décédées depuis longtemps, et aucun de nos employés actuels n'avait la moindre idée de ce qui était arrivé. La seule personne au courant était ma mère, qui ne m'a jamais fait part de sa découverte. Sutton Stone emploie des centaines de gens honnêtes et consciencieux, et il serait vraiment injuste de les tenir pour responsables des agissements de M. Sutton. Chaque jour, nos salariés donnent le meilleur d'eux-mêmes dans leur travail, en plus de participer régulièrement à nos campagnes d'information auprès du grand public, que j'ai mises en place depuis une dizaine d'années. Je pense qu'en jouant la transparence, en aidant les autorités de toutes les manières possibles et en s'assurant que notre future politique interne ne permettra pas à un acte aussi abominable de se reproduire, Sutton Stone se rachètera peu à peu pour les péchés de son ancien patron.

S'ensuivit une conversation concernant l'enquête, qui ne laissait pas la place à la polémique puisque Ivan Ulrich, Zachary Sutton et Grady avaient tous les trois plaidé coupables. Ivan et Sutton passeraient le reste de leurs jours derrière les barreaux, mais auraient la vie sauve grâce à leur collaboration avec la police. Grady s'en tira avec une inculpation moins lourde pour meurtre et écopa de quarante ans de prison. Il n'y aurait pas de procès. La procureure du comté d'Alcott travaillait conjointement avec le bureau du shérif pour organiser la récupération des corps enterrés à proximité du campement de la carrière. Malheureusement, les corps de Craig Bridges et de Drew Pratt ne seraient certainement jamais retrouvés : les deux hommes étaient morts depuis des années, et aucun d'eux n'était réapparu près de l'endroit où ils avaient été noyés. Au moins leurs proches sauraient-ils désormais ce qui leur était arrivé.

— Tu penses qu'elle va réussir à faire rebondir l'entreprise ? demanda Josie.

Noah étira ses bras au-dessus de sa tête.

— Oh oui, elle est très forte en communication. Si Trinity ne lui avait pas proposé cette interview, je suis sûre qu'elle t'aurait contactée pour l'organiser.

— J'imagine que c'est une bonne chose d'aller de l'avant.

Elle sentit la main de Noah se glisser dans la sienne.

— Oui, dit-il.

Elle se tourna vers lui.

— Tu ne vas pas t'en remettre de sitôt, tu sais ? C'est quelque chose d'étrange, le deuil.

Il sourit.

— Je m'en doute. Tu as des conseils à me donner ?

— J'ai de l'expérience, mais de là à te conseiller...

Il lui serra la main.

— Alors ça va aller ? Toi et moi, je veux dire ?

Elle repensa soudain à cette nuit passée chez Luke, toujours incapable de se souvenir en détail de ces quelques heures. Est-ce qu'elle et Noah étaient encore en couple à ce moment-là ? Est-ce qu'elle devait lui en parler ? Qu'y avait-il à raconter, au juste ? Cela en valait-il vraiment la peine ? Elle songea à ce que sa mère, Shannon, lui avait dit le jour où elle avait rencontré pour la première fois sa véritable famille. Combler ces trente années passées sans se connaître semblait insurmontable. « Parfois, on doit repartir de l'endroit où l'on est », avait-elle déclaré. Et c'est ce qu'ils avaient fait.

Josie serra la main de Noah en retour.

— On va tout faire pour, d'accord ?

Il porta sa main à sa bouche et lui embrassa les doigts.

— On va tout faire pour, répéta-t-il.

UNE LETTRE DE LISA REGAN

Merci beaucoup d'avoir choisi de lire *Les Ossements qu'elle a enterrés*. Si vous avez apprécié ce livre et que vous souhaitez être tenu au courant de mes dernières publications, vous pouvez vous inscrire en cliquant sur le lien suivant. Votre adresse mail ne sera jamais divulguée, et vous êtes libre de vous désinscrire à tout moment.

france.bookouture.com/subscribe/

Un grand merci pour avoir de nouveau partagé les aventures de Josie ! Cela représente tant à mes yeux que vous continuiez de vous rendre à Denton pour suivre notre héroïne dans ses enquêtes !

J'adore lire les avis de mes lecteurs. Vous pouvez me contacter via mes réseaux sociaux, listés ci-dessous, mais aussi sur mon site internet et sur ma page Goodreads. Je vous serais énormément reconnaissante de bien vouloir laisser un commentaire et peut-être recommander *Les Ossements qu'elle a enterrés* à d'autres lecteurs. Le bouche à oreille est très important pour aider les lecteurs à découvrir mes livres. Encore une fois, merci pour votre soutien. Il est tout pour moi. Il me tarde d'avoir de vos nouvelles, et je vous donne rendez-vous pour le prochain tome !

Merci,
Lisa Regan

REMERCIEMENTS

Comme toujours, je voudrais avant tout remercier mes incroyables lecteurs et mes fans dévoués à l'enthousiasme débordant pour cette série : merci de continuer d'en parler autour de vous ! C'est toujours un plaisir de recevoir vos messages, je suis profondément touchée de lire à quel point vous adorez les aventures de Josie ! Merci à mon mari, Fred, et à ma fille, Morgan, pour leur amour, leur patience et leurs encouragements. Merci à mes premières lectrices : Nancy S. Thompson, Dana Mason, Katie Mettner et Torese Hummel. Merci à mes lecteurs sur Entrada. Merci à mes proches – William Regan, Donna House, Rusty House, Joyce Regan et Julie House – pour leur soutien infaillible et leur bonheur répété d'apprendre de bonnes nouvelles. Merci aux *usual suspects*, ces personnes qui font partie de ma vie et m'encouragent, me soutiennent, font la promotion de mes livres et me motivent à persévérer: Carrie Butler, Ava McKittrick, Melissia McKittrick, Andrew Brock, Christine et Kevin Brock, Laura Aiello, Helen Conlen, Jean et Dennis Regan, Sean et Cassie House, Marilyn House, Tracy Dauphin, Michael Infinito Jr., Jeff O'Handley, Susan Sole, la famille Funk, la famille Tralies, la famille Conlen, la famille Regan, la famille House, les McDowell et les Kay. Merci aux adorables membres de Table 25 pour leur sagesse, leur soutien et leur humour. J'aimerais également remercier tous les blogueurs et critiques géniaux qui ont lu les quatre premiers tomes de *Josie Quinn* de poursuivre la série et de continuer de la recommander chaudement à leurs lecteurs !

Merci du fond du cœur au sergent Jason Jay d'avoir répondu si rapidement et précisément à toutes mes interrogations concernant la police : grâce à vous, mes histoires sont aussi authentiques que possible. Vous êtes une vraie pépite !

Merci à Oliver Rhodes, Noelle Holten, Kim Nash et à toute l'équipe de Bookouture pour avoir rendu tout cela réalisable, dans la bonne humeur. Je pense ne jamais m'être autant amusée ! Enfin, merci à l'inégalable Jessie Botterill de transformer chacun de mes rêves en réalité, de croire en moi et en mon travail, de donner forme à mes écrits comme personne, et d'être tout simplement, littéralement, géniale.